光文社文庫

金融庁覚醒 呟（つぶや）きのDisruptor（ディスラプター）

『Disruptor 金融の破壊者』改題

江上　剛

光　文　社

『金融庁覚醒　呟き（つぶや）のDisruptor（ディスラプター）』目次

主な登場人物

高原智里——金融庁総合政策課所属。二〇一八年入庁
星川麻央——金融庁リスク分析総括課所属。二〇一八年入庁
大森淳一——金融庁総合政策局長

正宗悠人——中学二年生。コロナを避け、単身で父の故郷・兵庫県に避難中
正宗謙信——悠人の父。フリーの経済ジャーナリスト
正宗博子——悠人の母。東京・神楽坂でイタリアンレストランを経営

花影栄進——現職の総理大臣
久住統一——花影内閣の官房長官
北条正信——財務大臣兼金融担当大臣
船田龍夫——金融担当副大臣
木島荘平——金融担当政務官

鈴村茂夫——金融庁長官
鎮目俊満——財務省事務次官
小野田康清——首相秘書官兼補佐官。経済産業省出身
山根隆仁——兵庫県の第二地銀・のじぎく銀行頭取
三船寛治——メガバンク・コスモスフィナンシャルグループ頭取

金融庁覚醒　呟きのDisruptor

——私が手がけたあらゆる事業と、そのために私が骨折った労苦とを振り返ってみると、なんと、すべてがむなしいことよ。風を追うようなものだ。日の下には何一つ益になるものはない。

旧約聖書・伝道者の書より

第一章　予兆

一

蟬(せみ)の鳴く声が鼓膜(こまく)を震わせる。蟬の声？　あれは声なのか。虫に声帯はあるのか。翅(はね)をこすり合わせたり、空虚な胴を震わせたりしている音ではないのか。でもそれぞれが、蟬同士でコミュニケーションを取り合っているのだから、単なる音ではなく声と言えるのだろう。

悠人(ゆうと)は、田舎道を自転車で走りながら妄想とも言えなくもないことを考えていた。肌に当たる風は心地よい。周囲は、一面の青、青、青。これは緑と言うべきなのか。青と緑とは明確に違う色だけど、信号は緑を青と言うし、緑の木々が茂る山を青山(せいざん)と言う……。ああ、あまりの気持ちよさにろくでもないことばかり頭の中に湧き上がってくる。

今は、父の実家である兵庫県の田舎で暮らしている。今は七月。三月からだからもう五か月目に入った。

父は、フリーのジャーナリストだ。なんだか分からないが経済や金融を専門にしているらしい。書いている記事を読んだことはない。読んでも中学生には十分に理解できないだろう。難しいに決まっている。

父は、最近まで大手の新聞社にいたが、書きたいものが書けないと言って突然退職してしまった。

父の記事は、伝えたい声にならずに、残念ながら単なる音になってしまったのだろう。それも騒音なのかもしれない。

フリーは、収入が安定しないらしい。ジャーナリストなんて威張っているけど、母が営業しているレストランの収入が家族の支えだ。

母は、神楽坂でイタリアンレストランを経営している。パスタが専門で、カウンターのみの五、六人も入ればいっぱいになる大きさだ。店は小さいけど、パスタの美味しさは世界最高じゃないかと思う。

しかし母も今は大変だ。経営しているレストランが休業中だからだ。新型コロナウイルス感染拡大防止のために、政府が緊急事態宣言を出したせいだ。

三密とか言って密閉、密集、密接を防ごうということで、休業することにした。

何度も感染症に襲われているのに、新しいウイルスが出現しても、三密という隔離政策しかないのか。政府の無策に悠人は中学生ではあるが、国の将来に不安を覚えた。

パスタ屋さんなんだから、ランチ需要もあるし開けちゃえば、という考えもあったのだけど、母は真面目だから「お上には逆らえないよね」と言って休業してしまった。

すぐに再開できると踏んでいたのだが、それが甘かった。四月、五月、六月と休業が続き、七月に入っても緊急事態宣言が解除されないため、休業は続いている。

母は、めちゃくちゃ不満を洩らし、このままだと倒産だと騒いでいる。同じように苦境にあるレストラン経営者と何かいい方法がないか相談を始めているらしい。

悠人は、東京の杉並区に住んでいる。通っている中学校が突然、休学になってしまった。

あれ？　これもおかしい。休学というのは、自分自身の事情で学校を休むということではないのか。今回は、学校側の事情だから、学校業務を一方的に休むということで休業ということになるのか。学校が休むということで休校かな、やっぱり。

どっちでもいい。もともと学校があまり好きではなく、行ったり、行かなかったりしていたからだ。友だちには会いたいけれど、ウザい先生のウザい話はあまり聞きたくない。

それが、新型コロナウイルスが蔓延し、多くの人が感染した結果、人が集まると感染拡大するということで中学校は休校してしまった。

テレビのニュースを見ていると、友だちに会えなくなるのが寂しいとか言っている学生が登場してくるが、悠人はラッキーと指でＶサインを作ってしまった。うしろめたさがなく、大っぴらに休めることは嬉しい。こんな子どもだっているに違いない。今まで学校に行かないのはダメだと言われていたのだけれども、誰もが行けなくなったのだから同じだ。むしろ悠人は、学校に行かなくても楽しみを見つけることができるんだから、一日の長があるってことじゃないか。

父が、緊急事態宣言が出る前に、「東京がヤバい。悠人、祖父ちゃん、祖母ちゃんのところに行け」と言った。

「授業はどうするの？」

「どうせ行っていないんだろう。担任とはリモートでやり取りすればいい。俺から話しておく」

父の予想通り、東京が新型コロナウイルスの最大の感染エリアになった。東京に住む人間が全国の感染者数を増やしているといってもいいくらいだ。東京から一歩も外に出るな。これが感染拡大を防止する唯一、最大の作戦だ。と、まあ、こういうわけだろう。悠人は、その前に東京から脱出できた。父の危機管理能力は大したものではないか。

祖父母も孫の悠人と一緒に暮らせて、以前より張りが出たと喜んでいる。学校には行かなくていいのかなどと面倒なことは言わない。その辺は父母と同じだ。

「東京はまだまだ大変だね。悠人はこのまま田舎に住んだら？」

祖母は言う。

東京では、感染者が発生し続けていて、知事が「ステイホーム」と叫び続けている。どうして英語じゃないといけないのか分からないけど「家でじっとしていなさい」というより「ステイホーム」と言う方が洒落ている？　軽い感じがするのかな？

父が「ステイホームと三密しか対策はないのかよ」と苛ついていた。悠人には感染症対策についての十分な知識はない。最近は、ニュースも見なくなった。だから父の苛立ちの本当の意味は分からないけど、政府は、他に何かもっとやるべきことがあるだろう。今はただ国民に我慢を強いているだけだ。

田舎には、三密なんかない。もともとソーシャル・ディスタンスだらけだ。悠人が歩いていても誰とも会わない。

悠人は快適に愛車の自転車、サンダーを飛ばす。これは田舎暮らしを始めた時に祖父が買ってくれたものだ。サンダー、雷と名付けた。変速機もついていて、結構なスピードが出る。

「町で文芸雑誌を買ってきてくれ」

祖父に言われた。

書店は、町にしかない。悠人が住む祖父母の家からは十キロ以上離れている。

祖父は、文芸雑誌を愛読している。昔、小説家を目指したことがあったからだと言う。

「ＯＫ」

悠人は二つ返事で、サンダーに跨(また)って、町へ飛び出した。

快調にサンダーを飛ばす。ペダルが軽い。まるで空を飛んでいるみたいだ。でも注意しないといけない。悠人は、時々、想像の世界に入り込む。本当に空を飛んでいる心持ちになってしまうのだ。あっと思ったら、サンダーごと田植えのすんだ田んぼに飛び込んでしまい、泥だらけになってしまったことがある。

村を出て、しばらく走ると大きな川に出る。

ここではウナギやナマズ、ハヤ、フナなどが獲(と)れる。祖父は、結構、漁が上手(うま)い。網を投げ、引き上げると、網の中で魚が跳(は)ね、銀鱗(ぎんりん)が陽光に輝く。悠人は、この時ほど祖父を尊敬の目で見たことはない。父は、こんな素晴らしい田舎で育ったのに何もできない。取材して記事を書き、騒ぎを起こすだけだ。祖父の方が、サバイバル力がある。

川沿いの道を軽快に走る。目の前に峠(とうげ)が見えた。結構な坂道だ。車でもエンジンを一声唸(うな)らせる。しかしサンダーは坂道に強い。変速ギアを上り坂用にセットし、悠人は立ち漕ぎでペダルをぐいっと踏み込む。サンダーが、地面を強く蹴る。坂道をものともせず走り出す。峠を登り切れば急な下りだ。峠の左右には桜並木がある。今は、濃い緑の葉が風に揺れているが、春は満開の桜が峠の道を桜色に染めていた。でもここでは別に新型コロナと関係なく、人が少ないから花見客もいない。桜は、春になると咲き、田植えの準備を始める時期の合図になったと祖父から聞いたことがある。今では桜が咲くのを見て、田植えの準備を始めるような農家もないだろう。

祖父母とこの峠を歩きながら眺めた桜の美しさは悠人の忘れられない記憶になった。息を呑む美しさという表現が、まさにぴったりだった。

峠を下る。サンダーは、本当に空を飛ぶ。悠人はブレーキを握らない。怖い。ちょっとした小石で大きく転倒するかもしれない。しかしこのスリルは何物にも代えがたい。学校にも行かず、この地に友だちもいない悠人にとっては一番興奮し、生きている実感を味わう瞬間だ。

減速すると、ほっと一息ついた。下りが終わると、すぐ駅だ。町でただ一つの書店は駅に続く商店街にある。

「あれ？」

駅の駐輪場に自転車を止めようとした時、不思議な光景が目に入った。

「行列している。なんだろう？」

二十人ほどの行列の先にあるのは、のじぎく銀行の支店だ。

町には、農協や信用金庫、信用組合などもあるが、銀行はのじぎく銀行だけだ。この銀行は神戸に本店がある地銀だ。

「借入の申し込み？　預金？　なんだろうな」

悠人は持っていたスマートフォンで写真を撮った。

サンダーを止め、行列の最後尾の女性に声をかけた。

「何かあったんですか」

「預金を下ろそうと思ってね」

女性は言った。少し太り気味で肝っ玉母さんという感じだ。

「たくさん並んでいますね」

「そうや。どうもこの銀行は具合が悪いみたいなんや」

悠人は、女性の言う意味が十分に理解できなかった。

「具合が悪いというのは潰れるってことですか？」

悠人の直截な言い方に、女性は戸惑った顔で「そんなんになったら大変やから、貯金を下ろしとこと思ってね」と小声で言った。また一人が列に加わろうとしている。

悠人は、女性に礼を言うと、書店に向かって歩き始めた。そして行列の写真に女性の言葉を添えてLINEで父に送った。

「そうだ……。ニュース、ニュース」

悠人は、ツイッターに「のじぎく銀行が危ないって。並んでるおばさんが言ってた」と写真付きで投稿した。フォロワーは数人しかいない。

二

葬儀会場は渋谷区の代々木(よよぎ)だった。

高原智里(たかはらちさと)は大森淳一(おおもりじゅんいち)の後に従って小田急線代々木八幡(おだきゅうせんよよぎはちまん)駅の改札を抜けた。鬼の金融検査官と言われた世良昇蔵(せらしょうぞう)の葬儀がもうすぐ始まる。

夏の日差しが、否応(いやおう)なしに肌に突き刺さり、礼服の下で体から汗を絞り出す。

「局長、暑いですね」

智里から局長と呼ばれた大森は、金融庁総合政策局長である。智里は、二〇一八年に入庁した若手で、大森の直属である総合政策課に所属している。

金融庁は一九九八年の金融不祥事で旧大蔵省から金融の検査、監督部門として分離独立した。

旧大蔵省が担っていた予算や財政の分野は、財務省となった。

これを財金分離というのだが、金融機関と旧大蔵省が癒着(ゆちゃく)し、金融機関の検査、監督がなれ合いになり、不祥事や不良債権を拡大させたことへの反省から行われたことだった。

当初は金融監督庁と呼ばれ、スタッフは四百人ほどであり、ほぼ全員が大蔵省から異動してきた。

旧大蔵省では、主計局という予算をつかさどる部署がエリートとされていた。代々の次官は、その部署を経験している。

銀行や証券、保険など、いわゆる業者を管理監督する部署は、省内では一段下に見られていた。

財金分離の際にたまたまその部署にいたとか、主計局などではなく業者に近い行政の経験が深いというだけで、ノー・リターンでキャリア官僚たちも金融庁に転籍させられてしまった。

検査局という金融検査の現場を担う検査官はノンキャリアが多く、彼らは当然のごとく金融庁に行くことになった。

彼らの中には金融機関との癒着を責められ、自殺に追い込まれた者もいた。自分が助かりたい一心で、検察官に金融機関との癒着の実態をぺらぺらと白状した銀行員のせいで殺されたと、逆恨みする検査官が多くいた。

中には、「メガバンクに殺された」と公言する者もいたのである。そのため、まるで意趣返しのように銀行に対する検査を厳しく行った。「金融処分庁」と恐れられ、金融検査に備えて、点検項目を満たすことだけに汲々とする銀行もあった。

「厳しい検査官だったそうですね」

智里は言った。

葬祭場は、商店街の外れにある。大森は智里を振り向きもせず先を急ぐ。

「とてもね。『鬼』と呼ばれた人です。金融検査マニュアルに厳格でね。世良さんが主任で検査に入ると分かった瞬間に気絶する頭取が出たほどです」

大森は丁寧な口調で答えた。

「そんな厳格な検査官は、今では想像できません」

「高原君は、組織が変わった直後の入庁ですからね。検査局のことをあまりご存じないですね」

「はい」

智里が入庁した二〇一八年に金融庁は、大幅な組織変更を実施し、検査局を廃止した。その機能は縮小の上、大森が統括する総合政策局に組み込まれた。

組織改編の理由は、金融機関を厳格な検査で追い込み、処分する「処分庁」から銀行を支援する「育成庁」へ変わろうとしたからだ。吊り上げた眉を下ろし、八の字眉の笑顔になるのだ。

「今、金融庁の組織が千六百人と当初の四倍もの規模になったのは、世良さんたち厳格な検査を行った検査官の努力の賜物です」

「もう厳格な検査が不要になったということですか」

智里の質問に、大森は急に立ち止まった。そして智里を振り向いた。その表情になぜか憤りが浮かんでいる。

「検査が不要などということはありません」

大森は、それだけ言うと、再び歩き始めた。

智里は、気まずくなった。自分の質問が、大森の不機嫌という弦を弾いてしまったようだ。

智里は、黙り込んだ。

葬祭場が見えてきた。ここは火葬場も一緒になっている。活躍した検査官の葬儀だが、極めて簡素に行われている。実質的には家族葬だ。それは新型コロナウイルスの感染が、まだ収束していないからだ。葬儀会場はドアが開け放たれ、中の席も間を空けて設営されている。

祭壇は白いカーネーションで飾られ、その中央で笑顔を向けているのは、亡くなった世良だ。青空を背景にポロシャツの襟を立て、眼鏡の奥の目が優しく微笑んでいる。

すでに読経が始まっていた。大森と智里は、最後列に座った。

大森が写真を見つめている。

「バブルが崩壊して北海道拓殖銀行などが破綻し、山一證券が自主廃業に追い込まれた……」

大森が読経に合わせるかのように呟き始めた。無言で導師の経を聞かねばならないのにどうしたものかと、智里は慌てた。

「局長……」

智里は囁いた。

しかし大森は、智里に構うことなくまるで世良に話しかけるように呟く。

「大手行に約一兆八千億円の公的資金が注入された。あなたは、こんな端金で足りるものかと怒っておられましたね。私はあの当時、銀行局にいましたが、検査局のあなたとどういうわけか気が合った。霞が関の居酒屋で偶然会ったのがきっかけでしたね。あなたは、とにかく不良債権の実態が分からないんだとおっしゃっていた。五十兆円、百兆円、いったいどうなっているんだ。今この瞬間も不良債権が噴き出しているんだぞって……」

「局長、ご焼香の順番です」

智里は、意を決して強く声をかけた。

大森は、夢から覚めたように目を瞠った。

「ああ、そうか」

椅子から立ち上がり、焼香の列に並ぶ。智里は傍に立った。

智里は、型通りに焼香をすませたが、大森は手を合わせてしばらく項垂れたままだった。

葬儀会場を離れた。同じ敷地内に火葬場があるのだが、大森はそこには向かわず、帰ることを選択した。

「導師が読経中に、何かお話をされていたのでちょっと驚きました」

智里は歩きながら言った。

「そうですか……。気づきませんでした。すみません」

大森が眉根を寄せて、智里を見た。

「まさか、無意識で?」

「ええ、目を閉じたら、世良さんが目の前に現れてね。昔の話をしていたんです。口には出さないように意識していたんですが……」

大森に、亡くなった世良の魂が語り掛けたとでもいうのだろうか。

「不思議なことですね」

智里はどう反応していいか分からず、戸惑いを覚えた。

「世良さんのことを深く尊敬していましたからね。彼と話したかったのかもしれませんね」

大森は口角を無理に引き上げて、苦笑したような表情になった。

大森は、小柄で、決して風采が上がるタイプではない。いつもネクタイをきちんと締め、ダークグレーのスーツを着用している、悪く言えば典型的なドブネズミスタイルだ。

誰に対しても言葉遣いは丁寧だ。だが決して慇懃無礼というわけではない。智里のような若手の意見にも耳を傾け、決して上から押さえつけるようなことはない。

智里は、もっと派手なパフォーマンスをすればいいのにと、大森をじれったく感じることはあるが、尊敬はしていた。どちらかと言えば控えめなタイプなのに、課題に対しては正論で立ち向かい、安易に妥協することがないからだ。金融庁という官庁は、現場があるだけにいろいろな横槍が入る。政治家などからは特にそうだ。それに対して、大森は謙虚にふるまいながらも譲歩することはない。見かけはぱっとしないけれど、頼れる上司であることは間違いない。その大森が世良を尊敬していたのだ。智里は、あらためて世良の遺影を思い浮かべた。

「世良さんはね。金融機関の不良債権を放置したのは自分たちの責任だ。どんなことをしても実態を明らかにして金融機関を立て直さねば、日本はお終いになるって言ってね。それで鬼になられたんですよ。私は、その姿を見ていました。それで金融監督庁が発足する時、迷いなく移ることにしたんです。たとえノー・リターンでもね。その時、世良さんと一緒に日本の金融を再建しましょうと誓ったんですよ」

大森は薄く笑みを浮かべた。

「そうだったのですか。まるで戦友のようですね」

智里は呟いた。

「戦友というより、世良さんが上官で私が部下ということでした。懐かしい思い出です」

大森は、ふいに立ち止まって空を見上げた。

智里も同じように空を見上げた。夏の青空が広がっていた。

「今、また同じような時代が到来しそうです。もっとひどいかもしれません。しかし検査局をなくし、検査機能を縮小させてしまった私たちには金融機関の十分な実態が分かりません。世良さんならどうするかって考えてしまいます。お前たちは、世の中を甘く見ていたんじゃないかって叱られるかもしれませんね」

大森は、目を右手で軽く拭った。涙なのか、汗なのか分からない。

智里は、大森の横顔に深い憂いを見た気がした。

——自分はなぜ金融庁入庁を選んだのか。

ふいに智里はそのことに思い至り、額の汗を手で拭った。

三

国会議事堂の前にぞろぞろと人が集まり始めた。三十人ほどだろうか。しかしどの人たちもマスクをして、足取りが重い。普通のデモのように大きな声で叫び、靴音を高く鳴らすわけではない。どこか打ちひしがれているような印象だ。

その中で一人、大きな、やや高いトーンで叫んでいる女性がいる。彼女がリーダーのようだ。手にはメガホンを持っている。

彼女を先頭に議事堂の門の前に人々が集合した。警察官が二人で集団を見張っているが、行動を規制しようとする動きはない。

「皆さん、大きな声で抗議をしましょう。一度、練習しますよ。私が『政府は飲食業者を殺す気か』と言いましたら、『そうだ』と言ってください」

彼女がマスクを外してメガホンを口に当てて言う。

参加者の若い男が手を挙げた。

「質問、いいですか？」

申し訳なさそうに言う。

「はい、どうぞ」

彼女がメガホンで指し示す。

「『そうだ』と言ったら、殺す気を肯定するように聞こえるんですけど……『殺す気か』を復唱した方がいいんじゃないでしょうか」

彼の指摘に、彼女は一瞬、考える風だったが、すぐに「そうですね。『殺す気か』と復唱しましょう。その方がいいですね」

彼女の即座の反応に彼は弱々しく微笑んだ。

「ではいきますよ。私の後に『殺す気か』を復唱してください。では、せえのぉ」彼女は、掛け声で勢いをつけると「政府は飲食業者を殺す気か」とメガホンを口に当て、大きな声で叫んだ。

集まった人たちは、少し気恥ずかしそうに拳を上げ、「殺す気か」と声を合わせた。マスク越しの声なので、十分には響かない。どこかくぐもって聞こえる。

一時間ほどして彼女が「これで今日は解散します。皆さん、お気をつけてお帰りください」と言った。

集会が終わったのだ。

「感染症の拡大で私たち飲食業者は休業や時短営業で苦しい生活を強いられています。本日は、ネットでの私の呼びかけに賛同していただきましたことをありがたくお礼申し上げます。これからも私たちの声が政府に届くように頑張っていきたいと思います。よろしくお願いします」

彼女が頭を下げると、集まった人たちから決して力強いというわけではない拍手が起きた。

彼女もそうだが、誰もが疲れている。怒りを発するにはエネルギーが必要だ。そのエネルギーが残り少なくなっているのだろう。

「お騒がせしました」

彼女は二人の警察官に軽く会釈をした。

「いえいえ、大変ですね。皆さん、頑張ってください」

一人の太った警察官がマスクをしたまま答えた。目が穏やかに笑っている。

「ありがとうございます。本当に客が減って困っているんです」

彼女が悔しそうに苦笑いをした。

「神楽坂のレガーメ・ディ・ファミリアの正宗さんですよね」

警察官がマスクを外した。

彼女は「家族の絆」という店名と自分の名前を言われて、目を丸くした。

「あら、鈴木さん！」

「えへっ」

警察官は相好を崩し、照れたように指で鼻を撫でた。

「警察の方だったんですね」

「そうなんです」

「お店でお会いした時、たくましい腕だなぁって思っていたんです。道理でねえ」

「勤務中ですよ」

隣に立つ警察官が注意する。

「悪い、悪い。馴染みのイタリアンレストランのママさんなんだよ。パスタが抜群に美味くてね」

「イタリアンレストランなんて、お恥ずかしい。小さなパスタ屋ですよ」

「今度連れて行ってくださいよ。先輩」

「おお、行こう。でも今、休業中なんだよ」

鈴木が表情を曇らす。

「いいですよ。非番の時に連絡してください。ご馳走しますから」

彼女は言った。

彼女は正宗博子。神楽坂でカウンターのみのイタリアンレストランを経営している。夫はフリージャーナリストの正宗謙信。子どもは一人息子の悠人。今は謙信の実家で祖父母と一緒に暮らしている。通っている杉並区の中学校が休校になっているからだ。

「それは何よりです。でも悪いから宅配を注文しますから」

鈴木は、再びマスクをつけ直した。

博子が視線を左に向けた。何かが視界に入ったからだ。

中年の男性がふらふらと議事堂の正門近くに歩いてくる。

薄いオレンジ色のTシャツにジーンズだ。先ほどの集会の参加者にいたような気もするが、はっきりしない。

それよりもTシャツがぐっしょりと濡れているのが気になる。

汗？

いやそうではない。Tシャツの裾からぽたぽたとしずくが垂れている。男が歩く地面に点々と染みが続く。

「また、変な男が来たね」

鈴木は目元に皺を寄せ、もう一人の警察官とともに男に近づく。博子はなんだか胸騒ぎがした。嫌な気持ちだ。

近づいてくる鈴木を見て、男がにやりと笑った。

「危ない！」

博子は、メガホンを持つと、口にくわえるようにして大声で叫んだ。

鈴木ともう一人の警察官が大声に驚き、博子を振り返った。

その瞬間、ボムッという地響きのような爆発音、同時に辺りが朱色に染まるほど高く火柱が上がった。博子の瞳も朱色に染まった。

四

「俺はこの国の首相でよかったよ」

首相の花影栄進は官邸会議室の椅子の背もたれにゆったりと体を預けた。手には、酒ではなくオレンジジュースの入ったグラスを持っている。花影は酒が強くない。

「従順ですからね」

久住統一がへりくだりながら答えた。コーヒーカップを両手で包み込んでいる。

「私の話を真面目に聞いてくれて自粛してくれるからね。こんな国民はいないよ」

「総理の真に迫った国民向けのアピールがいい効果を生んでおります」

首相秘書官兼補佐官トップの小野田康清だ。経済産業省のエリートで花影の知遇を得て、今の地位を得た。官邸官僚のトップで、大臣でも彼に逆らうことは不可能だ。それは花影が小野田の言うことしか聞かないと言っていいほど信頼しているからだ。

官房長官の久住は、それを面白くないと思っている。

花影は、民自党世襲議員で将来を嘱望されていたが、決して強いリーダーではなかった。正直言って首相になれる玉ではないと思われていた。しかしそれを担ぎ上げたのは久住を中心とした議員たちだ。言わば久住自身が作った首相だ。幸運にも対抗馬が現れず、野党にも大した人材がいなかった。強気で行けという久住のアドバイスが有効に働き、その結果、未だに国民の支持率は四十%ほどもあり、歴代首相で最長の在任期間となった。

これは久住にはある意味で誤算だった。こんなに長く首相の椅子に座らせるつもりはなかったのだ。

花影の次のリーダーを引き上げて、そのナンバー2として参謀の座に就き、長く裏の権力、すなわち実質的な権力者としての地位を保ち続けるというのが、久住の政治家としての生き残り戦略だった。

久住は、花影のように世襲議員でもエリートでもない。代議士秘書、県会議員から叩き上げて、今の地位に就いた。這い上がったと言っていいだろう。

世間では調子に乗せようと、久住を首相候補などと持ち上げるが、その手は桑名の焼き蛤だ。

久住のように叩き上げの者ほど落ちるのが怖い。他人は敵、他人の甘言は疑って聞くというのが、基本的な姿勢になっている。

花影にリーダーシップはないが、やはり政治家一家に生まれただけにオーラがある。久住のように泥水を飲んで、政界を泳いでいないせいなのだろう。

譬えれば、飢えた場合に、久住なら泥でも口にいれる。しかし花影は米がないなら、どうしてパンを食べないのだと言い出す。それを呆れて馬鹿にする者もいるだろうが、仕方がないと思い、なんとかしてパンを見つけて、花影に差し出す。すると部下の苦労も知らず、ほら、やっぱりパンがあったじゃないかと言い出すのだ。

久住が育てたはずの花影が、今や一人で勝手に動き始めた。否、一人でというのは間違いだ。目の前にいる小野田たち官邸官僚の操り人形になったのだ。それまでは久住のパペットだったのだが、人形つかいが小野田に代わってしまった。

久住は、もっと早く気づくべきだった。花影が持つ最も特異な才能はパペットになる能力であるということに。操る人形つかいを巧みに乗り換える。時には、アメリカのジョーカー・フランク大統領までも人形つかいにしてしまう。

アメリカに『チャイルド・プレイ』という、邪悪な殺人鬼の魂が乗り移った子どもの人形が人を殺めるホラー映画があるが、その人形チャッキーが花影だ。操っていると思っていた人形つかいの久住が、いつの間にか操られていたのだ。それが分かった時は、もはや手遅れだ。

いずれ小野田たち官邸官僚も、花影を操っているつもりが、逆に操られることになるだろう。その時、俺の悔しさを思い知るがいい、と久住は愛想笑いをする小野田を苦々しく見つめていた。

「政策は評価されているのだろう？」

花影は小野田に聞いた。表情はどことなく自信なげに見えた。

感染症対策で花影は小野田の意見を入れ、売り上げなどが減った小規模事業者に三十万円を支給する案を出した。

自分の後継首相にしたいと考えている大沼崇史総務会長の要望を受けた形にしたのだが、それもこれも小野田が根回ししたのだ。

ところがそれが国民に不評で連立を組む道徳党党首、長峰修三から批判されてしまった。長峰は、とにかくスピーディに国民に一律十万円を配れと言ったのだ。支持母体である宗教法人道徳教からの批判が強かったためだ。

そこで小野田はあっさりと大沼案を引っ込め、長峰の案に乗った。小野田が動けば、花影は、大沼のことなど斟酌せず長峰の案の通り、さも自分が政治決断をしたかのように装った。

恥をかかされた大沼はそれ以来沈黙しているが、花影や小野田への恨みを沸々と滾らせていることだろう。

久住は、売り上げが下がったところに三十万円の支給など、ケチ臭い案でこの危機を乗り切れるとは思っていない。

どん底から叩き上げてきた人間にとって危機の匂いをかぎ分ける術だけは、エリート官僚の小野田や政治家一家に生まれた苦労知らずの花影には負けない。

一九二九年の大恐慌の後、世界のＧＤＰは約二十％減少した。今回も同じだ。間違いなくそれくらい、あるいはそれ以上の減少になる。日本の現在のＧＤＰからすると百兆、百五十兆の国富が消失するのだ。それもじわじわではなく、一瞬で消える。こんな時に手続きだ、なんだと言っていては間に合わない。笊にカネを入れて、欲しいだけ摑みとれというぐらいでないといけない。それから財政を再建すればいい。とにかく国民に明日への生きる力を与えるのが政治だ。そこまで決断しないと、政治家として失格だ。

しかし花影は、久住にアドバイスを求めようとしない。理由は簡単だ。久住がナンバー２であるのに、目立ち過ぎているからだ。花影は嫉妬深さだけは一流だ。自分より目立つ人間は潰す。それが彼のやり方だ。久住は、自分ではナンバー2であり続けようと考えていたのだが、いつの間にか出過ぎていたようだ。痛恨のミスと言えるだろう。

「評価されております。勿論、百%というわけではありません。批判を商売にしている者もおりますが、そんな連中のことは気にする必要ありません。野党が吠えたところで全く支持率に反映しませんので、気にされることはありません」

　小野田が答えた。

「どうかね？　久住さん」

　久しぶりに久住の意見を求めてきた。

「評価されておられると思います。国民は首相の指示に真面目に応えております」

　久住は慇懃にへりくだった。

「そうだね。安心だね。困るのは妻の美由紀だけだな」

　花影は苦笑した。

　花影の妻の美由紀は自由人と言っていい。ある旧財閥の令嬢で、自由奔放に育てられたためだろうが、花影の手中に収まらない。さらに不味いのはスピリチュアルの世界に強い関心があることだ。今回の感染症拡大にしても、人間の傲慢さに対する神の警告だと言わないかと花影は警戒していた。

　久住も小野田も、美由紀の話題にだけは触れない。変に触れると、花影の機嫌を損ねるからだ。自由奔放で、花影でさえコントロールできない美由紀だが、花影が大事に思っていることは事実のようだ。それを知っているから、花影の前では美由紀の話題はタブーなのである。

「面白くないのは都知事だな」

花影はオレンジジュースの残りを一気に飲み干した。

都知事は、元民自党の池辺京子だ。アジテーターとしての能力にたけており、感染症対策で、国の指示に従う振りをしつつ、独自の政策を実施し、都民の共感を得ている。女性知事であり、女性有権者からの支持がもともと強いこともあるが、主婦たちの目線に立つ政策が支持を集めている。

国政復帰を狙っているとの噂が絶えないが、花影にとってはやりにくい相手だ。どうも花影は女性に弱い。妻の美由紀に対してもそうだが、マザーコンプレックスがあるのではないだろうか。

「いずれスキャンダルで潰してご覧にいれますから」

小野田は不敵な笑いを浮かべた。

「期待してますよ。ねえ、久住さん」

花影が、珍しく二度も声をかけた。

「はあ、なかなか手強いと存じますが……」

久住は慎重に答えた。

「手強い？　まあ、そうだな」

花影は不機嫌な表情になった。久住の返事が気に入らなかったのだろう。

久住は、眉間に皺を寄せた。

五

「チリ、葬儀はどうだった？」

金融庁内のコンビニでパック牛乳とパンを買っていた智里は声に慌てて振り向いた。

智里のことを「チリ」と呼ぶ人間は数少ない。

星川麻央だった。同期入庁で総合政策局リスク分析総括課に所属している。嘘か本当か分からないが、ＩＱ２００だと言われている。

完全な天才なのだが、そんなことを鼻にかけるところはない。可愛げのある美人だ。彼女に言わせると、幼い頃は、世の中が見え過ぎる感じがして、ブスッとしていた気難しい少女だったらしい。しかしある時、笑顔で人と接したらなんだか不思議と心が温かくなったそうだ。それ以来、あまり先を見過ぎないようにしたら人間関係が上手くいくようになったらしい。智里とは、同期で仲がいい。

「まあ、どうってことないさ」

智里は、パンの袋を破った。

「イートインで食べようよ」

麻央が注意を促すように言う。

麻央はコンビニスイーツの一つである大きいシュークリームとパックの野菜ジュースを持っている。

「相変わらずスイーツかい？　まともな昼飯を食べたら？」

「まあね。でもこれが一番エネルギー効率がいいからね」

麻央はシュークリームを袋から取り出した。

「局長がさ、葬儀中に突然、ぶつぶつ言いだしたのにはびっくりしたよ」

「えっ、何？　それ」

麻央がシュークリームにかぶりついた。クリームが口の周りに付く。それをぺろっと舌でなめとる。この一連の行動を見ていると、ＩＱ２００は完全にフェイクだと思えてくる。

「読経が始まってさ。みんな静かにしている時、ぶつぶつとね」

「いやだぁ、霊が乗り移ったみたいじゃない？」

「その通りさ」

智里もパンにかじりつく。カレーパンだ。結構、辛い。

庁内の職員はそれぞれ適当に昼食を取る。めったに一緒に出かけて庁内の食堂や外部のレストランで食事をすることはない。仲間や上司と、つるむということがないのだ。食堂で食べる者もいれば、自席などで持参した弁当やコンビニ弁当を広げたり、智里のようにコンビニのイートインコーナーでパンと牛乳ですませる者も多い。

「ちょっと不気味ね」

「相当、局長は尊敬していたらしいね。亡くなった世良昇蔵さんをね」

「伝説の検査官だったみたいね。ちょっとうらやましいわね。銀行を震えさせた人でしょう」

シュークリームを食べ終えた麻央はストローをくわえて野菜ジュースを飲んでいる。

「そういう時代だったからね。FSAができた頃はね」

金融庁はFinancial Services Agencyの略でFSAと呼ばれる。

「今は、大所帯（おおじょたい）になったけど、存立の危機だからね。まるで恐竜みたい」

麻央の野菜ジュースのパックがぺこりとへこみ、残り少なくなったジュースを無理に吸い上げる騒々しい音がする。

「厳しい言い方をするね」

智里は、牛乳パックを力を込めて握り潰した。

「そうじゃない？」

麻央の目が厳しい。

「麻央の課はわが社の要じゃないのさ」

智里は金融庁のことを、愛着を込めて「わが社」と呼ぶことがある。身内だけの会話に通用する用語だ。

麻央は、リスク分析総括課で、コンダクトリスク分析を担当している。

コンダクトリスクは新しい金融リスクの概念である。

コンダクトとは人の行為、行動を意味している。道徳的で統制の取れた行動のことを意味する場合が多く、オーケストラの指揮者をコンダクターと呼ぶのもその例だろう。

かつて銀行はバブル崩壊などで不良債権を大量に発生させてきた。その時は不良債権発生の信用リスクが最も注目された。

そのため多くの検査官が金融機関に投入され、オンサイトと言われる現場での検査を実施した。

重箱の隅をつつくと非難されたこともあったが、とにかく取引先企業の不良債権を暴き出し、銀行に引き当てを積ませた。引当金を積むことで銀行は赤字に陥り、破綻したり、合併させられたりした。ゆえに銀行は検査官を恐れた。それ以前の大蔵省の検査は、ある意味でお互いの立場を尊重していた。悪く言えばなれ合いであった。新しく金融庁に衣替えした検査は、なれ合いなど一切なく、検査官は銀行から出された水の一杯も飲まない態度で、ひたすら隠された不良債権を暴き出した。

弊害は大きかった。銀行は検査官を恐れるようになり、不良化しそうな取引先からは進んで融資を引き揚げ、経営不振の取引先には融資を拒絶した。貸しはがし、貸し渋りの時代だ。経済は冷え切ってしまった。金融機能が目詰まりを起こしたのだ。

その後、銀行から不良債権が減少していくにつれて銀行は融資拡大に積極的になった。しかしその時には、取引先との信頼関係が希薄になっていた。取引先は、銀行を信用せずキャッシュを貯め込むようになってしまったのだ。潤沢なキャッシュは投資に向かわず、再び到来するかもしれない、貸しはがし、貸し渋りの時代への保険と化してしまった。

そうなると金融庁は、信用リスクからガバナンスなど銀行の経営リスクに目をつけた。マネーロンダリングや反社会的勢力などへの融資の有無だ。

そして最近は、これらのリスクよりも顧客との関係性に目をつけることにした。これがコンダクトリスクのモニタリングだ。

そもそもは、英国の金融当局がその重要性を指摘したのだが、顧客との関係性や市場の健全性、競争性などにマイナスの影響を与えるのがコンダクトリスクだ。

例えば高齢者に無理やりリスク商品を売りつけていないか、不正確な情報を提供して顧客に損失を負わせていないかなどだ。

コンダクトリスクの発生は、銀行が顧客よりも多くの情報を持っていることに由来する。

端的に言えば、銀行が有利だと説明すれば、情報が少ない顧客はそれを信じて、損失を被るリスクがあるということだ。

こうした行為を防ぐために金融庁は、検査官を銀行に派遣するオンサイト、麻央たちのような分析官が銀行にヒアリングしたり、市中の識者などから情報を得たりするオフサイトの両面から調査している。

目的は、銀行が顧客にとって真に必要な機関であり続けるためにはどうあるべきかを考え、その方向に指導することだ。そういった意味で、このコンダクトリスク分析を重視する姿勢を、銀行を検査し、懲罰を与える処分的役割から、銀行を育てる育成的役割への変貌であると位置付けていた。

「要と言えるのかな？　銀行は私たちを完全に軽視しているからね」

「余計な業務を増やすなって態度だね」

「そうよ。もう金融庁から情報をもらうこともないし、ごちゃごちゃ言われる筋合いはない。もう自立して上手くやるっていう態度だよね。腹立つことがあるんだ。調査票を送っても期限までに回答を寄こさないんだ。督促の電話をするとね、すぐに送りますって言うだけ。まるで蕎麦屋の出前だよ。銀行が蕎麦屋になってしまった」

麻央は、野菜ジュースのパックを手で握り潰した。本気で腹が立っているんだろう。

「分かるな、その気持ち。我が社の存在感が希薄になっていることに間違いはないな」

智里が腰を上げた。

「チリはさ、どうしてFSAを選んだの？」

麻央が大きな瞳を智里に向けた。

「あらためて聞かれると返事に困るよね。経産省にも行けたんだけどさ。現場に近くて、銀行っていうのを間近に見たかったのかな」

「曖昧（あいまい）な回答だな」

麻央が笑った。

「じゃあ、麻央はどうなのさ」

智里が聞いた。

「私？」

麻央は自分自身を指さした。

「どうなの？」

「私はね……。両親が銀行員でさ。子どもの頃から銀行っていうのは公的役割があって、どんな災害でも命の次に大事なお金を守るために戦うんだって言われてたの。ちょっと待ってね」

麻央が定期入れから色の褪（あ）せた写真を取り出した。

「これ？　なに？」

写真には山積みになった現金の前で、足を広げて踏ん張り、ゴールキーパーのように両手を広げている男性が写っている。顔はカメラをグイッと睨みつけている。山門を通過する人たちを睥睨する仁王のようだ。

「父よ。父がね、銀行の事務センターに勤務している時に撮影したの。父は大手都市銀行に勤務していたんだけど、鬱になってね。バックオフィスの事務センター勤務になったんだ。そこには各支店から現金が集められる。父は同僚に頼んで、私に銀行の役割を教えたいからってこんな写真を撮ったのね。馬鹿な父だけど、銀行の役割って形がないから。私、この写真を見て、銀行ってすごいって思っていたんだ」

麻央は懐かしそうに写真を見つめていたが、定期入れにそっとしまい込んだ。

「お父さんは？」

「死んだ……。自殺……」

麻央は微笑するような表情を智里に向けた。笑みだけれども寂しく、悲しそうだ。彼女にこんな目で見つめられたのは智里にとって初めての経験だった。

六

東京郊外、吉祥寺でパチンコ店から騒がしい音楽が外に流れ出していた。周辺の店が感染症拡大で休業している中で唯一、派手に営業していた。近くを通る人は、皆、顔をしかめている。中にはあからさまに「なぜ休業しないんだ」と店に向かって怒鳴る人もいた。

店の前に一台のオートバイが止まった。ライダーは、ジャンパーを着込み、顔はフェイスマスクで覆っている。外から表情はうかがい知れない。体型から判断して若者のようだ。彼はポケットから何かを掴み上げると、腕を振り上げ、固く閉ざされた店のガラスドアに向かってそれを投げつけた。

激しい音がした。ガラスドアが割れ、破片が周辺に飛び散った。ドンという鈍い音とともに彼が投げたものが地面に落ち、転がった。直径五センチはある鉄球だった。

彼は、「天誅！」と叫ぶと、オートバイのエンジンをフルにふかした。

パチンコ店の店員が物音に驚いて外に出た時には、彼の姿はすでに消えていた。

周囲に人が集まってきた。

「くそ！　なんてことをしやがる」

店員が地面から鉄球を拾い上げた。

「お前らが悪い。休業しろ！　馬鹿野郎！」

騒ぎに驚き、店の前に集まった人々の中から一人の中年男性が進み出て、店員に向かって罵声を浴びせた。

第二章　危機

一

「大変な目に遭ったな」

謙信は妻の博子に言った。博子はカウンター内のキッチンでフライパンを大きく振った。その中でパスタが躍る。

謙信は、カウンターにパソコンを置いて原稿を書いている。

「そうよ、びっくりしたわよ。突然、ぼっと火柱が上がって、辺りが真昼なのに赤くなったように見えたの。私、危ない！　って叫んで飛び出した」

「お前、ダッシュ速いからな」

謙信はキーボードを叩いている。

「思い切り鈴木さんにタックルした……」

博子は、コンロの火を止め、フライパンの中のパスタを大皿に盛りつける。ケチャップで赤く染まった、子どもが喜ぶナポリタンだ。ソーセージ、玉ねぎ、ピーマンなど定番の具材がたっぷり入っている。

客にはカラスミパスタなど洒落たものを出すことが多いのだが、夫の謙信は、なぜかいつもナポリタンを食べたがるのだ。

博子がダメ出しするのは、ちゃんと味がついているのに、謙信はナポリタンに必ずたっぷりとタバスコをかけることだ。

味が台なしだと怒りをぶつけるのだが、そんなことはお構いなし。謙信は、辛さにしびれた舌を外に出し、フーフーと冷ましながらぱくつく。水代わりにイタリアのピルスナービールをがぶ飲みする。

「鈴木さんってあのラガーマンみたいにがっちりした人だろう？　この店によく来る」

「そうよ。あの人、警察官だったのよ」

博子が謙信の目の前にナポリタンを置く。優に三人前はありそうだ。謙信に皿とフォーク、スプーンを渡す。博子も皿を取り出し、トングで謙信の皿と自分の皿にナポリタンを取り分ける。

「あんなでかい人にタックルしたのか」

謙信は、早くもナポリタンに食らいついている。タバスコは忘れない。

「無我夢中だったわ。タックルは見事成功！　鈴木さんが地面にどんと倒れた。一緒にいた警察官は、その場に伏せていた」

「皆、助かったんだな」

「ええ、焼身自殺した人以外はね」

博子が表情を曇らせた。ナポリタンを巻き取るフォークの動きも鈍い。

「そうか……。まあ、何はともあれえらいことやったな」

謙信は、標準語と実家の関西弁が混じった言葉遣いが未だに直らない。

「鈴木さんともう一人が駆け寄って制服を脱いで、燃えている人にかけてね。なんとか火を消したんだけど……。わーぅ、食欲ないわ」

博子がフォークを置いた。

「思い出したんか？」

謙信は、ナポリタンで口の周りを赤くしている。

「人が焼ける匂いとかは感じなかった。でもね焦げた苦しそうな顔、ぶつぶつと煙を噴き出す衣服、握り締めた拳……。ああ、なんてこと」

「身元は分かったのか」

「同業者だった。私が集めた集会に参加されていた人なの。なんか見たことあるなって思っていたけど……。自殺現場近くに遺書が残されていてね。中野で食堂を経営されていたんだけど感染症拡大で前途を悲観されたみたいね」

「焼身自殺は抗議の自殺と言われるし、国会議事堂の前だからね」

謙信は、大皿から追加のナポリタンを取った。

「前にも練馬で同じような事件があったでしょう？」

「ああ、とんかつ屋さんだね」

「こういうのは流行というか、自殺は感染するんだよね。悲しいけど」

博子は、再びフォークを取り、ナポリタンを食べ始めた。「私もタバスコかけよかな」

「ほう、珍しいね」

「なんだかシャキッとしないから」

「せっかく自殺者が二万人を切ったってのに、また増えるのかな」

日本の自殺者は景気が悪化し続けていた二〇〇三年に約三万四千人のピークを付けて以来、徐々に減少していた。

自殺者の十倍の未遂者がいるとも言われている。博子が言うように、コロナ・パンデミックが一九二九年を超える大恐慌を招けば、自殺の感染が起きるかもしれない。

「悠人はどうしているかな」

博子が呟く。

「ちょっと待って。あいつからＬＩＮＥが来ている」

謙信がスマホを取り出した。

「何を送ってきたの？」

「もうちょっと待ってね」謙信がＬＩＮＥを開いた。「行列の写真だな」

「行列？」

「……この銀行が危ないという噂が流れているので、おばさんたちがお金を下ろしています……。なんだって。のじぎく銀行だな」

謙信はスマホの画面を覗き込むように見ている。

「銀行が危ないって？　見せて」

博子がカウンターから身を乗り出して謙信のスマホを見た。「これって取り付けじゃないの？」

博子の言葉に謙信はスマホから顔を上げた。瞬きもせず、博子を見つめている。

「これは大変だぞ。のじぎく銀行って神戸に本店がある地銀だ。俺の田舎にある一番大きな銀行の支店だ」

「大ニュースじゃない？　どうしてこれをテレビでやらないの」

博子がフォークを振り上げた。

「まだ危機がそれほどじゃないってことか。田舎だからな」謙信は言った矢先に眉根を寄せて「いやそうじゃない。最近、世間の不安を喚起するテレビニュースは政府がチェックして消しているという情報がある。真偽は不明だがね」

「悠人にＬＩＮＥ通話でかけてみる」

　博子がスマホを取り出した。

　今度は謙信が身を乗り出す。

〈ママ？　どうしたの〉

　悠人が電話に出た。

「ＬＩＮＥを見たよ。何、これ？」

〈えっ何？〉

「ちょっと替わってくれ」

　謙信が手を伸ばす。

「パパに電話を替わるね」

　博子がスマホを謙信に渡す。

「おい、悠人、これを俺以外に送ったか」

　謙信の勢いに気圧（けお）されたのか、悠人は沈黙した。

「どうなんだ！」

〈……まあね、ツイッターに上げたよ。でもフォロワーはほぼゼロだから〉小声で言った。

〈ちょっと待って……。フォロワーが増えてるな。すごいな。百人超えた〉

悠人が興奮気味に言った。

「そうか……」

謙信が力なく呟いた。

〈悪いことしたのかな?〉

「気にするな。広まらんことを期待する」

謙信は、スマホを博子に戻す。

「大森局長に会わなあかんな。まさか在宅勤務やないやろな」

大森淳一金融庁総合政策局長は以前から親しい仲だ。謙信は、悠人がもたらした兵庫県の片田舎の小さな地殻変動を彼に伝えるべきだと思った。

悠人の呟き（ツイート）が、ディスラプター（破壊者）にならないことを祈るだけだ。

不安が気持ちを高ぶらせる。足元から地鳴りが聞こえてくるようだ。

二

のじぎく銀行は神戸に本店を置く第二地銀である。

地銀には第一と第二がある。第一というのは通称だが、全国地方銀行協会に属している六十四行を地方銀行、のじぎく銀行など第二地方銀行協会に属している三十七行を第二地銀と呼び、区別している。第二地銀の多くは相互銀行から普通銀行に転換したのだが、規模は小さく財務内容も脆弱な銀行が多い。その中でも、のじぎく銀行は最下位銀行の位置付けだ。

創業こそ大正元年、一九一二年というから百年を超える歴史があるが、資本金は約七十億円、預金約三千六百億円、貸出金約二千九百億円と小規模と言っていい。

しかしこれで利益が出ていれば問題はないが、貸出金利息などのコアな業務純益が約三億円の赤字ではどうしようもない。

東京証券取引所第一部に上場しているのだが、時価総額は約四十億円しかない。ありていに言えば約四十億円あれば銀行を買収できるということだ。魅力さえあれば……。

のじぎく銀行の顧客相談センターの電話が鳴りっぱなしで止まらない。

「はい、こちらのじぎく銀行顧客相談センターでございます」

女性相談員が答える。

〈ああ、やっと繋がったわ。ああ、めんどくさ。ちょっと聞きたいんやけど。あんたの銀行、潰れるというのはホンマか〉

年配の女性の声だ。掠れ声で威圧感がある。

相談員は突然の質問に黙り込んだ。このような質問は想定していない。いったいどう答えるべきなのか。いったいどこへ繋げばいいのだろうか。

〈あんた、黙ったらわからへんやろ。なんか言いな。ワシはなあんたの銀行に二千万円も預金しとるんや。金利は蚊の涙くらいしかないけどな。金庫代わりや思てんねん。その金庫が壊れるという話を聞いたんや。どないや〉

「はあ……。そんなことはありません……」

相談員はのじぎく銀行の行員だ。当然、預金もある。まさか、うちの銀行が潰れるなんて……。

〈はっきりせえへんな。丹波支店と取引しとるんやけど、外に客が並んでるんやで。もうええわ。心配やから預金、下ろすわ〉

「あっ、お客様！」

相談員が通話器に向かって叫んだ時には、電話は切れていた。

どうしよう？

相談員はヘッドフォンを外した。焦った表情で上司を探した。

しかしその場にいる三人の相談員は誰もが必死の形相で電話を受けている。上司も同じだった。上司は五十代の管理職。普段は、三人の女性相談員と冗談を交わしているのだが、今日は違った。彼も受話器を握り締めて、その場に客がいるかのように頭を下げ続けている。誰もが掛かってくる電話の対応に追われている。彼女の担当する電話が再び激しい音を立てた。彼女は震える声で「はい、こちら……」と言った。

〈あんたとこ大丈夫なんか！〉

＊

のじぎく銀行頭取山根隆仁は、これ以上ない渋い柿を思い切りかじったような表情をしていた。

目の前には、自動車用部品を製作するカンザキ株式会社社長の神崎市之助が瞬きもせずに山根を睨んでいた。

「頭取、なんとか助けてください」

神崎の唾が飛ぶ。

「うーん」

山根の呻き声が役員応接室に響く。

山根の隣には、審査担当役員、カンザキを担当する審査部の部長、担当者が座っている。三人は何も言わない。彼らの視線は神崎ではなく、何もない宙に向けられている。

「私の会社は、あなたの銀行の主要な取引先のはずだ。中国大連工場の竣工式には、あなたにも来ていただき、祝辞を述べていただいた」

神崎が強い口調で言う。

「うーん、そうでしたね」

山根の表情は浮かない。

「まさかこれほど仕事がなくなるとは思わなかった。大連工場は稼働を停止しています。全量、現地の日本の自動車メーカーに供給していましたが、今や、日本の自動車メーカーが製造を中止しておりますから、当然、納入を止めております。このままだと工場建設のために受けた融資が返済できません。なんとか三十億円を追加融資してください」

神崎はテーブルに両手をつき、頭を下げる。

「政府が用意した緊急融資は実行しましたが……」

カンザキには三億円を融資した。

「あんなもんじゃ足らん」

神崎が机を叩く。

山根が体をビクリと反応させた。

「どうだろうね」

山根が審査担当役員の顔を見る。

彼は無言で首を横に振った。

「どうなんだね。もう頼むところは、お宅しかないんだ」

神崎がすがる。

「なんとかしたいのはやまやまなんですよ。だけど、申し込みが殺到して、全てに応えられないんです。自力でなんとかなりませんか」

「なんとかなれば頭を下げに来るもんか。困っている時に貸してくれない銀行なんて無用の長物だ！」

「無用の長物はないでしょう。今までだって十分にケアしてきたはずです」

「今までのことは感謝している。だけど今回は異常なんだ。売り上げが蒸発しちまったんだ。必ず、必ず復活する時があるから。それまで資金繰りを繋いでくれ。この通りだ」

再び頭を下げた。

のじぎく銀行では徐々に不良債権が増えつつあった。業務純益がマイナスであり、基本的な収益である貸出の利息収入や手数料収入が減少しているにもかかわらず不良債権という信用コストが増えているのだ。

カンザキだけではない。多数抱えている取引先が今回の感染症拡大で営業自粛を迫られ、売り上げが大幅に減少してしまった。

感染症対策の緊急融資制度などを活用してなんとか要求に応じている。それが銀行の社会的使命だと考えているからだ。

支店の窓口には支援を求める客が殺到している。世間では感染症に罹患した患者が病院に押し寄せ医療崩壊になると心配しているが、山根からすればそれよりも金融崩壊の方が心配だ。

「インバウンドを当て込んだカプセルホテルチェーンのウエルネスグループも多額の支援を希望しております。カンザキより急を要します」

審査担当役員が山根の傍（そば）ににじり寄り、耳元で囁く。

「分かっている。分かっている」山根は眉間の皺を深くする。神崎を見つめて「パンデミックが収まれば、社業は回復するんですね。どうなのですか」と念を押す。

神崎の表情が急に和（やわ）らぐ。山根が融資をしてくれそうな気配になったからだ。

「する、する。絶対にする。自動車メーカーも操業を始めるから。そうなると今まで以上に増産するからと言っている」

息を弾ませる。

「しかし、まだ自粛が続いていますからねぇ」

「政府は今月末だと言っている」

神崎の目が血走ってきた。山根の心が融資に動いたのを逃がさないと必死になっているのだ。

「延長に次ぐ延長だから……」

政府は、国民や企業に経済活動の自粛を求める期間の延長を続けている。解除しようとするたびに、感染状況が悪化するからだ。

政府の煮え切らぬ態度に業を煮やした地方自治体が独自に自粛を解除すると、そこで感染症が拡大するという始末だった。

そうなると、政府としては解除に慎重にならざるを得ない。経済活動は水のようなもので、ある特定の自治体だけが経済活動を再開しても、あまり意味がない。他の自治体、もっと言えば世界各国の経済活動が再開され、それらの地域との間で人、物、金が流れるようになって初めて全体が動き出す。一部の自治体だけの経済活動再開では淀んだ水たまりでしかない。それが流れ始めるのが、いつになるか誰にも分からない。

「今や、日本の大手自動車メーカーも資金繰りに苦しんでおります」

審査担当役員が口を開いた。

役員の言う通りだ。日本には世界的な自動車メーカーが数社あるが、どの会社も車の販売台数が劇的に減少し、大手銀行に金融支援を願い出ていた。

政府が乗り出し、公的資金で支援すべきだという声も上がっているが、反対は多い。中小企業を切り捨てて大企業を支援するのかという声に逆らって支援を決断するほど、政府は肚が据わっていない。

「でも必ず復活しますから。日本の自動車は最高ですから」

神崎が反論する。

「なあ、なんとか支援しようじゃないか。長い付き合いだし……」

山根が審査担当役員に言う。表情は晴れやかではない。

「頭取が、そうおっしゃるのであれば」

役員は逆らわないが表情は冴えない。

「ありがとうございます！」

神崎が応接室中に響きわたる声で言った。満面の笑みとはこのような表情をいうのだろう。これで倒産を免れることができるという安堵の気持ちが溢れていた。

応接室のドアが乱暴に開いた。

山根も神崎も、その場にいた者が全員ドアに目を向けた。

「なんだ！　ノックくらいしなさい」

山根が声を荒らげた。

「申し訳ございません」

頭を下げたのは、業務推進担当役員と顧客相談センターを管轄する総務部長だ。

二人の表情は険しい。

「今、お客様とお話をしているんだ。場所をわきまえなさい」

「はっ、申し訳ございません。しかし、緊急を要しましたので」

「私の方も緊急なのだ」

「申し訳ございません」業務推進担当役員と総務部長は膝をぐっと曲げ、床を滑るように山根に近づく。まるで能か狂言の所作を習得しているかのようだ。「お耳、拝借」担当役員が山根の耳に口を近づけ、手をかざして話しかける。声が神崎に洩れないように警戒している。

山根の顔が見る見る険しくなる。瞬きをしなくなり、こめかみに太い血管が浮き出てきた。口元が何やらひきつっている。

「丹波支店だと……。あの田舎の小さな店が発信源か……」

山根が呻くように呟いた。

「……いかがいたしましょうか？」

担当役員が山根に聞く。

「いかがいたしましょうかだと？」山根が役員を睨む。「自分の頭で考えられないのか！」

思わず役員の頭を鷲摑みにしそうになる。

「申し訳ございません。何分、未経験のことでございます」

担当役員は、恨めしそうな顔をしてうつむいた。

山根は腕を組み、天井を睨んだ。

「どうされましたか？」

神崎が心配そうに聞く。

彼が心配しているのは自分の会社への融資がどうなるかだけだ。

「なんでもありません」山根は神崎に怒ったように言い、担当役員に向かって、「何がなんでもこの混乱を抑えるんだ」と怒鳴った。

「どのようにして？」

担当役員が恋焦がれるような表情で山根を見つめる。

「また同じことを聞くんじゃない。そんなこと自分で考えるんだ。どんな手を使ってもいい。それからこのデマを流した者をとっ捕まえるんだ。徹底して懲らしめてやれ。丹波支店は小さな支店だろう。すぐに犯人が分かるはずだ。分かったな」

「ははぁ」

担当役員と総務部長は、山根の勢いに気圧され、膝を折り曲げ、平伏した。まるで狂言の太郎冠者だ。

「分かったら、さっさと行け！」

山根の怒声に二人はそそくさと応接室から出て行った。

「なにか立て込んどるみたいですが、こっちのことも頼みますよ。絶対にね」

神崎が念を押す。

「分かっています！」

山根は血走った目で神崎を睨んだ。

「オオモリ……」

山根が呟いた。

神崎が、その声を聞き留めて笑みを浮かべた。

「ありがとうございます。大盛も大盛、三十億円よりもっとたくさん融資してくださるのですな」

神崎は言った。

山根は、その言葉を否定しない。力ない笑みを浮かべた。

山根が思い浮かべたのは金融庁の総合政策局長大森淳一だ。

彼と親しいわけではない。会議などで時折、会っただけだ。なぜ印象に残っているかと言えば、彼は山根を見下すことがなかったからだ。

山根は高校卒業後、のじぎく銀行の前身である相互銀行に入行し、必死の思いでのし上がってきた。

他の第二地銀の頭取は日銀や旧大蔵省、メガバンクなどからの天下りが多い。山根のような、いわゆるプロパーは珍しい。

第二地銀の頭取の集まりに参加しても、どこか引け目を感じていた。銀行の業績が悪いことも原因ではあるのだが……。

ある第二地銀の集まりで、大森が話しかけてきた。小柄で、局長の威厳はないが親しみやすい笑顔だ。

話した内容はたわいもない。ジョギングが趣味だと山根が言うと、大森も自分もそうだと言った。出場したマラソン大会の話で盛り上がっていると、他の頭取たちが訝しげな目で見ていた。山根は彼らの視線を感じて爽快な気分になったのを記憶している。大森なら山根の窮状を理解してくれるに違いない。

——大森さんに相談しよう……。もしうちが駄目になったら……。

山根の頭の中には親密な関係にあるメガバンクのコスモスフィナンシャルグループ、三船寛治頭取の厳めしい顔が浮かんでいた。

三

中央合同庁舎第七号館。ここに金融庁が入居している。

十七階に金融担当大臣、副大臣、政務官、金融庁長官、総合政策局長、総括審議官、政策立案総括審議官の部屋が並ぶ。主要メンバーが同じフロアにいることで政策を即座に決定できる。

金融担当大臣の北条正信は財務大臣も兼任している。普段は財務省にいることが多いが、今日は大臣室には船田龍夫副大臣、木島荘平政務官、鈴村成夫金融庁長官そして大森が入っている。大森の傍には智里が秘書のように寄り添っていた。

智里は、庁内の重鎮たちがぞろりと揃った中にいて細かい震えを感じていた。緊張のあまり過呼吸になりそうになり、ゆっくりと深呼吸を繰り返した。

「緊張しないように」

大森が小声で言った。

大森の若手官僚育成の方法は彼らにチャンスを与えることだった。こうした重要な場にも智里のような若手をどんどん出席させた。時には、彼らに任せて自分は欠席することさえあった。

智里は大森のこうした若手に任せる仕事のやり方に感謝していた。

「はい」

表情を強張らせながら返事をした。ようやく出席者を見渡す余裕ができた。

北条は首相を務めたことがあるベテランかつ大物である。首相の花影とは盟友関係にあり、彼のたっての願いで現在の地位に就いた。

中国、九州地方で戦前から重きをなす企業グループである北条コンツェルンの御曹司だ。北条コンツェルンは皇室にも繋がる家柄なのだが、北条はそうしたことを鼻にかけない。ざっくばらんな性格であまり表裏がない。官僚たちに対する態度においても横柄なところはなく、彼らの意見によく耳を傾けるため人気がある。

ところが、たびたび失言し、マスコミをにぎわし、世間の批判を浴びる。しかしマスコミは彼の失言を厳しく責めたりしない。むしろ歓迎する。他の政治家に面白い人物がいないので北条が際立つのだ。

今日の集まりは大森が提案して鈴村を動かし、開催することになった。テーマは金融危機だ。

大森は、現在の状況を非常に懸念していた。検査局が廃止になり、自分が管轄する総合政策局に吸収された。彼らは人数を減らされ、今までのような相手が震え上がるような検査を実施することはない。

今までのように重箱の隅をつつくような検査をすることはない。今では中小企業に積極的に融資しているかなどという指導をするようになった。

そのため静岡興産銀行のように不動産融資にのめりこみ、データ改ざんなどの不正を行ってまで融資を増やそうとし、破綻寸前に追い込まれる銀行が出てくる始末だった。

大森は、昔のような検査に戻そうとは考えていないが、今回の新型コロナウイルス感染症の拡大を見ていると、地銀、第二地銀が不良債権にどれだけ耐えうるかのストレステストを実施しておく必要性を感じていた。

「それで？」

北条が退屈そうな表情で言った。

北条は、金融についてはあまり関心がない。個々の銀行の救済など生々し過ぎるからだろうか。それよりも日銀総裁とともにG7などに行き、華やかな舞台で発言することを好んだ。だから大森の説明を聞いても強い関心を示さない。

「大森君」

金融庁長官の鈴村が大森の発言を促す。

大森は、北条が予想通りというか、それ以上というか、金融危機について関心を示さないことに衝撃を受けていた。

「このままだと地銀、第二地銀に同時多発的に経営困難に陥るところが出てくると思われます。ですからその前に地銀、第二地銀に不良債権発生の信用リスクなどを中心とした金融危機にどれだけ耐えうるか、人材はいるのか、経営のガバナンスはどうなのかについて……」

「調べるのはわかったよ」

北条が、大森の説明を中断させる。

北条は、大森のことが嫌いではない。しかし多少苦手ではあった。大森はどちらかというと腹芸ができない実直派。面白いことも言えない。北条に忖度して楽しませることもない。

さらに言えば、言葉は丁寧だが、鈴村や北条に対しても言うべきことは言うという姿勢を貫いている。そのため、時に煙たがられるのだ。だからだろうか何度も飛ばされたり、後輩に追い抜かれ、ポスト的に後塵を拝したりしたこともある。

そんな時でも粛々としてその任に当たるため、再びメインストリートに戻される。

現在の総合政策局長のポストも鈴村がどうしても大森に座って欲しくて、北条に強く頼み込んで実現したものだ。このポストは上がりではなく、長官への道が拓かれているのだが、大森にはそんな欲もこだわりもなく、ただ忠実に仕事をこなしている。

端的に言って、面白くない男、それが大森だった。

「調べてもどうしようもないだろう」

北条が投げやりに言う。

「大臣のおっしゃる通りです」

船田副大臣と木島政務官が口を揃える。お互いが同時に同じ言葉を発したことにバツが悪そうに見つめ合う。

船田は北条派のベテランだが、金融については全くの素人だ。県議から政治家になり六回の選挙を勝ち抜いているが、大臣になったことはない。叩き上げで人柄は悪くないのだが、特に強い分野がないからだろう。北条によって副大臣に登用され、なんとか次は大臣をと強く希望している。

木島は首相である花影派の若手だ。当選三期で政務官であることを選挙区で自慢げに吹聴している。アメリカのハーバード大学を卒業して大統領府に勤務していたとの触れ込みだが、それほど大したキャリアを積み上げたとも思えない。

三十代の後半だが、特に政治的信条もなく、調子よく世渡りをするタイプ。政治家になったのも、カッコいいと思ったからだと公言している。軽薄で腰が軽く、いわゆる座持ちがいいために花影には重宝されている。

「もうすぐ鎮目君が来るから、彼の意見も聞こう」

北条が言った。

鈴村の頬がぴくりと動いた。鎮目俊満は財務次官。鈴村と旧大蔵省入省同期だ。

鈴村は鎮目を毛嫌いしていた。エリート意識が強く、責任は取らず、他人の成果は自分のもの自分の成果は自分のものというタイプである。部下に対する叱責もひどく、今でいうパワハラ上司だ。しかし上に対する忖度や追従は一流で、有力政治家の息子を影響力が行使できる大企業に入社させるなどはお手のものだ。北条の覚えも鈴村に比べると段違いにいい。

「鎮目次官が来られるのですか?」

大森が言った。意外だった。金融庁に来ることなどめったにないからだ。鎮目にとって金融庁は現場官庁であり、予算を握る財務省の下に見ていた。

彼にしてみれば金融庁がマスコミなどでもてはやされたり、目立つことは目障りで仕方がない。財務省の力で金融庁を縮小したいとも考えていた。

「銀行を助けるような話になれば、また金がいるだろう？　だから呼んだのだ」

北条がそっけなく言った。

「遅れて申し訳ありません」

鎮目が大臣室に入ってきた。

智里は、鎮目に視線を向けた。財務省を訪ねた時に見かけた程度で、言葉を交わしたことはない。

見るからにスマートで才気煥発という印象だ。どちらかというと鈍重で、田舎の牛という雰囲気を漂わす鈴村、地味で路傍に咲く雑草の花というイメージの大森とは全く違う。いつも太陽を向いている向日葵くらいの華やかさがある。

着ているスーツも鈴村や大森のように濃紺ではない。夏にふさわしく明るいベージュ系統だ。これだけでも違う。体型もスリムだ。しかし目つきには抜け目ない鋭さがある。この目で睨むだけでパワハラになるだろう。それほど人を追い詰める印象がある。智里は、鈴村や大森の部下でよかったと思った。

「おお、鎮目君待っていたよ」

北条が嬉しそうに表情を崩し、手招きをして自分の隣に座らせた。

鈴村は不愉快そうに小鼻を膨らませた。同期で旧大蔵省に入ったが、財務省と金融庁とに分かれ、それぞれのトップになった。

しかし鈴村は、鎮目にどこか人を見下したような視線を感じていた。それは自分の僻みではないかと思って、やや情けない気持ちになるのだが、致し方ない。

金融庁に来ることなく財務省に残っていたならば、鎮目を凌いで次官になれただろうかと思うと、自信はない。鎮目ほど組織内で上手く立ち回ることはできないからだ。それがかえって悔しさを倍増させている。譬えて言うなら同じ土俵で競争させてくれなかったため大蔵省に入省した際の劣等感がそのまま残滓となっているのだ。

「わざわざ私や大臣に金融庁まで足を運ばせるというのは、どんな大ごとですかね」

鎮目は皮肉っぽい視線で鈴村を一瞥した。

「おお、大ごとが発生ということだよ」

北条が鎮目の皮肉を面白がる。「次官、木島です」

政務官の木島が立ち上がって一礼をする。

「木島君もいたのか。それはまさに大ごとだね」

「はは、次官にはいろいろお世話になりました」

「君たち知り合いかね」

「はい、私がハーバードに留学する際、同大学の卒業生である次官に推薦状を書いていただきました。非常に助かりました」

鎮目もハーバード大学留学組なのだ。

「そうかね。それは心強い推薦状になったことだろう。まさか向こうでの遊び場所ばかり書いてある案内状ではあるまいね」

北条は自分の冗談に嬉しそうに笑った。鎮目は、北条を楽しませるだけの遊び心も心得ていた。その点、鈴村や大森は、職務に忠実なだけの面白みのない人間たちであると北条は考えていた。

「大森君、あらためて鎮目次官にご説明を」

鈴村が苦虫を噛み潰したような顔で大森に言った。

「はい」

大森は資料に視線を落とす。

智里は、鎮目の態度に辟易していた。エリート臭をまき散らすことになんの意味があるのだろうか。不潔感さえ感じていた。特に大望なく入庁したのだが、鎮目のような人間を見ると、怒りとともに金融庁への愛着がめらめらと燃えあがる。

「説明は不要です」

鎮目が冷たい目で大森を見つめた。

大森が驚いた顔をする。北条も首を傾げた。

「大森君、説明してください」

鈴村が重ねて指示する。

「は、はい」

大森が戸惑う。

「不要だと申し上げているんです。もう十分に存じ上げておりますから。鈴村長官と大森局長の持論ですね。検査体制を再度強化して、地銀、第二地銀の信用リスクへの耐性を調査して、金融危機に備えないと、それこそ大ごとになるということですね」

「ああ、その通りだよ」

北条が口を曲げた。大森の説明を聞かないうちに、その要点を言い当てたことに多少不満の様子だ。

「金融庁の予算獲得、権益の拡充に資するだけです、そんなもの。確かに今回のパンデミックで各地の企業が傷み、その結果、地銀、第二地銀の経営は不安視されています。危機的状況にあるところもあるでしょう。それらは一律で検査しなくてもわかります。よしんば、検査したとしてもその後、どうするのですか。公的資金を投入して救済するんですか。そんなカネはありません。今、我が国は千百兆円以上の負債を抱えているのです。GDPの二倍以上という恥ずべき状態です。この状態をなんとか改善したいというのが、北条大臣のお気持ちであり、国民の総意です。検査し、状態が悪いとわかっても公的資金を出せない状況であれば、その検査自体が無駄であります」

鎮目が冷たい視線を鈴村に向けながら流れるように話す。大森の拳が固く握られた。

「鎮目次官、お言葉ですが、地銀、第二地銀の状況を正確に把握しなければ、金融危機が全国的に発生します。そんな状況になっても私たちは何もしないおつもりですか。そうならないために事前に対策を講ずるべきかと考えます」

大森が思い詰めた表情で言った。智里は、鎮目に比べれば華やかさに欠ける大森が反論を試みていることに、心で喝采(かっさい)した。

「大森君、君は案外しぶといね。前長官の時は、飛ばされていたのにまた這い上がってきたね」

鎮目は口角を引き上げて薄笑いを浮かべた。

「私の個人的なことは結構です」

大森は真面目な顔で言った。

「そうだね。君の話はまた別の機会にしよう。私はね、銀行を救済する公的資金は出せないと言っているんだ。だから調べるのはムダなのさ。分かるだろう。財務省はね。溺(おぼ)れて死にそうになっている地銀や第二地銀を見つけたとしても、まず財布の中身を見てから、水に飛び込むか、飛び込まないか判断するんだ。君たちは検査局を復活させて、金融庁の権益を拡大しようとしているんじゃないかね」

「何を……馬鹿なことを言わないで欲しい」

鈴村が険しい表情になった。

「ちょっと待ってくれませんかね」今まで大臣のおっしゃる通りですとしか発言しなかった副大臣の船田が口を開いた。思いがけないという顔で北条が船田を見た。「鎮目次官殿は、溺れている者がいても助けないというのですな」叩き上げらしく言葉は朴訥で力がある。

「例えばってことですよ」

鎮目が予期せぬ攻撃を苦笑でかわそうとした。

「財務省次官殿の言われることであり、譬え話として聞けませんでした。私の選挙区は兵庫県旧五区です。有権者数が少なく、一票当たりの価値が高い。その場所にのじぎく銀行があります。第二地銀ですが、地域のために頑張っています。しかし経営は厳しい。地域経済も今回の感染症拡大で厳しい。ともに溺れ死に寸前でしょう。それで助けを求めてもあなたは財布の中身を見て、その場を立ち去るのですか？　それが財務省というものですか」

船田が重々しく言った。

「いえ、まあ、それは言葉の綾……」

鎮目が困惑した顔で北条を見た。

「船田君、まあ、勘弁してやってくれ。鎮目君も悪気があったわけじゃない」

北条がとりなした。

「分かりました。鎮目次官殿には、もっと現場を見ていただきたいと思います」

船田が矛を収めた。

智里は、ざまあみろという風に小さく舌を出した。

「では、私どもの地銀、第二地銀の信用リスクに対するストレステストについて再度、説明させていただきます」

大森は何事もなかったように話し始めた。

四

「鎮目次官って嫌味ですね」

智里は、局長室で大森に言った。会議は、船田の発言で少し波風が立ったが、その後は何事もなく終わった。最後まで鎮目は渋い表情だった。どんなに金融危機が大きくなろうとも、一切、カネは出さないという雰囲気を顕わにしていた。北条も、世間への態度はべらんめえ調でいい加減な印象を与えているが、実は、財政再建派であり、財務省の強い後ろ盾である。

「そうですね」

大森は所在なげに答えた。

「局長と何かあったんですか？」

「どうして？」

大森が智里を睨む。

「あっ……。えっ、まあ、どこか皮肉っぽい印象を得たものですから。すみません」

「いや、いいんだ。鎮目さんにはね、大蔵省時代に仕(つか)えたことがあるんです」

「そうだったのですか？」

「主計局にいた時ですけどね」

大森は、昔を思い出すように目を閉じた。

「金融庁の前身である金融監督庁ができた時、私は、志願して大蔵省を飛び出したのです。鎮目さんが止めるのも聞かずに」

大森が口角を引き上げて微笑んだ。

「局長に残って欲しかったのですね。大蔵省に……」

「そうだったのかもしれません。でも私は、金融機関の不良債権問題をなんとか解決しないと、この国はもたないと思って、使命感に駆られていましたから。若かったんですねえ」

大森はため息をついた。

「後悔されているんですか？」

智里は聞いた。

大森は、きりっとした目で智里を見つめた。

「まさか、そんなことはありません。私は、その時その場で、正しいと思ったことをやるだけです。私は後悔しない主義です。それも世良さんから学んだことです」

「世良さん？　伝説の検査官ですね。先日、葬儀にご一緒した」

「私はそんな気はなかったのですが、鎮目さんからは、はっきりと『世良を選ぶのか、私を選ぶのか』と言われてしまいましてね。答えはしなかったのですが、私は世良さんを選んだ形になりました。それ以来、まあ、あんな具合ですね」

大森は薄く笑った。少し悲しそうだ。親しかった間柄も、ちょっとしたことで関係が悪化する。おそらく鎮目は大森を裏切り者と思っているのだろう。

局長秘書の斎藤和江がドアを開けて入ってきた。

和江は、大蔵省時代から歴代の銀行局長に仕えてきたベテラン秘書で、年齢は五十歳を超えているが、いつも笑みを絶やさず、気働きができる女性だ。

「斎藤さん、どうされましたか？」

大森が言った。

「船田副大臣が……」

和江が後ろを振り向いた。そこに船田が立っていた。

「船田先生！」

大森が椅子から飛び跳ねるように立ち上がった。智里も直立した。

「局長をお部屋にお呼びしますと申し上げたのですが……」

和江がバツの悪そうな顔をした。なんとなく浮かない表情をしていたのは、船田が、和江の制止も聞かず局長室に来たからだ。副大臣室に大森を呼びつけるのが普通だ。

「今、いいかな」

船田が申し訳なさそうに部屋に入ってくる。

「どうぞ、どうぞ。斎藤さん、お茶をお願いします」

大森が慌てて言った。

「気を遣わないでください。人に相談するのに呼びつけるのもおかしいからね」

船田はソファに座った。

大森は、和江に目配せした。船田は、遠慮したが、お茶を運ぶようにとの合図だ。和江は小さく頷いた。

「どんなご用件でしょうか」

大森は船田の前に座った。智里は、補助椅子を大森の背後に置き、そこに座った。

「鎮目次官はクソ野郎だな。気分が悪い」

船田は口を歪めて、吐き捨てた。

大森は言葉を呑み込んだ。

「君は、そう思わんかね。あの鼻持ちならん態度はなんだ。ハーバードか何か知らんがね。大森君はハーバードを出とらんのかね」

「はあ、私は出ておりません」

「そうか……」

船田は安心した顔をした。

大森はコロンビア大学への留学を経験しているが、そのことは口にしない。

「政務官の木島も学歴ばかり自慢しおってな。自分のケツも拭けんくせして。あいつ、銀座の女に手を出して、この筋に」船田は人差し指で頰をすっと撫でた。暴力団という意味だろう。「カネを取られたんだぞ。馬鹿な奴だ。ハーバードで何を勉強したのか知らんがね。だいたい花影首相は、アメリカの大学を出た者ばかり重用し過ぎるわな。劣等感があるのかね。それともアメリカの言うことを聞いていれば政権が安泰とでも思っているのだろうかね。大森君、どう思う？」

船田が大森を見つめる。

「困りましたね。答えようがありません」

大森は苦笑した。素直に官僚としての立場を守って答えた。

「まあ……」

「ははは。そうだね。私は君のそうした率直なところが好きだよ」

船田が相好を崩す。

「恐縮です」

大森はそつなく頭を下げる。

船田は、大森に鎮目の不満をぶつけに来たのだろうか。智里は、副大臣ならもっとやることがあるだろうという思いで船田を見ていた。

「さて、本題だがね。先ほど私はのじぎく銀行のことを話しましたね」

「はい、選挙区の銀行だとお聞きしました」

「実はね、あの銀行の頭取は高校の同級生でね。まあ、関西の田舎の高校だがね。そこからハーバードに行くような奴は出ないがね」

船田は自虐的に笑った。よほど鎮目がハーバード大学をひけらかしたことに傷ついたようだ。

「いえいえ……」

「頭取は山根というんだが、知っているかね」

「はい、存じ上げております。非常に実直な方です」

「そうなんだ。真面目が背広を着ているような奴でね。奴から局長に口を利いて欲しいと頼まれたんだ」

「私に直接連絡してくだされぱいいですよ」

「そうだろうが、あいつにとってはハードルが高いんじゃないかな。しかし頼れるのは大森局長しかいないと言うんだね。よほど、あなたを見込んでいるんだ」

「恐れ多いことです。それでどういったご相談ですか」

大森は真剣な顔で身を乗り出した。

船田は和江が運んできたお茶を一気に飲んだ。

「実はね……」

船田は、スマホを取り出して写真を見せた。そこには支店の前で行列する人が写っていた。

新型コロナウイルスの感染で、人々はソーシャル・ディスタンスを保って、約一メートルから二メートルの間を空けて並ぶルールになっているが、この写真ではそれは守られていない。

「これは……」

「丹波支店という私の選挙区にあるのじぎく銀行の支店なんだが、預金を引き出す人が並んでいるんだ」

「まさか取り付け？」

「そうかもしれない。その上、これを見てくれ」

別の画面を見せた。それはツイッターの画面を写したものだ。船田はスマホを使いこなしていないようでツイッターをやっていない。それで画面の写真が送られてきたようだ。

「この銀行が心配だから預金を下ろしたらいいという内容だ。それが拡散されている。山根は、なんとか今のところは沈静化させたようだが、のじぎく銀行の経営内容が脆弱なことは知っているよな」

「はい、存じております。心配しております」

大森の表情が硬くなった。

「それで何か対策を取らないといけないというのが山根の相談なのだよ。鎮目次官は、溺れて死にそうでも財布の中身を見てから飛び込むかどうか考えるなどと冷たいことを言っていたが、のじぎく銀行が溺れ死にしそうなんだ」

船田の表情が陰った。

「失礼します」

再び、和江が入ってきた。

「今、打ち合わせ中です」

大森が険しい表情で言った。

「それが……」

和江が振り返った。

「大森局長、私です。急ぎです」

和江を押しのけるようにして入ってきたのはジャーナリストの正宗だ。

「正宗さん……。どうしたんですか。約束もなく」

大森が渋面になった。

「すまない。約束を取れば、断られるかもしれないから、とりあえず出たとこ勝負でね」

「困りましたね。今、副大臣と……」

「船田先生！」

正宗が船田に呼びかけた。

「おお、正宗君じゃないか」

船田が弾んだ声で言った。

「ご無沙汰しています」

正宗が頭を下げた。

「正宗という名前が聞こえたから、ひょっとしてと思っていたのだがね」

「お知り合いですか」

「同じ高校の後輩でね。彼のお父上には選挙で大変お世話になっているんだよ」

「そうでしたか」

「ちょうどよかったです。のじぎく銀行が大変です」正宗がスマホを取り出した。「これを見てください。息子のツイッターです」

正宗のスマホを大森と船田が覗き込んだ。智里も脇から覗いた。そこには「のじぎく銀行が危ないって。並んでるおばさんが言ってた」と無邪気な文面が書かれていた。フォロワーは四千を超していた。まだ増えている。

「私も、まさにこのことで大森局長に相談していたところだよ。正宗君……」

船田の眉間の皺が深くなった。

「大森局長、ちょっとまずくないですか？　この状況は」

正宗が大森を見つめた。

大森は、黙して口元を強く引き締めていた。

第三章　焦燥

一

いつの間にか人は悩まなくなった。そんなことを言うと、自殺者が二万人、三万人も出ているのにおかしなことを言うなと叱られるかもしれない。

しかし自殺の悩みとは経済的なことや失恋など、具体的な対象が見える悩みが多いのではないだろうか。

そうではなく人生だとか、人はなぜ生きるのかなど、抽象的で漠然として答えがない悩みだ。

智里は高校時代にキリスト教の教会に通ったことがある。何派だったかは記憶にない。神父の話を聞き、クリスマスの夜に信者の家を巡回したことがある。洗礼は受けなかった。

なぜそんなことをしたのか、今になって思うと、その頃、ふいになぜ生きているのかと疑問に思ったのだ。

別に学校で苛められたり、両親が不和で家庭が面白くないなど、具体的な悩みがあったわけではない。

当時は、杉並区の浜田山にあった社宅に住んでいた。父は機械メーカーの技術者で、母とは職場結婚。母は、結婚と同時に退職し、家庭に入った。言わば典型的な中流家庭だった。父は真面目で仕事一筋、母は堅実で、父を支えて暮らしを守っていた。そのまま道徳の教科書に掲載してもいいほどの平均的で、波風の立たない家庭だった。

智里は、なんの疑いもなく勉強し、成績はよかった。目標は東大法学部だ。法律に興味があるとか、官僚になって国を動かしたいなどという野心があったわけではない。成績から見て、合格の可能性が高いと教師から指導されただけのことだ。

ある友人などは、血を見るのも嫌なのに成績が抜群にいいため、医学部受験を強いられている。本人は仕方がないと諦めているのだが、自分の成績と大学の合格ラインとをすり合わせて、受験校を決めていく。まるでパズルだ。ピタリとはまれば気持ちがいい。それだけのことだ。

——ある夜。

その日のことは今でもよく覚えている。父と母は、智里に留守番を頼み、二人で友人たちと久々の食事に出かけた。智里は、一人で母が作ってくれた夕飯を食べ、勉強を始めるために自分の部屋に向かおうとした。

七月の暑い日だった。ちょうど今頃の季節だ。智里が住んでいるのは社宅の五階。ベランダに向かうガラス戸が開いていた。そこから涼しい風が部屋に流れ込んできている。智里は、戸を閉めようとしたのだが、妙に火照った顔に心地よく触れる風に誘われるようにベランダに出た。

手すりにつかまって、空を見上げた。よく晴れた夜空で、都会には珍しく幾つかの星が瞬いている。不意に自分の頬を何か冷たいものが伝っているのを感じた。

——俺、泣いているのか？

それは涙だったのだ。動揺した。悲しくないのになぜ涙が出るのか。だが妙に切なくて仕方がない。

——なぜ、生きているのか。なんのために生きているのか。

切なさは、疑問に形を変えて智里の心臓を突き刺し始めた。痛さに耐えて星空を見上げていると、体が急に軽くなったような感覚に襲われ、体が星に吸い込まれていく。

手に力を込めた。ベランダの手すりを強く握り締めた。気づいた時、体が手すりから半分ほど外に出ていた。もう少しで下へ落ちてしまうところだった。智里は、その場にうずくまり、急に恐ろしくなって両手で肩を掴み、しばらくの間、震えていた。

思い止まらなければ、手すりを乗り越え、地面に叩きつけられ死んでいたかもしれない。

なぜそんな気になったのか。あの時、意識が喪失するほど、自分を包んだ疑問はなんだったのかと智里は考え抜いた。

——なぜ、生きているのか。なんのために生きているのか。

この疑問を解決しようと智里はキリスト教の教会に通い、神父の話に耳を傾けた。

しかし、それは一時的なことだった。心の中に芽生えた疑問を深掘りせず、日常の多忙の中に自分を紛れ込ませた。要するに逃げ込み、考えないようにしたのだ。いつしか疑問は、脳の中の深い部分に押し込められてしまった。

智里は、一時期の迷いはあったものの、そのままレールに乗るように優秀な子どもとしての位置づけを壊さずに東大法学部に合格し、特に深く考えることなく金融庁に入った。なぜ他の官庁を選ばず、金融庁だったのか。その質問を星川麻央から突き付けられたが、明確に答えられなかった。

実際、特に何も考えずに入庁したのだ。人生には、「もし」ということはない。もし別の道を歩いていたら、車に撥ねられることはなかったのにと思っても、Y字路に立って右を選ぶか、左を選ぶかの判断の基準はない。

恐らく智里は、あの日、ベランダの手すりを乗り越えようとした時から、深く考えることを止めてしまったのだ。深く考えることは「死」に繋がる可能性があると、本能的に拒否反応のスイッチが入ったのだろう。

だから金融庁に入庁したのも、他の官庁より早く決まったとか、面接官から「来てくれるか」と聞かれた際「はい」と答え、それが嘘になることに嫌悪しただけかもしれない。今、智里は、高校生のあの頃の自分に立ち返った気持ちになっていた。なぜ、生きているのか。なんのために生きているのか。そんな根本的だが、曖昧で答えを見つけるのが困難な疑問が脳の深淵から浮かび上がってきたのだ。それは大森の様子をじっと見つめているせいだ。

大森には苦悩が似合う。そんな気がする。苦悩が、その人の魂をより深淵へと誘っていくからではないだろうか。

そうは言うものの、大森が哲学者のように眉間に皺を深く刻んで、何か考えごとをしながら後ろ手で歩き回っているというわけではない。

金融担当大臣の北条であろうが、誰であろうが、自分の意見を明確に述べるところに、苦悩が似合うという表現がふさわしいのではないかと思ったのだ。

局長などという官庁の幹部人事は、内閣人事局、すなわち官邸に握られている。

官邸と言えば、官房長官の久住統一ということになるが、北条や総理の花影らが自分の好みの官庁人材を、まるでスカウトするかのように引き上げるのだ。

この制度ができたからといって、特に今までと変わったわけではなかった。各省庁が、順繰りに幹部人事を官邸に推薦する。すると官邸は、「よきに計らえ」と何も言わずにそれを了承する。

システムは変わっても、それは建前だけのことであり、本音は全く従来通りだったと言える。

ところが花影内閣になってからは、全く変わってしまった。各官庁が提示した人事をことごとく変えてしまうのだ。そのまま了承することはなくなった。

どんな情報や評価に基づいて人事を決めているのか、分からなくなってしまったのだ。

各官庁が提示した幹部とは、全く異なる人材が局長に、次官に就任することが度重なるようになった。就任した本人たちでさえ、なぜ自分が？　と驚く人事が横行する。しかし官僚の悲しさ。順番が違うと自分で否定するわけにはいかない。

そのうち、これらの人事は官房長官の久住と、それを補佐する官邸官僚、その筆頭は首相秘書官の小野田康清であるが、彼らが決めているということが判明した。

彼らは、各省庁に旧ソ連のKGB的なスパイ網を張り巡らせ、花影内閣に逆らう者を排除し、無条件で忠誠を誓う者を登用しているのだ。

これは官僚だけではなく、政治家も同じである。スパイ組織は巧妙で、マスコミ人なども使い、官僚や政治家たちの表の言動、裏のオフレコ言動など、微に入り細を穿ち、収集していた。

なぜこのように「物言えば、唇寒し、秋の風」という空気になったかと言えば、全ては花影の疑心暗鬼がなせる業だった。それに応えるべく久住の知恵と剛腕が作り上げた。

中国共産党政権も国民を監視下に置き、秀金平国家主席に対する批判を許さないと言われている。

日本も中国と大して変わらない。むしろそれ以上かもしれない。

久住たちは、最近ではスパイ網をマスコミや経済界などにも広げ、花影政権に批判的なジャーナリストやコメンテイターなどはいつの間にか表舞台から消えている。一見、批判的なことを発言したり、書いたりしている者もいるように見えるが、それは巧みな演技と演出の成果であり、意味のない批判を垂れ流しているだけだ。もしも意味のある批判でもしようものなら、SNSなどインターネットを使い、彼らの仕事が不可能になるほど非難メールが届くことになる。さらに最悪なのは、いつの間にか彼らの収入源である講演会や雑誌などの連載が減ってしまうことだ。

久住たちは、花影の陰鬱な性格を知り、それを利用するかのように批判を完全に封じ込めてしまうテクニックを学んでしまった。

経済界も政権を批判すれば、補助金、研究費などが気づかないうちに削られ、さらに言えば政府主導の委員会にも参加させてもらえず、公共事業からも排除され、挙句の果てには経営者が微罪で検察に検挙されるという事態まで招く。逆らえば死……。これでは言いなりになるしかない。こうしたことを久住たちは露骨に実行するわけではない。気がつけば、時、すでに遅しという事態に陥っている。

ところが大森は、こうした状況を痛いほど理解していながら、それに構うことなく「正論」で押していく。策は弄さない。それでは大森の提言は、採用されないし、彼自身も左遷されて波に翻弄される藻屑になるのではないかと思うだろう。

しかしいつも時代が彼の味方をする。時代の後押しで提言は受け入れられ、左遷先から呼び戻され、重責を担う。不思議な力を持った人物だと言えるだろう。

大森は、彼を襲う不純で穢れた欲望の波を押し返したり、あらがったりしない。流され、翻弄される。その意味でも苦悩が似合うのだが、その都度、間違いなく言えるのは溺れないということだ。

智里は、大森に聞いてみたいが、まだ聞いていないことがある。それはなぜ生きているのか、なんのために生きているのかという、高校生の時に、脳の奥にしまい込んだ悩みだ。大森はいったいどのように考えるだろうか。

「高原君、何を考えているのですか？　先ほどから深刻そうな表情で私を見ておられますが」

大森が怪訝な表情で言った。

「すみません」

智里は口癖のように謝った。

「謝らなくてもいいですよ」大森は苦笑して、「船田先生や正宗さんに対して明確なことを何も言わなかったことに失望しているんですか」と言った。

「いえ」智里は、大きく手を振り、「とんでもありません」と否定した。「そうじゃないんです」

「では何をそんなに深刻な顔をしているんですか。若い時から、深刻な表情をしていると表情が固まってしまいますよ」

大森が微笑む。

智里は、両手で頰を摘まんだ。

「鎮目次官の話を聞いて絶望的な気持ちになったのです」

「絶望？」

「ええ、あの人は国の財政だけが重要で個々の銀行のことには関心がないからです」

「高原君はどんな風に考えているんですか」

「私ですか」智里は、緊張した表情に変わる。テストを受けている気になったのだ。大森に仕えるためには、時折投げかけられる思いがけない質問に答えを用意しなければならない緊張感がある。

「私は国というのは抽象的な存在で、個々の人、個々の企業、個々の銀行などが集まってこそ成り立つものだと思います。個々を大事にしなければ、抽象的存在である国は消えてしまいます」

智里は自分の考えを言った。上手く言えたのではないか。大森の反応を窺う。

「そうでしょうね。それが普通の考えだと思います」

大森は書類に目を落としながら言った。

「普通ですか？」

「そうです。普通の人はそう考えます。またそう考えるべきでしょうね。しかし私たち官僚は、抽象的な国家に心身を捧げているのです。私たち人間は、個々だと他の動物や災害に対して極めて弱い存在です。私たちは弱さを克服するために、宗教や国家という抽象的存在を生み出しました。それは『初めに言葉ありき』という聖書の言葉が証明していますね」

大森の口から聖書のヨハネの福音書の一節が飛び出したのには驚いた。

「私たちは言葉を巧みに操り、宗教で人の心をまとめあげ、それぞれの民族の物語を語り継ぐことで国家をイメージさせ、制度や法律を作り、国家を制度化しました。その中で官僚が生まれたのです。その役割は国家の維持です。私たちは、個々で生きていますが、国家があることで生きられるのです。鶏と卵の関係のようにどちらが優先されるというわけではないのでしょう。国家の死が私たちの死であり、私たちの死が国家の死でもあるのです。グローバル化が進んだ社会では、国家を意識しないようになるはずでした。ＥＵがそうですし、企業も国家を超えて発展します。戦争など、国家の名においてなされることが私たちの不幸になる。こんな事例が増えたこともグローバル化、国家の枠組みの希薄化を助長した可能性があるでしょう。私たちは国家なしでも生きられる。人と人との繋がりがSNSなどで強化されればなおさらです。国家の枠組みが、だんだん窮屈になってきました」

「国家の枠組みが溶け出すにつれて、官僚の人気が下がる傾向が現れてきたように思えます」

智里が言葉を挟んだ。

「ははは」大森は薄く笑って、「そうかもしれません。しかし今回のようにパンデミック、感染症が拡大すると、否応なしに国家が強くならざるを得ません。私たちは国家という抽象的な存在に助けを求めることになるからです」

「私たち官僚には、抽象的な存在である国家を維持する役割がある。現在のようなパンデミック下では私たち官僚が国家という抽象的存在を守らねば、個々の人間を生かし、守ることができない。そうなのですね」

智里が自分自身を納得させようとするかのような問いかけに大森は深く頷き、「その役割を果たす行為が個々の人間の生存を脅かすことと矛盾しないようにしないといけません」と強く言った。

「腐敗した国家でも官僚はそれを維持する役割があるんでしょうか。腐敗とまでは言いませんが、鎮目次官の言動は、国家というより財務省の立場だけを守っているように思えてなりません。あのお考えでは、財務省が残っても、国家も私たちも死滅するんではないでしょうか。それに北条大臣が同調されていることは問題です」

智里は率直に先ほどの北条大臣を交えての会議の感想を口にした。

大森はすぐには答えなかった。しばらく書類のページを繰っていた。智里は、自分の発言が政権批判であり、矩（のり）をこえていたのかと不安になった。

「鎮目次官は自分の役割を果たそうと思っておられるだけでしょう」

大森はそれだけをぽつりと言った。

「でも局長の危機感溢れる提案を結果として一顧（いっこ）だにしなさいません。国家維持が官僚の役割なら、国家の崩壊を防ぐためにあらゆる方策を講じなければならないのではないでしょうか。国家がたとえ抽象的存在であっても、それは私たち一人一人の信頼が作り上げているものだと思います。局長の提案をあのように無視……」

智里は、悔しくて、思わず涙ぐみそうになった。

北条大臣を囲んで大森が提案した地銀、第二地銀を対象にした信用コストに対するストレステストの実施や金融検査の強化などが協議されたのだが、「聞き置く」という実際は完全に無視される結果となった。

唯一の波乱は、副大臣である船田議員が、鎮目次官に対して冷酷であるとの批判を行ったくらいである。

「それぞれのお考えがありますから」

大森は淡々と話した。

「局長は、船田先生の申し出も無視されるのですか？　正宗さんが慌てて飛び込んで来られたことも偶然とは思えません。今、火事が起きようとしているのに火を消しに行かない消防士は無用の存在ではありませんか？」

船田は、選挙区の第二地銀であるのじぎく銀行の経営危機を救って欲しいと大森に頼んできた。

頭取の山根と船田が同窓であり、その縁で大森を頼ってきたのだ。

正宗は金融・経済系のジャーナリストだが、のじぎく銀行で取り付け騒ぎが起きているのではないかとの危機感を募（つの）らせて、大森に警告しにやってきた。

正宗の息子がのじぎく銀行丹波支店に預金引き出しの行列ができているのをツイッターに投稿した。「このままだと息子のツイートが拡散され、ディスラプターになってしまう」と正宗は慄（おのの）きながら言った。

正宗はそのツイートがニュースになると思ったこともあるが、それよりも自分の息子が無自覚に投稿したツイートが金融危機の引き金になったということになれば、どんな結果責任が待っているか恐ろしくなったのかもしれない。

正宗が口にした「ディスラプター」とは、「破壊者」の意味だ。SFのスペースオペラに登場する宇宙を破壊する最終兵器。それを照射すると、何もかもが破壊され「無」になってしまうという。

一方で、「無」になった穴を周辺の空間が埋めようとする激震が即座に発生するらしい。

智里は、宇宙空間にディスラプターが照射された状況を想像してみた。

目がくらむような光が走る。とどろく爆発音。そして目の前に真っ黒な空間が、まるで怪物の口のように大きく開いている。その周囲の空間が歪み、その真っ黒な空間に渦巻くように吸い込まれていく。智里が立っている空間も激しく揺れ、真っ黒な中に吸い込まれようとしている。

しかし……と智里は思った。ディスラプターによって穿たれた「無」を別の空間が埋めるということは、全く新しい空間がそこに誕生するということだ。

「破壊が新しい状況、秩序を生み出す。単なる破壊者であるデストロイヤーではない……」

智里は囁くように独り（ひと）ごちた。そして大森を見た。

――まさか……、ディスラプターを待っているのではないだろうか？

智里は、突然の思い付きを慌てて否定した。

二

「私の父は二年前、そう、高原君が入庁した二〇一八年に八十歳で亡くなったのですが、四井住倉銀行の行員でした。住倉銀行出身ですけどね」

大森が、突然、自分の父親について話し始めた。

智里は黙って耳を傾けた。

「支店長で終わりましたが、父が非常に後悔していたことがあるんです。バブル崩壊時のことです。九〇年代のことですから、今から三十年ほど前のことです。思えば、随分、昔のことになってしまいましたね。すでに私は大蔵省に入っていましたが、父は支店長としてバブル崩壊の最前線にいたのです。私は一九九八年に金融庁、当時は金融監督庁ですが、そこに移ると決意し、父にそのことを伝えました。その時、父は、すでに支店長の務めを終え、関係会社に出向していました。定年が間近な年齢でしたからね」

大森は、軽く天井を向き、智里から見ると、薄く笑っているように見えた。

「父は、私の決意に賛成してくれました。父は、私に言いました。自分は間違っていたとね」

大森は智里の方を向いた。その表情から笑みは消え、いつもより真剣なまなざしが智里を捉えていた。

「父はね、首を吊って亡くなっている取引先の社長の遺体を下ろしたそうです」

「えっ、どういうことですか？」

「その取引先の社長は真面目で、父とも親しかった。しかしバブル崩壊後の業績悪化に際して、父に融資を申し込んできた。父は、正直、なんとかしたいと考えたようですが、融資回収の指示が本部から出ており、どうにもできなかったのです」

「私には、想像がつきませんが、貸しはがし、貸し渋りの時代ですね」

「そうです」大森は、頷いた。「私が入省して七、八年の頃ですね。主計局課長補佐でした。いったいこの国に何が起きているのか分かりませんでしたね。財政出動して金融の混乱、破綻状況を防ぐべきだと思いましたが、いったいいくら注ぎ込めばいいのか正確なデータもなく右往左往するばかりでした。その頃、父は貸しはがしと、貸し渋りに翻弄されていたのです」

「辛い時代でしたね」

「ええ、全く経験のないことばかりでした。その少し前まで、日本が世界を買えるというまで経済を膨張させ、日本中を爛熟させていたわけですから。父は、ある真夜中、取引先の社長の妻から、叫びのような連絡を受け、急いでその家に行ったのです。そこには号泣する妻と中学生の娘さんがいたそうです。父は、首を吊って鴨居からぶら下がっている取引先の社長の姿を見ました。その目は固く閉じられていたのですが、娘さんが『銀行に殺された』と呟いた。とても中学生の女の子の声ではなく、大人の陰々滅々とした声だったようです。その瞬間、取引先の社長の目が、かっと大きく見開いて、父を睨んだそうです。父は、驚きと恐ろしさでその場に尻もちをついてしまった。その後は、なんとか気を取り直して遺体を下ろしたのですが……。父は、自分の仕事に対する誇りがガラガラと崩れ、むなしさ、いったい何をやっているんだという激しい後悔で、銀行員であることへの意欲を失ってしまいました。まるで現場から逃げるようにして関係会社に出向し、銀行員としての人生を終えたのです」

智里は想像した。鴨居からぶら下がる死体。その場で号泣する妻。恨みのこもった死者の目……。地獄だ。

「父は、私が大蔵省で勤務することをとても喜んでくれていました。ですから金融監督庁に行くと決めた際、反対するのではないかと心配しました。大蔵省に残れと言うのではないかと思ったのです。ところが父は、全面的に私が金融庁に行くのを賛成してくれました」

「辛い経験からですか」

「ええ、そうだと思います。父は私に言いました。『銀行という組織を守るために取引先を犠牲にしてしまった。大きな間違いだった。二度と間違いを起こさないようにしてくれ』と……」

「重い言葉ですね」

「重いんだ。本当に重い。私たち官僚の仕事を父の言葉になぞらえて、いつも考えています。なんのために仕事をしているのかってね。この歳になって青臭いですか」

大森が照れたように笑みを浮かべた。初老であるはずの大森が、青年のように見えた。

「国家という組織を守るために国民を犠牲にしてしまった……。ということですね」

智里は、大森の父の言葉の銀行を国家に、取引先を国民に置き換えた。

「それに続くのは、『私の行為は、本当に銀行を守ったのか』という痛切な問いかけでした。私は、『私の行為は、本当に国家を守ったのか』と自問自答しているんです」

大森は、再び書類に目を落とした。

特に自覚なく金融庁に入庁した智里にとって大森の話は、心臓を銅鑼に変えて、大きな木槌で思い切り打たれたくらいの衝撃があった。

同期の星川麻央の父親も銀行員だった。鬱になり、恵まれているとはいえない職場に転じて、その後自殺したという。

何歳で亡くなったのかは分からない。麻央の年齢から考えて智里の父と同年齢だと推測すれば、五十代半ばではないだろうか。

そうであれば三十年ほど前の貸し渋り、貸しはがしの時代に銀行の現場で働いていたことになる。

おそらく大森の父親と同様に、悲惨な現場に遭遇し、銀行と取引先との間に入り、自分では解決できない苦悩に陥ったのではないだろうか。父親の死が麻央を金融庁に導いた。

高校生の頃、なぜ生きているのか、なんのために生きているのかと疑問を抱いた。しかしその課題を深めることなく生きてきた。その疑問を正面から見つめることが怖かったのか。疑問を深めることよりも若さのエネルギーを発散する方が重要だったのか。

――なんのために働くのか。誰のために働くのか。

智里は自分に突き付けられた疑問から今度こそ逃げないぞ、と強く決心した。

三

船田は受話器を強く握り締めて盛んに頷いている。うん、うんと呻くように聞こえる相槌の声を発している。顔には深く皺が刻まれ、電話の相手に対して、真剣に向き合っているのが分かる。

船田は、与党民自党の北条派に属している保守色の強い議員だ。大臣になればいいと考えてはいるものの出世欲とか、権勢欲からは程遠い人物だ。丹波の黒牛（くろうし）と譬えられるほど、黙々とアピールもせずに役割をこなす。若い頃は、共産党にも憧（あこが）れたというから、根っからの地元への奉仕タイプなのだろう。他の政治家のように、俺が、俺が、という生き方ではない。そのため党内はもとより政党を超えて船田のことを慕う議員が多い。

正宗謙信の父親は、村長など村の要職を務めていた地元の名士だが、船田の実直さを評価して、選挙に出るように勧め、応援してきた関係にある。

謙信は東京に拠点を置いているが、船田とは他の国会議員に比べて会う頻度が高い。何度か神楽坂の博子の店にも来たことがある。

船田の電話が終わった。眉間の深い皺もそのままに正宗の方を振り向き、大きくため息をついた。

「のじぎく銀行の山根頭取ですか？」

謙信が聞いた。

「ああ、そうだよ」

再び船田がため息をつく。

「大変そうですか？」

「取り付け騒ぎと見られる動きは、とりあえず収まっているらしい。山根が、直々に丹波支店に出かけて、行列する客に『大丈夫だから安心して欲しい』と声をかけたそうだ」

船田の表情が深刻だ。

「頭取自ら、ですか？」

謙信は、その様子を想像して、大変さを思いやった。

船田が、頷く。

「しかし、どうも他の支店にも飛び火しているらしい。こうした噂は、今、流行りのツイッターであちこちに広がるんだろう？」

「ええ、止められません」

今度は謙信が頷いた。その最初の引き金になったツイートは、息子の悠人が発信したものだ。いったいどうしたものだろうか。謙信の悩みは、金融危機の悩みよりも自分自身、家族を脅かす、ツイッターによる「のじぎく銀行の危機」の発信源になったことだ。

「山根は、大森局長に相談してくれたかどうか必死だった。ちゃんと相談したぞと言っておいたがね」

「大森局長は頼られていますね。私も彼は『人物』だと思います。地味で、自分のことを売り込むのは下手ですけどね」

「その辺りは私と似ている気がするな。今まで付き合いがなかったが、官僚にも少しはまともな奴がいると思った」

船田は頼りなげに笑った。大森に相談しただけでは、まだのじぎく銀行の危機は去っていないからだ。

「大森局長は動きますかね」

「彼のことだから期待はしたいがね。鎮目次官のことを考えると、なんともね」

「鎮目次官？　財務省の、ですか？　何かあったのですか？」

謙信の関心が動いた。

「まあね……」船田は思案げな様子で眉根を寄せた。「実はね、大森局長から提案があってね」

船田は、北条大臣を交えての庁内会議の様子を詳しく話した。

謙信は、メモは取らずに船田の説明を頭に叩き込んだ。

「大森局長は、信用コスト増大にどれだけ地銀、第二地銀が耐えられるか検査を強化して、ストレステストを行うべきだと提案したわけですね」

「今の状況を考えると、まわりくどいことだと思って聞いていたのだがね」

「言われると、そうですね。ストレステストをするより、感染症で経営危機に陥っている企業に融資をする方が先ですね」

謙信の問いかけに、船田が頷く。

新型コロナウイルス感染拡大で、人の移動や集まりが大きく制限され、中小企業は売り上げ消失という未曽有(みぞう)の事態に陥り、経営が危機に瀕(ひん)していた。

政府は、雇用調整助成金の増額、経営を支援する各種の給付金、公的金融機関のみならず民間金融機関を巻き込んでの危機対応融資などの支援策を矢継ぎ早に打ち出している。

しかし実際は、いわゆる勘定合って銭足らずという状態で、政策は実施に移されたが、中小企業を助ける資金は届かないという状況で、すこぶる評判が悪い。

「君の言う通りなのだがね。しかしなぜこの時に、大森局長が、検査の強化を含めて、ストレステストなどということを言い出したのか、と考えたのだよ」

「それで先生のお考えは？」

「大森局長は、次のことを考えているんだと思うんだ」

「次のこと？」

謙信は首を傾げた。

船田は、現場が長いだけに独特の感覚がある。

「地銀、第二地銀の破綻から続くメガバンクの破綻だよ」

船田が、じろっと謙信を大きな目で睨むように見つめる。あまりに大きな瞳で、謙信はその中に自分の困惑とも、心細いともつかない顔を見ていた。

「ええ、なんて言えばいいんですか」

経済、金融を専門にしているジャーナリストとしては情けない態度だ。船田の口から飛び出た言葉に十分な反応ができない。

「地銀、第二地銀、メガバンクといえば、まあ、日本の全金融機関と言ってもいいだろうね。それが一気に破綻する事態だよ」

「あり得ないでしょう？　そんな壊滅的状況は……」

謙信は、船田が冷静に言葉を紡ぐのに苛立ちを覚えた。

「あり得ないかね？」

真面目な顔だ。

「そりゃぁ、何が起きるか分からない時代ですからね」

謙信は戸惑いながら言った。

「大森局長は、大げさに物事をアピールする人間じゃない。だから単に検査を強化し、ストレステストを実施すると言っていたが、最悪の危機に備えて、どれだけの公的資金を覚悟しなくてはいけないか、今のうちからシミュレーションしようというんじゃないかね」

日本の金融機関への公的資金投入は、ある意味で残念極まりない歴史だ。

現在のパンデミックに対する対応と似ていなくもない。

全く危機への備えがなかった。何より危機を甘く見ていた。バブル経済に踊り、酔い痴れ、それが破裂する予兆に気づきながら、誰もが大したことはないと思っていた。傲慢の極みだったと言えるだろう。

株価、不動産価格が暴落し、それが金融機関の不良債権となった。何もかも呑み込んでしまう大津波のような不良債権の増大にもかかわらず、当時の大蔵省や銀行は、その額を過少に見込んだ。

危機に対する方策よりも、取引先の悲鳴にもかかわらず自分の銀行だけの生き残りを図り、貸し渋り、貸しはがしに狂奔した。その結果、多くの中小企業経営者が自殺する悲劇を引き起こした。

幾つかの弱小金融機関が破綻するに及んで、政府はようやく一九九五年の年末になって、不良債権の巣窟となっていた住宅金融専門会社処理のために、六千八百五十億円の公的資金の投入を決定した。

しかし国民の間から、どうして税金で銀行を救済するのだという怨嗟に満ちた抗議の声が、澎湃として湧き上がった。

六千八百五十億円は投入されたものの、その後は公的資金による銀行救済に政府は極端に及び腰になる。

金融危機がさらに激しくなり、北海道拓殖銀行が破綻するなど、このままでは大手金融機関が続々と破綻しかねない状況になった。ついに一九九八年三月に大手銀行に約一兆八千億円の公的資金を投入。ところが危機は収まることなく続く。日本長期信用銀行、日本債券信用銀行が立て続けに破綻。一九九九年三月に大手銀行一五行に約七兆五千億円の公的資金を投入した。その後も銀行救済のための公的資金投入は続き、現在まで約二十兆円が費やされた。これらの公的資金はその後の経済復調に伴い、一部を除き、国庫に返済されている。

「全金融機関が破綻するかもしれないとなると、いったいどれだけの公的資金が必要になるんでしょうか？」

謙信は、金融記者にあるまじき、怯(おび)えた様子で船田に聞いた。

「さぁな、全金融機関の融資額は日本のＧＤＰ並みの五百兆円以上もあるからなぁ。数百兆円規模になるのか」

船田は妙に落ち着き払った様子で答えた。

「あり得ない」

謙信は思わず叫んだ。

「バブル崩壊の際、政府は不良債権の総額を少なく見積もった。現実を直視するのが恐ろしかったのだろうね。アメリカの研究機関から百兆円以上だと指摘されても、まともな調査さえしなかった。そのため公的資金投入が遅れに遅れた。その上、小出しにした」

「戦力の逐次投入ですね」

「そうだ。戦略上、最も拙劣(せつれつ)な作戦と言われるが、戦前から日本の得意とする戦略だな」

船田が皮肉を込めて言った。

「太平洋戦争においても数万の米兵に対して日本は数千の兵しか送らない。バブル崩壊でも原発事故でも、予算をケチって、結果として被害を大きくし、かつ長引かせてしまう。ありとあらゆる政策の失敗を犯しながら、まだこの国が維持されているのは、国民が辛抱強くて、真面目であるからです」

「正宗君の言うことに私は賛成だな。今、政府は感染症拡大による経済危機を乗り切るために百兆円規模の支援策を実施しているが、真水は半分もない。四分の一程度だ。相変わらずのケチぶりだ」

船田は怒りが込み上げてきたようだ。口調が激しくなった。

「いろいろな政策を寄せ集めて、さも数字を大きく見せていますが、実際に財政投入されている額は少ない。企業の支援策も公的金融機関や民間銀行の融資が中心です」

「このままだと貸し渋り、貸しはがしの時代が再び訪れるだろうね。融資には審査が伴う。時間もかかる。銀行にしたら不良債権を増やしたくないという気持ちになる。将来性のない企業には融資を渋ることになるだろう」

船田の表情が暗くなった。

「将来性がないなどということは今回ばかりは分からない。パンデミックで世界の需要が吹っ飛んでしまったわけですから、昨日までの優良企業が破綻寸前に追い込まれています。ゾンビ企業ではない優良企業が危ないんです」

謙信も言葉が強くなってきた。船田の怒りが影響しているのだろう。

ゾンビ企業とは、存続が危(あや)ういにもかかわらず条件を緩和した融資を受け、生きながらえている企業のことだ。経済の新陳代謝を進めるためには、こうした企業を淘汰(とうた)するべきだという意見もある。

「大森局長は慎重な人だから、自分の考えをあからさまに言い出さないが、金融機関に大規模な公的資金を投入しなければ、地獄のような経済危機が来ると予想しているのだろう」

船田は言い、何事か決意したかのように口元を引き締めた。

「取材を進めます。鎮目次官が壁になりますかね」

「大きくて高い壁だね。正宗君のご子息のSNSがきっかけで世の中が破壊されてしまうかもしれないいんだから、親として頑張らないとな。私も動く」

船田が、大きな目を見開いて、謙信を見つめた。

「脅かさないでくださいよ。息子が世界を破壊する……。想像したくもありません。賠償責任は負えませんよ」

謙信は情けない声で言った。

「危機に気づいた者が大げさに動いて、ドン・キホーテになる必要があるな。私も君も、そして大森局長もね……」

謙信は、船田の言葉に、風車に向かって突進するドン・キホーテの姿を想像した。彼は風車に弾き飛ばされるのではなかったか……。

四

智里は、麻央から突然、呼び出された。相談があるから、霞が関ビルにあるカフェに来て欲しいというのだ。

仕事の話なら電話でもいい。わざわざ金融庁が入居する合同庁舎から外に出ることはない。

いったいなんの相談だろう。智里は、少しドギマギしていた。麻央は魅力的な女性だ。同期入庁したことは本気で嬉しい。美人であることは勿論だが、知的な輝きがあるのだ。まさか……。智里は、付き合って欲しいと言われたら、どのように返事をしたらいいか考えた。今、智里には付き合っている特定の女性はいない。迷うことなく二つ返事で「オッケー」と言えばいい。でも即座に応諾するなんて、軽々しくないだろうか。

「マスク、マスク」

智里は、机の上に放置したマスクを慌てて手に取った。マスクをつけていないと外を歩きづらい空気がある。しかし、今日は暑い。マスクをつけていると、息苦しく、暑さが倍増するのだ。だからつい忘れそうになってしまう。

合同庁舎第七号館を飛び出して、隣にある霞が関ビルに行く。麻央が指定したカフェの看板が見える。少し胸が弾む。思いがけないことを告白されても……。何を馬鹿な想像をたくましくしているんだと頭を叩く。

カフェには客はほとんどいない。テレワークが霞が関界隈にも浸透し、出勤してくる人たちが極端に少なくなっているのだ。これではこのカフェのみならず、霞が関界隈から新橋にかけての居酒屋や飲食店の経営は苦境に陥るだろう。

智里はすぐに店内を見渡した。見つけた。麻央は、明るい日差しが差し込む窓際の席に座っていた。麻央も智里を見つけた。手を上げて、笑みを浮かべている。智里は、まるで羽が生え、飛ぶように麻央のいるテーブルに近づいた。

「ごめん、忙しいところ呼び出して」

麻央が智里を見上げて言った。

「大丈夫だよ」

智里はマスクを外して、ポケットにしまい込み、麻央と向かい合って座る。

なんの相談だろう？　胸が高鳴る。

「モニタリング情報収集窓口にね」

麻央はいきなり話し始めた。智里は、慌ててアイスコーヒーを注文した。

麻央はリスク分析担当だ。従来、金融庁は厳格でルールに基づく検査主体だった。しかし不良債権問題が解決した後は、消費者などに如何に適切な金融サービスを提供しているか、広範なモニタリングを行うことで銀行の指導を行っている。麻央は、銀行のみならず銀行と取引のある企業や消費者、そして金融に一家言ある有識者などから金融サービスの意見を聴取し、分析を行っている。

　麻央の言うモニタリング情報収集窓口とは、金融庁のホームページに設けられた消費者からの情報収集サイトのことだ。

　銀行への不満、トラブルなどの情報を消費者が直に金融庁に報告できる。ある意味、苦情相談窓口だ。この窓口に提供された情報をもとにして個別の銀行の指導を行うこともあるし、金融政策に反映することもある。

「えっ、何？」

　智里は、予想外の麻央の発言に混乱した。

「何って、今、言ったでしょう？　聞いてないの。モニタリング情報収集窓口の話」

　麻央が唇を尖らせた。怒っている。

「ごめん。ちょっと予想外だったんだ」

　智里は、戸惑いをごまかすためにわざとらしく笑みを浮かべた。

「何が予想外よ。局長が気にしているのじぎく銀行のことだよ」

「えっ、のじぎく銀行だって？」

「そうよ、取り付け騒ぎがツイッターに投稿されたんでしょう？　それを船田副大臣が局長に相談したんでしょう」

麻央が目を輝かせて智里を見つめている。その目に智里は吸い込まれてしまいそうな錯覚に陥った。

「どうしてそれを？」

「私を誰だと思っているの。リスク分析担当よ」

麻央は微笑みながら右手で右耳を指さした。情報収集能力は高いと言いたいのだろう。

「船田副大臣の地元の銀行なんだ。山根頭取が、局長に口利きを頼んだのさ。そこに正宗さんも飛び込んできてさ。息子さんがのじぎく銀行丹波支店の取り付け騒ぎをツイートしたらしい。広がったら大変だって慌てている。僕を呼んだのは、その話なの？」

取り付け騒ぎは、今のところは沈静化している。とりあえずかもしれないが……。

「そうじゃない。情報収集窓口にこんなものが投稿されてきたのよ。のじぎく銀行の匿名行員からよ」

麻央は一転して、深刻な顔で、テーブルの上にプリントアウトしたペーパーを置いた。

智里は、そこに書かれた情報の内容をすぐに読んだ。

「これは大変だ」

智里は呟いた。

「分かってくれた？　組織的な貸し渋り、貸しはがしを告発する内容なのよ」

麻央はペーパーの意見欄に指を置いた。

「のじぎく銀行の行員です。営業を担当しています。今、当行は感染症拡大で経営危機に陥った企業への支援で忙殺されております。ここで問題なのは申し込まれた融資への対応は保証協会つき以外は受け付けていないことです。最悪なのはプロパー融資の一部、あるいは全部を保証協会つきに乗り換えるという不正がまかり通っています。プロパー融資での対応は一切するなという指示も受けています。また業績の回復が見通せない取引先（今まで優良企業だった取引先も今回のパンデミックの結果、業績が悪化しています。いったい誰が先を見通せるというのでしょうか！）からは期限が来る前にもかかわらず融資の回収が行われようとしています。具体的な通達によって営業現場に指示されているわけではありません。暗に匂わせる口頭だけの指示です。証拠が残らないようにしています。このままではのじぎく銀行の取引先は死んでしまいます。銀行が生き残る可能性はありますが、私はその可能性は低いと思います。取引先の信頼を失っては地域金融を支える第二地銀の存在理由はありません。本来は、実名で投稿すべきですが、匿名で申し訳ありません。

のじぎく銀行の一行員」

「どう思う？」

麻央が、まっすぐ智里を見つめる。いい加減な返事は許さないという意識に溢れている。

「大変な事態だと思う」

智里は曖昧な返事を口にしてしまった。後悔した。麻央が浮かない表情をしたからだ。

「私、この事態は予想していたわ。政府は、今回のパンデミック対策で十分な中小企業支援を実施したと大々的に宣伝しているけど、基本的に融資なのよ。銀行は不良債権を増やしたくないから、貸し渋りは当然よ」

「保証協会の負担を百%に引き上げた」

信用保証協会というのは、中小企業が融資を受けやすいように銀行融資の保証人となる団体である。概ね、融資額の八十%程度の保証を行う。すなわち銀行は二十%相当のリスクしか負わないので融資が容易だということになる。

しかし今回のパンデミックに際しては緊急融資に百%の保証が付与されることになった。そのため銀行は全くリスクなく企業を支援できる。

これによって政府系金融機関だけではなく民間銀行も中小企業支援に乗り出しやすくなった。

「私に言わせれば、それが問題なの。モニタリングをしていれば分かるわ。銀行は、今、どんどんモラルダウンしている。だって全くリスクなく融資が増やせるんだよ。ついこの間まで資金需要がない、ないと騒いで、怪しげな不動産投資資金ばかり融資していたのが様変わりした。融資してくれって、取引先が門前市をなしている。みんな藁をも掴みたい気持ちだから、銀行の言いなり。とにかく保証協会つき融資にしろ！　プロパー融資はするな！　これはのじぎく銀行だけのことではない」

　麻央は強く言い切った。

「言い過ぎじゃないか。のじぎく銀行は、この投稿にあるように問題があるかもしれないけど、他の銀行の多くは、パンデミックを取引先と一緒に乗り切ろうと使命感を持って業務を遂行していると思う」

　智里はたしなめるように言った。

「甘いな」

　麻央は言い切った。

「その言い方はないよ」

「でも甘いのはホントだよ」

「分かったよ。心外だけどね。でも麻央はこの情報をどうしたいんだ」

「調べたいの。実地でね」

「のじぎく銀行に乗り込もうっていうの？」

　麻央の大胆さに驚きを覚えた。

「その通り」

　麻央が不敵な表情をした。

「課長に許可もらったらいいじゃないか。実地のモニタリングをやりたいって」

智里の提案に麻央の表情が曇った。頬を膨らませて不満顔になった。

「どうしたの？　膨れっ面して」

「課長は、触らぬ神に祟りなしって口なのよ。もしこれによって問題が大きくなったら自分の手に負えないと思っているのよ」

「政府の方針が無意味だ、かえって銀行のモラルダウンを生んでいるってことが明るみに出たらどうしようか……ってこと？」

智里が聞いた。

「チリは案外、理解が速い。その通りよ。課長は木島政務官にべったりなのよ。その筋を通じて鎮目次官、北条大臣と繋がって、もっと出世か、あるいは政界転身か、って自分のことしか頭にないから。火中の栗を拾う可能性のあることは避けて通るつもり」

「呆れたね」

「それでね。チリ」

麻央がぐっと顔を寄せてきた。なんとなく甘い息が顔にかかる。心臓が止まるほどに高鳴る。

「局長に直接頼みたいの。これができるのはチリだけだから。私、焦っているのよ。危機がそこまで迫っている気がするの」

麻央が真剣な顔で手を合わせた。

麻央の父親は銀行員で、鬱病を発症して自殺した。恐らく意に染まぬことをやらされた結果の不幸なのだろう。麻央の危機感と真剣さは、のじぎく銀行の投稿者と自分の父親を重ね合わせているのかもしれない。

「課長を飛び越えて大丈夫なのかい」

「うん。大丈夫。その代わりチリも一緒に実地モニタリングに行こう」

「えっ、俺も？」

「そう。嫌？」

「嫌じゃないさ。分かった。俺に任せて、なんとかする」

智里は、興奮気味にテーブルの上のペーパーを摑んだ。

麻央は、「頼んだわよ」と呟き、唇を横一文字に引き締めた。

第四章　怒号

一

俺がいったい何をしたというんだ。なぜこんな目に遭わなくてはいけないんだ。

自動車部品メーカー・カンザキの社長、神崎市之助は気を失いそうになるほど興奮していた。

俺は、親父の会社を引き継ぎ、真面目に経営し、小さな町工場程度だったものを中国やベトナムにも工場を持つ会社にまで育て上げた。たしかにガキの頃は、親父が手を焼く悪だったが、これではいけないと反省してからは、一転。会社経営の鬼と化した。その俺を支えてくれたのが、目の前の、のじぎく銀行の山根だ。こいつがまさか頭取になるとは、想像もしていなかったが、俺がカンザキに入社し、経理を任された際、銀行の担当者がこいつだった。妙に気が合って、二人で安酒を飲みながら夢を語り合ったものだ。その夢はほぼ実現したではないか。ほぼというのは、俺はあの時、政治家になり、総理大臣になると言ったが、それは実現しなかった……。

「神崎さん、今、何を考えているんですか」

山根が聞いた。

その声で神崎の意識が現実に引き戻された。尻を揺らして、ソファに座り直す。今、のじぎく銀行の山根の前にいるのだと自覚した。

「ちょっと昔のことを思い出したんですよ」

「昔って……」

「あんたと私が出会った頃のことです」

「ああ……。若かったですね」

山根も往時を思い出したのか、薄く笑った。

「私は何か悪いことをしましたか」

神崎はすがるような目で山根を見つめた。

「いいや。何も」

山根は首を振った。

「だったらどうして支援してくれないんです。それどころか融資を引き揚げるとはどういう了見なんですか」

神崎の声が上ずってきた。再び興奮し始めたのだ。

「応援したいのは山々です。しかしどうしようもない」

山根が眉根を寄せた。その時唇がわずかに歪んだ。

「何がおかしい。銀行家っていうのは、約束をいとも簡単に破り、それに苦しむ債務者を見るのがそんなに嬉しいのですか」

神崎のソファにつけた尻がわずかに持ちあがった。

「笑ってなんかいませんよ」

山根は慌てて否定した。

「いや、笑った。だいたいだな、この間まで支援しようと言ってくれていたのに、今日になって駄目だとは俺を騙したのか」

神崎は、ついに自分のことを呼ぶのに「私」を止めて「俺」になった。話し振りも乱暴になってきた。やんちゃだった頃の「俺」が「私」という良識を装う社会人の殻を破ろうとしている。

「騙そうなんて気持ちはみじんもありません」

「だったらどうしてこの間の約束を反故にしたんだ」

「なんとか応援したいと必死で検討したのですが、三十億円もの緊急融資は、うちでは無理だという状況になり、重ねてこのままカンザキさんを応援していると、うちが資金不足になるという危機的な状況になったのです」

山根の額の皺が、まるで彫刻されたようにくっきりとえぐられている。

「自分の銀行が駄目になりそうだから、俺の会社を切ろうというのか。許さんぞ」

ついに神崎は立ち上がった。

「座ってください」

山根が神崎を見上げて言った。

「俺がいったい何をした。血反吐を吐くほど苦労して、苦労して、ここまでになった。ついこの間まで順調だった。売り上げも、利益も……。俺と会ってもあんたの顔はいつもにこにこしていた。突然だ、突然だよ。突然、自動車メーカーが注文を打ち切ったんだ。自動車の生産予定数が変更になったってね。えって目を剥いた。耳を疑った。意味が分からなかった。向こうは、ただ打ち切りだというだけだ。こっちは向こうの需要を見込んで生産しているんだ。仕入先への支払いもあるんだ。何度かけあってものれんに腕押しだ。自動車メーカーの社長は勿論だが、担当役員さえ会おうともしない。逃げまくっている。自分のことは自分で解決してくれと言わんばかりだ。俺たちは政府も相手にしてくれん。大企業の自動車メーカーなら政府もなんとかするんじゃないか。しかし、こっちは下請けの下請けだ。外様も外様、大外様だ。切り捨てごめんってわけだ。だから頼れるのは、山根、あんたしかいないんだ。なんとかしてくれ。そうでないと俺は、ここで首を吊るぞ」

神崎は、山根を見下ろしたまましゃべり続けた。

山根は、神崎の勢いに押され、ソファからずり落ちそうになるのを必死でこらえている。

「分かっています。神崎さん、あなたが悪いんじゃない」

山根は必死の思いで言った。

「じゃあ、誰が悪いんだ」

神崎の顔が近づいてくる。

「パンデミックが悪いんだ」

「馬鹿にするな」神崎の腕が伸び、その手が山根のスーツの襟を摑んだ。山根の顔に怯えが浮かんだ。「それが頭取の言うことか。ウイルスに怒れと言うんか。お前が悪いって言ったらウイルスはなんて答える。えろう、すんまへんでしたとでも言うんか。そんな馬鹿なことはない！　こういう時期に長年の取引先を助けられん、お前が悪い。お前の銀行が悪い。俺の会社の融資を断って、俺の会社から融資を引き揚げて、それでお前の銀行が助かるんか！　お前は、自分さえよければいいんか」

神崎の腕に力が籠(こも)る。スーツの襟が引きちぎられそうだ。山根の体がソファから持ち上がる。還暦を過ぎた男だとは思えない力だ。山根は、神崎が若い頃、ヤクザ組織に身を置き、かなり暴れまくっていたことを思い出した。彼と出会った頃、組員同士の日本刀での切り合いなど、数々の武勇伝を酒の肴(さかな)として、冗談半分に聞いていたのだが、目の前に迫った神崎の顔をまじまじと見つめたら、あの話は冗談ではなかったのだと思い至った。

「神崎さん、落ち着いて、落ち着いてください」

山根は悲鳴を上げそうになった。

「融資をするんだ！　こんな時のために、俺はお前の言いなりに預金もし、借りたくない金も借りたではないか。借りたくてどうしようもない時に借りられないとはどういうことだ。それでもお前んところは銀行か！」

神崎の右手が高く上がった。左手一本で山根の襟が摑まれ、体が浮き上がる。ものすごい力だ。息が苦しい。神崎は、社長になってからも工場で、工員たちと一緒になって汗を流して働くと言っていたことがあった。重い鋼材を普段から持ち上げているのだろう。力が尋常でないほど強い。ちらっと右手を見た。掌から手首にかけて血管が浮き出て、ぴくぴくと脈動しているような気がする。握り締めた手は、まるでハンマーだ。これで殴られたら、顎が砕けるだろう。

「た、助けてくれ！」

山根は我慢できずに悲鳴を上げた。その瞬間、頭取室のドアが開き、数人の男たちが乱入してきた。のじぎく銀行の行員たちだ。山根の視界が男たちを捉えた。山根が安堵して、微笑んだ。しかしそれは一瞬の油断だった。

「この野郎！　まだ笑うんか！」

神崎の怒号が山根の鼓膜を激しく揺さぶる。神崎の右拳が自分に向かってくるのが見えた。拳は視界を覆うほど大きくなった。そして顎に衝撃が走った。瞬時に、このまま気を失い続けられたら、どれだけいいだろうかという考えが浮かんだ。怒号と足音が響く中で、山根は気を失った。

二

智里と麻央は東京駅の下り新幹線ホームに立っていた。今から神戸に向かう。出張日程は二日間。局長の大森に二人でのじぎく銀行の調査を直談判したのだ。

麻央が所属するリスク分析総括課の課長、沢田正一は、きわめて保守的というか、ことなかれ主義で、電話かネットを使っての調査しか認めない。ましてや感染症が拡大しているパンデミック下での出張などもってのほかという意見だった。そこで麻央は、智里に、大森に直接、出張許可を取ってくれないかと依頼してきた。智里が、大森に近い関係だと見込んでのことだが、沢田の頭越しに大森に近づくことは、麻央のリスクになるのではないかと心配したが、麻央は全く気にかけていない。

大した度胸だと智里は感心した。麻央は出張の条件として智里が同行することを挙げた。智里は、麻央と一緒に神戸に行くことができると考えた瞬間、嬉しさのあまり目の前がくらくらするほど興奮したのだが、そのための課題として大森に出張許可を得ることにした。

今考えると、これは、智里に当事者意識を持たせる麻央の巧みな戦術だったのかもしれない。

かなりどぎまぎしながら智里は大森に、のじぎく銀行への出張を申し出た。

　のじぎく銀行に重大な貸し渋り、貸しはがしが発生している可能性がある。実態を直接現地に出向いて調査したい。星川麻央が同行する。

　緊張して、歯が上手く嚙み合わないほどだった。大森は、例によって多くは言わず、瞼（まぶた）を二、三度、瞬（まばた）きさせ、智里を見つめた。

　何もかも承知しているという風に微笑むと、分かった、と言った。智里は、一瞬、飛び上がりたい気分になった。

　大森の指示は、期間は二日、可能な限り、詳細に状況を摑んでくること、ただしこの調査は、のじぎく銀行に対して隠密で行うこと、だった。

「相手に知らせなくていいのですか？」

　智里は驚いた。金融庁の調査、検査は事前告知が常識だからだ。

「隠密の方が、実態が分かるでしょう。内部から告発が届いているのですから。気づかれないように気をつけてくださいね」

「分かりました。それと……」

　智里は少し困った顔で言った。

「それと……なんですか？」

大森が怪訝そうに聞いた。

「沢田課長には、この件を話していないのですが」

「気にしなくていいですよ。私からちゃんと話しておきます。高原さんの調査に、星川さんを同行させるってね」大森は、愉快そうな笑みになった。実際は、麻央の調査に智里が同行するのだが、その逆を沢田に告げるのだ。「調査は、自分たちの仕事だと彼なら言いかねませんが、構いません。課を横断しての緊急かつ極秘の調査だと言えば、納得するでしょう」

「ありがとうございます」

智里は、麻央との同行出張が叶い、舞い上がりたい気分になったが、その時、大森の表情が陰るのに気づいた。

「実は、のじぎく銀行を非常に懸念しています。たった二日で申し訳ありません。その二日が非常に重要な時間になるかもしれません。報告は、頻繁で結構です。私に直接、お願いします」

大森は、真剣な目で智里を見つめた。

智里は、思わず緊張した。麻央と一緒に出張できるという不純な動機で申し出たのだが、智里には分からない重大な事態が進行しているのではないか……。

新幹線は、二人の貸し切り状態だった。彼ら以外、誰も乗車していない。他の車両は見ていないが、同じようなものだろう。

「この国はどうなるんだろう」

智里は、隣に座る麻央に呟いた。新幹線の乗客の少なさに不安を掻き立てられたのだ。

「チリが心配しても仕方ないよ。これ食べる？」ラッピングしたサンドイッチを手渡した。「これも。牛乳とコーヒー、どっちにする？」麻央は、紙パックの牛乳とコーヒーをバッグから取り出した。

「あっ、じゃあ牛乳」

智里は牛乳を選んだ。

「ごめん、僕もコンビニで何か買ってくるんだった」

「そんな気遣いをチリに期待していないから」

「このサンドイッチ、麻央の手作り？」

ラップを外しながら聞く。

「手作りってほどじゃないけどね」麻央は、智里の目を気にせず、サンドイッチにかぶりついた。「パンに残り物の野菜やハムなんかを挟んだだけだから」

「美味いよ。ちょっと胡椒が利いているのが、朝の目覚めにいいな。実は、何も食べてないから。お腹、減っていたんだ」

智里は、サンドイッチを口に含んだまま言った。

新幹線は、新横浜で一時停車したが、誰も乗車してくる気配はない。

「さっきの話だけどさ」

麻央が言った。サンドイッチはあらかた食べ終えている。

「さっきの話って？」

智里は聞き返した。サンドイッチは、かなりボリュームがある。野菜がたっぷりで、そこに卵、ハムだけではなくコンビーフまで入っている。残り物と麻央が言ったのは、あながち謙遜でもないようだが、絶妙のコンビネーションを醸し出し、とにかく美味い。

「この国はどうなるかってこと」

「ああ、そのことね」

「チリは気楽だな。お腹がいっぱいになると、もう危機感が薄れるんだから」

麻央が、サンドイッチを包んでいたラップを丸めるとバッグにしまい込んだ。

「そんなことはないよ。危機感でいっぱいさ。それに大森局長は今回の調査依頼が渡りに船って感じだったよ」

「どういうこと？」

「危機感たっぷりってことさ。この二日間が非常に重要なものになるって……」

「局長が……」

麻央は深刻そうに目を伏せた。

「大地震が起きるのを事前に予測したように暗い感じだった」

「そうなんだ……。だから調査依頼にも二つ返事だったんだね。しっかりやらないとね」

麻央の表情が引き締まった。

「麻央の危機感も相当強いんだね」

「強いなんてもんじゃないよ。何か、この国の金融に重大な危機が進行しているのよ。のじぎく銀行で取り付け騒ぎのような事態が起きたのを、この前話したでしょう」

「ああ、そうだね」大森のところに副大臣の船田やジャーナリストの正宗が飛び込んできたのを思い出した。「でも収まったんだろう」

「とりあえずはね。あの騒ぎは、のじぎく銀行の一支店の話では終わらない。ツイッターで発信されたでしょう？」

「ジャーナリストの正宗さんの息子さんが何気なくツイートしたんだよね」

「それが今、猛烈な勢いで拡散し始めている。ハッシュタグが付いてね。見て、これを」

麻央はスマホを智里に見せた。そこには「銀行が危ない」というハッシュタグが付いて多くのリツイートが掲載されていた。

「すごいね。三十万リツイート以上だ」

「そう、どんどん増えている。最初のツイートを誰かが悪意を持って、どんどん過激な内容に変えて拡散しているのよ」

「誰かって？」

「それは、誰かってしか言えないでしょう。最初は、その正……」

「正宗さん。局長と親しいジャーナリストさ」

「正宗さんの息子さんが、ちょっとした好奇心でツイートしたんでしょう。それがいつの間にか広がって、ここの銀行が危ない、どこの銀行が危ないって悪意の内容に変わっていく。心配になった人が、またリツイートする。ニュースにもなんにもなってないけど広がっているのよ」

「でものじぎく銀行も機敏な措置で取り付けは収まったんだろう？」

「今はね。でも新幹線が新神戸に着く頃にはどうなっているか分からない。ある一定の規模までリツイートが達すると、大きな騒ぎの発火点になるかもしれないじゃない」

「のじぎく銀行だけでは収まらないかもしれないってわけ？」

智里は不安げに聞いた。いつの間にかサンドイッチを包んでいたラップをこれ以上ないほど硬く、小さく丸めていた。

「そういうこと」

「……というと？」

「全国の銀行で、一斉に、取り付けが起きる可能性がある」

麻央が深刻な中にも、ややしたり顔で言った。

「大変じゃないか」

智里は驚愕し、目を大きく見開き、麻央を見た。

「大変よ。大変な事態よ。なんの準備もなく、全国の銀行が破綻に追い込まれる……」

麻央が一層、深刻な表情になった。

「どうすればいいのかな」

智里は、情けない顔で言った。どうすればいいのか。こんな言葉を軽はずみに口にしてはいけない。痩せても枯れても金融をつかさどる官僚なのだから、そんな事態にならないように努める責任がある。

「私にも分からない。チリはその場にいたらしいけど、財務省は何もしないっていうじゃない。潰れる銀行は潰れろっていう立場。日銀がたっぷりと資金供給しているから、ひどい事態は起きないってたかをくくっている」

「そうだよ。鎮目次官は、溺れている者を見ても、財布を確かめてから、助けるかどうかを考えるって。局長の提案した検査の充実、地銀、第二地銀のストレステスト実施も完全に無視だね」

「北条大臣も？」

「ああ、完全に鎮目次官に取り込まれているね。鈴村長官も、局長も孤立状態さ」

「やっぱりね」麻央は、奥歯を嚙み締め、悔しそうな顔をした。「あの人たちは国破れても財政ありって立場だから。それに金融庁が大きくなることを快く思っていない。いつかは旧大蔵省として財金統合を成し遂げて、金融庁は昔通り一部局にしてしまいたいと思っているのよ。そもそも銀行局や検査局が銀行などと癒着したから、財金分離をさせられたって思っているからね。鈴村長官や大森局長のように旧大蔵省から金融庁に移って、勢力を伸ばしている人を見るのも嫌なんじゃないかな」

「大蔵省の復活か？」

あり得ないことではないと智里は思った。

「自分たちの権益を伸ばすことしか考えていない人たちよ。それに危機が起きれば、金融庁は何ができるっていうの？」麻央のくっきりと澄んだ瞳の中に、智里は取り込まれている。「財政的な支援を決めることができるのは財務省よ。本当に火が燃え盛ったら、私たちにできることって案外少ない」

「だったら危機を起こして、金融庁を取り込んじゃおうって？」

麻央の大胆過ぎる推測に智里は十分に言葉を尽くせない。

「危機に組織を太らせるのは官僚の常套手段。これを焼け太りと言う」

麻央の表情がわずかに崩れる。

「僕たちも官僚だよ」

「官僚には違いないけど、財務省みたいに血の通わない官僚じゃない。私たちは、あえて言えば医者ね。患者に寄り添い、一緒に痛みを分け合う」

「医者か……」

「もっと分かりやすく言えば、勿論、これは私の考えに過ぎないけど、私たちは、個々の銀行の経営を大事にしないといけない。それはその先に個々の人々の生活があるからね。でも財務省は、そんなことは考えない。人が何人死のうが、それは数字でしかない。最終的に国家財政が維持されればいいのよ。私から言わせると、本末転倒だけどね」

麻央が皮肉っぽく笑った。

智里は、大森と話した国家という抽象的な存在に奉職するのが官僚であるのか、そうではないのかという議論を思い出していた。

「以前、父が銀行員で、自殺したって話したでしょう」

「ああ、聞いたよ」

「今でも父の夢を見ることがある。父を助けるにはどうしたらよかったのだろうかって」

麻央は窓から遠くを眺めている。智里は、無言で麻央の次の言葉を待った。

「銀行がね、貸し渋りや貸しはがしをしなくてもいいように、すばやく手を打ってくれてさえいたらって思うことがあるの。あの時の大蔵省がね」

麻央は、ちょっと気恥ずかしそうな微笑みを浮かべた。目頭が潤んでいた。智里は、そんな麻央を美しいと思った。

三

「おい、飲み過ぎじゃないのか」

首相の花影は、妻の美由紀をたしなめた。

公邸の広々としたリビングにいるのは花影と妻の美由紀、そして首席秘書官の小野田の三人だけだ。

テーブルには、ロマネコンティなど高級なワインの瓶が三本も並んでいる。

花影は、砂糖たっぷりのミルクティーを飲んでいる。ワインを飲んだのは、美由紀と小野田の二人だ。

奔放な性格で、目立ちたがり屋の美由紀は、パンデミックで外出が規制されている中ではストレスが溜まっているのだ。こんな事態になっていない時には、連日、外でパーティや会食を実施していた。集まるのは、タレントや音楽家、俳優、ビジネスマン、女性起業家など多士済々だ。

そうした多様な人脈の中で得た情報を花影に伝えることが、彼女の重要な使命だと心得ていた。花影は、その情報を適当にあしらっていただけだったが、それが不満なのか、彼女の外出傾向には拍車がかかる一方だった。

時々、怪しげな人脈に取り込まれ、彼らに利用されることがあった。幸い事件になるほどではなかったが、きわどい事態に追い込まれた。

花影は、彼女の引き起こした問題に関して国会で野党から追及を受けた。その際、彼女を守る発言を強いられた。たちまち批判的な声が巷間に溢れたが、支持基盤である保守層は好意的に受け止めてくれた。家庭を守れない男に国は守れないとでもいうのだろう。

花影は、美由紀を深く愛していた。欠点の多い女性で、はらはらさせられることが多いのだが、幼い頃からエリートとして育てられ、なるべくしてなった政治家の人生を歩んで来た花影にとって美由紀は極めて異質だった。

美由紀は旧財閥で大企業の経営者の娘という恵まれた環境に育ったのだが、型にはまらない性格で、金持ちであることを鼻にかけることもなく、誰とでも平等に接した。貧しい人を見て同情してしまうと、自分が今、着用している服を脱いで提供してしまうようなところがある。発言も行動も自由人そのものだった。

自分とは明らかに違うタイプの美由紀が花影はいとおしくてたまらない。大事に思っていた。それは何はともあれ自分を裏切らないからだ。

花影は、政治家の家に生まれた。政治家が家業だった。この家に生まれた人間は身内しか信用しない。一族郎党でその家業を守らねば、長く維持できないからだ。

徳川家が、親藩、譜代、旗本など将軍家を守ってくれる大名を重用したのと同じだ。花影も、徳川家と同じように美由紀は勿論だが、自分に忠誠を誓う者しか信用しないし、重用しない。もし逆らい、弓を引くような者、過去において花影を批判した者は誰であろうと許さない。そのしつこさは、群を抜いている。何年前であろうと忘れることはない。

民自党総裁選で自分の対抗馬となった政治家は当然だが、マスコミで自分を批判したジャーナリストなども絶対に許さない。その意味で政治家らしいと言えなくもない。政治家には、常在戦場の心構えが必要だと言われる。それは選挙ばかりではない。絶えず裏切り、陰謀が渦巻くのが政界だからだ。周りは全て敵と思え、これが花影の信条だった。そのため美由紀など、一部の人間には徹底して心を許すのだ。

目の前にいる小野田もその一人だ。経済産業省出身の官僚だが、とにかく頭が切れる。素晴らしいのは、花影に仕えることが国家に仕えることであるという、官僚としての本分を踏み外すことがないところだ。

首席秘書官の座を踏み台にして政界に躍り出ようなどという野心がないところも称賛に値する。野心のある人間を近くに置くと間違いを起こす。野心が、目を曇らせるからだ。

小野田は酒が強い。その点も評価に値する。今夜のように美由紀の相手をしてくれるからだ。美由紀も小野田相手に酒が進むと喜ぶ。花影は、小野田が彼女と酒を飲みながら話す政界や世間の情勢に耳を傾けるのだ。

「なんか面白いことないの」

酔って、虚ろな目つきの美由紀が花影に絡んできた。

「もう休みなさいよ。私は小野田さんと話があるから」

花影が眉根を寄せる。

「昨日も、今日も、ずっとここにいるのよ。太っちゃうわよ」

「大丈夫だよ。君はどんな時でも美しいから」

「そんな上手いこと言って」

美由紀が酔った目で花影を睨む。

「さあ、休みなさい。もう遅いからね」

花影は美由紀を助け起こそうとする。

「あなたのスマホ見せて」

倒れそうになりながらテーブルの上に置かれたスマホに美由紀が手を伸ばす。

「何をするつもりなんだ?」

「いいから」

美由紀は何か企んでいるかのようににやりとした。

花影のスマホを手に取った。

「あなたの名前でツイートしちゃおっと」

美由紀は、花影のスマホのロックを解いた。暗証番号は、美由紀の誕生日だ。

「止めなさい」

花影は慌てた。

「自粛生活、お疲れ様。みんな楽しんでますか？　首相の花影栄進です……。上手く打てないな」

美由紀は、目を瞬かせ、文字を打ち始めた。

「止めなさい！」

花影は悲鳴のような声を上げ、美由紀からスマホを取り上げようと手を伸ばした。

「いやだ！」

美由紀は、スマホを抱え込んだ。

「返しなさい！」

酔っ払って、自粛生活について首相名でツイートされたら大変なことになる。アメリカのフランク大統領はツイッター大統領と言われるほど、ツイッターを駆使しているが、花影はそうではない。小野田たち官僚に任せて、自分の名でツイートさせている。

「そんなことをツイッターに上げたら炎上してしまうよ」

花影は、情けないほどか細い声で美由紀に頼んだ。美由紀は、面白がってスマホを持った手を高く上げた。

「あっ」

美由紀が自分の手を見た。スマホが消えている。そこに小野田がにやにやして立っている。

「奥様、いけません」

小野田の手にスマホが握られている。

「おお、小野田さん、助かったよ」

花影は、ほっとした顔で言った。

「面白くないわね。二人で朝まで悪だくみしてちょうだい」

美由紀は立ち上がると、如何にも不機嫌な様子で、大股で歩き、寝室へと向かった。

「嫌われましたね」

小野田はスマホをテーブルに戻した。

「大丈夫だよ。明日になったら、今日のことはすっかり忘れているから」花影はわずかに笑った。「さて世間はどうかね」

花影は小野田を見つめた。ふと、妙な考えに捉われた。小野田に操作されているのではないか、ということだ。

彼のことは誰よりも信頼している。腹心中の腹心である。花影は、どんな時も上に立つ者として本陣にいて、そこで指揮すると教えられた。むやみに前線に出てはいけないと。だから情報、戦況は全て配下の者から上がってくるものを分析するのだ。

リーダーが前線に立ち、部下を鼓舞するやり方もあるだろう。しかしその多くは木を見て森を見ずという陥穽に陥りがちになる。

百万人の部下を死に追いやっても戦争に勝たねばならない時、前線に立っていると、指揮はできない。部下が傷つき、死に瀕しているのに戦えとは言えない。

苦しみ、嘆く部下の姿が見えない、本陣の幕内に陣取り、情報を得て、指揮するのが大将なのだ。そのような教育を受けて成長したため、花影は現場に出ることが不得手なのだ。どうしても場違いな感じがしてしまう。災害が起きた際、被災者のところに行き、膝をついて話すことをしたこともある。しかし、ぎこちなさばかりが先立ち、上手くいかない。ましてや政府は何をやっているんだ、などという罵声を浴びてしまうと、被災者への同情の気持ちがたちまち消え失せてしまう。

だからパンデミックに際しても小野田が率いる優秀な官僚たちの情報を重視し、彼らを通じて世間の情勢を把握するように努めている。

小野田は、花影が打つパンデミック対策は有効で、国民がこぞって感謝していると言うのだが、どうもそうでもないような気がしている。妻の美由紀が、寝室で「あなたの人気が落ちているわよ」と寝言のように言った。「かなり努力しているのにね。それはかなりバイアスのかかった情報ばかりを見ているからじゃないのか」と花影は反論したのだが、どうも美由紀の方が真実を伝えているような気がしてならない。新聞もテレビも見る。確かに花影についての批判が多い。しかしそれは視聴率のためであり、新聞販促のためでしかない。花影の支持層は、全く揺るぎなく自分を支持している。それが小野田の分析だ。

しかし小野田を通じてしか、世間を見ていないような気がして、時折、今日のように不安になる。この男に操作されているのではないかという不安だ。

花影は、民自党総裁、ひいてはこの国の首相の座を永遠に続けたいと考えていた。中国では秀金平国家主席が、憲法を改正して永世トップに座り続けるようにしたではないか。ロシアではピーチン大統領が実質的に永世トップだ。アメリカだって分かりやしない。フランクのことだ。二期で終わるつもりはないだろう。策を弄して、居座るつもりでいるに違いない。

トップの座というのは長く続けることに意味があるのだ。その間に、権威が生まれる。花影が居座るためには党の規則を変えるだけでいい。他国のトップより、容易だ。そのために小野田を重用しているのだ。この男を使いこなすことで全ての官僚が自分になびく。官僚さえ押さえれば、この国はなんとでもなるのだ。

「私の後継の姿は見えてきたかね」

花影は小野田におもむろに尋ねた。

「どのお方も立派ですが、なかなか帯に短し、襷に長しです」

「帯に短し、襷に長し、か」花影は、小野田の言い草に思わず顔をほころばせた。「大沼君はどうなのかね」

花影は総務会長の大沼崇史の名前を挙げた。

「あの方には華がございません」

小野田がわざとらしくへりくだり、平伏するような態度を取った。

「君が、彼の華を摘んでいると言うんじゃないか。鼻を明かしてね」

花影は「華」と「鼻」をかけたダジャレに自分で喜んだ。

「何をおっしゃいます。私が、大沼先生の足を引っ張っているような言い方はお止めください」

「まあ、いいさ。ところで世間や党内の私に対する評価はどうかね」

「絶対的です」

「ほほう、絶対的とは、また強く出たね」

「誰か後継者がおられますか。どの人も皆、力不足です」

「しかし、今回のパンデミック対策を君に任せたが、どうも批判が多いようだ」

「そんなことを気にされているのですか。あれは一部左翼のマスコミが大衆に媚びて騒いでいるだけです。それよりも今回のパンデミックで後継者と見なされていた方々が全て評価をお下げになりましたので、総理の四選を阻む者はおりません」

小野田は、花影を媚びるように見つめる。

「久住さんはどうなのかね」

花影は官房長官の久住の名前を出した。

「あの方はナンバー1になる方ではありません。ナンバー2が座り心地のいい場所でしょう」

小野田は、即座に切って捨てるように言った。二人の関係が、上手くいっていないとの噂を耳にしたことがあるが、正しいのではないかと花影は思った。

「すると、私の四選は盤石だと言うのかね」

「その通りであります。間違っていれば、私の命をお捧げしてもよろしいと思います」

「君の命か……。では本当にもらおうかね。私は四選どころじゃない。本音を言えば、永世首相でいたいのだ」

花影は、本音を隠すべく、軽い調子で言った。

「分かりました」小野田は深く頭を下げ、「その実現に私は命をかけましょう」と言った。

その時、小野田の部下が駆けこんできた。

「何事だ」

小野田が、叱責口調で言った。

「首相官邸の玄関に火炎瓶が投げ込まれました」

部下が青い顔で言った。

「な、なんだと！」

小野田の声が震えた。

「犯人は誰だ」

花影が聞いた。

「分かりません。ただ……」

部下の顔が曇った。

「ただ、なんだね。言いたまえ」

花影が聞いた。

「花影首相の退陣を要求するビラが何枚も撒かれました」

部下が言った。

「なんということを……」

花影は言葉を失った。

「すぐにビラを回収するんだ。一枚たりとも残すんじゃない」

小野田が厳しく命じた。

「分かりました」

部下が踵（きびす）を返した。

「過激派がまだ生き残っていたのかね」

花影は不安な表情で聞いた。

「ご心配なく。総理のお考えの実現に向けて、努めますので」

「うん、そうしてくれ」花影は、力を失ったように言った。「火炎瓶とはね」

花影は、玄関先でめらめらと赤い炎が上がる様子を想像していた。

四

船田は絶望していた。先ほどから北条に電話をしているのだが、出ないのだ。

確かに夜の十時を過ぎている。遅い時間の電話に出る義務はない。もう眠りにつき、一日の疲れを癒（いや）す時だ。

しかし今朝の北条の態度はいったい、なんだ。許せない。

船田は、北条が財務省にいると聞き、足を運んだ。金融庁が入る合同庁舎第七号館とは目と鼻の先にある財務省だが、昔ながらの石造りのビルで、威厳を保っている。我こそは官庁の中の官庁でございます、という佇（たたず）まいだ。

船田は、北条との面会の約束を取り付け、急ぎ足で財務省に行った。

大臣室で次官の鎮目とテーブルを挟んで、何やら話し込んでいる処に船田は割り込んだ。不味いかなと思い、二人を見下ろす形で入口で立っていた。

船田に気づいた鎮目が「お邪魔でしたら、席を外します」と例によって慇懃に言った。表情は、邪魔するなと険を含んでいた。

「いいよ。すぐにすむから。そのままいてくれ」

北条は、立ち上がろうとする鎮目を制した。

すぐにすむ？ 用件も聞かずにその言葉はないだろう。軽視されたと思い、船田はむかつきを覚え、北条を睨むように見つめた。

「どんなご用件ですか？ 個別の依頼には応じませんよ」

北条はいきなり釘を刺した。

「お時間をいただき、申し訳ありません」船田は、一歩、足を前に進めた。座れと言われないので、二人が座るソファに席を取るわけにはいかない。「のじぎく銀行のことです」

「また地元の銀行のことですか？」

北条は口を曲げるようにして露骨に不快な表情を浮かべた。

「はい。申し訳ありません。鈴村長官や大森局長とも相談しておりますが、なんとしても救済しないと大変なことになるかと思い、大臣におすがりしようと……」

「ははは」

北条は笑った。

「おかしいことを申しましたか」

船田は、不愉快になった。気骨が頭をもたげた。

「いやぁ、悪い、悪い。あんたを馬鹿にして笑ったわけじゃないんだ。なあ、鎮目君」

「はい、ええ、まぁ」

鎮目は突然、名指しされ、戸惑っている。

「君から、言ってやれ。田舎の小さな銀行のことなど、今は、構っていられないとね。そんな余裕は我が国にはない。なんとかしたいが、どうにもならない。ない袖は振れんのだ。今、鎮目君と話していたのは、パンデミックで国民を救済するのに、あとどれくらい予算が使えるかの検討をしていたんだ。あまり大した額は使えん。優先順位が必要だ」

北条は、船田を見上げたまま、取りつく島もない様子で言った。

「田舎の小さな銀行のことではありますが、銀行は金融システムで繋がっております。まさか破綻させるわけにはいきますまい」

船田は、もう一歩、近づいた。

「船田先生、我が国は、バブル崩壊の教訓から、金融システムの維持のための手段を用意しております」鎮目が口を挟んだ。「破綻すればペイオフを適用して、他の金融機関へのリスクを遮断できますし、救済が適当と判断されれば預金保険機構を動かすことも可能です。いずれにしても個々の銀行の救済を財務省に持ちこむのは、場違いでしょう。先生のご所管されておられる金融庁で、適切に対処されることが肝要かと存じます」

鎮目が、淀むことなく立て板に水の調子で意見を述べた。その滑らかな口調には、他人を小馬鹿にしている風がありありだった。

「まぁ、そういうことだ。今は、ちょっと構っている時間はない」

北条が鎮目と調子を合わせるように言った。「あんたは選挙に強いから、のじぎく銀行の一行や二行を破綻に追い込んでも大丈夫だ」

「大臣、お言葉ですが、私は自分の選挙のことを心配してここに来ているわけではありません」

船田は沸々と身体の芯から湧き上がる怒りを抑えつつ、北条に迫った。

「なんだね。君は。今、鎮目君と協議中だ。君に付き合ってはおられんのだ。あんまりいろいろと言うなら、副大臣を代わってもらうよ」

北条は、眉根をぐっと寄せ、船田を睨んだ。

「代えるなら、代えてもらっても結構です。それなら言うべきことを言わせてもらいます。先だって大森局長が提案したことを、大臣は一顧だにされませんでした」

「ああ、こんな時に金融庁の権益を拡大しようとする案には賛成できん」

「あれはそうではありません。大森局長は、慎重な人物ですからはっきりとは申しませんでしたが、私が想像しますには、全金融機関の破綻、すなわち金融の壊滅状況を想定しているのではないかと思います。今のうちからその覚悟と準備が必要だと言いたかったのでありましょう。そのきっかけがのじぎく銀行であります」

船田は強い口調で言い切った。

北条は、瞬きを忘れ、呆気にとられたような表情をし、首を二、三度振った。とんでもないことを耳にし、どのように理解していいか分からないといった様子だ。

「船田先生、馬鹿げた妄想は口にしないでください」

鎮目の表情が険しい。

「私に向かって馬鹿と言うのかね」

ベテラン議員らしく重々しく船田が反論する。

「申し訳ありません。口が過ぎました。しかし全金融機関の破綻などあり得ません。そんな事態は歴史上、起こったことはありません」

「歴史というのは、過去に起こったことをなぞっているものではない。絶えず新しい、想定外の事態だからこそ歴史になるんだ。今まで君は何を想定したかね。バブル崩壊は想定したかね。大地震は、津波は、原発事故は……今回のパンデミックは。何も想定もしていないだろう。君は歴史に責任を持とうとしたことはない。それは当然だ。過去の延長線上でしか物事を捉えられないからね」

船田の鎮目に対する憤怒が爆発した。エリート面をし、何もかも分かったかのように説明する能力、言いくるめる能力にはたけているが、歴史を作るような危機には全く対処能力がないのが鎮目だ。平時に机上で、役に立たないプランをこねくりまわすだけの官僚に、俺のような地べたを這いずり回ってきた人間の危機感など分かるか。船田は怒鳴りたいほど気持ちが高ぶっていた。

「船田君、下がってくれ。君の世迷いごとに付き合ってはおれん。総理だって同じ気持ちだ。全金融機関の破綻への準備など、できるものか。君は、この国の財政を破綻させるつもりなのか。そんな意見を言いふらすなら、国賊となってしまうぞ。帰れ、帰れ」

北条が唇をひん曲げ、わめいた。

「大臣の貴重な時間にお邪魔し、ご宸襟を煩わせたことを謝ります。しかし、全金融機関とは申しませんが、かなりの金融機関が同時に破綻する事態が進行していることは事実であります。危機に対処するには、人並み以上の想像力が重要かと思います。大臣、ぜひとも想像力をたくましくしてくださいませ。総理はあまり危機感をお持ちでないようにお見受けいたします。総理のお気持ちを動かし、危機に対処すべく、動かせるのは大臣をおいて他にございません。何とぞ危機を小さい芽のうちにお摘みいただけるようにお願い申し上げます」

船田は、言葉を荒らげることなく言った。

「とにかく帰ってくれ。しばらく顔を見たくない」

北条は、まるで穢れを払うかのように手を振った。

鎮目は、船田を見ようともしなかった。

船田は、大臣室を後にした。決して意気消沈はしていない。北条に何を言われようと、動じないで自分の信念を貫くのが船田流だ。この狷介とも頑迷ともいう性格で損をしたことは多いが、これが丹波の黒牛と言われた男の生き様だ。

船田は、財務大臣室の堅く閉じられたドアを見つめていた。

「さあてと、北条は我が派閥の長なれども、やはり坊ちゃんの限界がある。東大出の官僚の言うことを聞き過ぎるのだ。花影首相の禅譲を期待しているが、どうなるかは分からない。花影も坊ちゃんだ。世間の人々の苦しみなどこれっぽっちも分からない。花影と北条は、俺に言わせると坊ちゃん同盟だ。政治を自分たちのおもちゃと考えている。さあて、俺の危機感を共有してくれるのは、いったい誰だ？」

船田の頭に久住が浮かんだ。

「そうだ。久住だ。奴しかいない」

久住は、船田と同じ苦労人の叩き上げだ。最近、花影との関係は上手くいっていないようだ。久住が、危機感を共有してくれたらいいのだが……。そして花影、北条の坊ちゃん同盟に弓を引いてくれたら……。

「俺は自分の派閥の親分に弓を引くつもりなのか」

船田は、自分の運のなさを哀れむかのように薄く笑った。

五

正宗謙信は、メガバンクであるコスモスフィナンシャルグループの三船寛治を応接室で待っていた。

三船とは長い付き合いだ。謙信の前職の新聞社時代からの付き合いだ。三船は、今は六十歳である。謙信より五歳ほど上だが、正直言ってここまで偉くなるとは思っていなかった。どちらかというと気が小さく、決断力もない。しかし嘘はつかない。とても権謀術数渦巻く銀行の出世競争に勝ち抜いてトップに上り詰めるタイプではなかった。しかし、こういった、よく言えば誠実な人間が、ライバルが自らの失敗で落ちて行く中で生き残るものなのだ。

実は、謙信には取材以外に重要な役目があった。大森から密かに依頼されたことがあるのだ。

大森に呼ばれた。大森は真剣な顔で「頼みたいことがあるんです。聞いてくださいますか」と言った。

経済・金融ジャーナリストとして、金融庁局長から依頼されたことを断るわけにはいかない。よほど不正であれば別だが……。警戒心を抱きながら、謙信は応諾した。

「のじぎく銀行、否、そればかりではありません。コスモスFGに、系列の筑豊日日、秋田魁など幾つかの地銀、第二地銀を救済する意思、加えて能力はあるや否やということを調べてきて欲しいのです」

謙信は、驚きつつも、金融庁には調査能力はないのかと聞いた。

それに対して大森は「ありません」とあっさり断言した。「もう少し実態に即して言えば、失われつつあるのです」と極めて残念そうに答えた。「それで正宗さんに状況を探っていただきたいのです」

「まるで忍者ですね」

「ええ、正宗さんに忍者になっていただきたいのです」

大森の依頼を謙信は受けた。興味があったからだ。その手始めがのじぎく銀行というわけだ。

「やあ、お待たせ」

三船がにこやかに入ってきた。相変わらず精力的な印象だ。

「ご無沙汰しております」

謙信は頭を下げた。これから三船から何を引き出そうかと思案を巡らせていた。

第五章　震源

一

智里と麻央は、新幹線の新神戸駅で下車し、そのままのじぎく銀行本店に向かう計画を立てていた。勿論、極秘調査であり、本店に正面から訪問するわけにはいかない。神戸市内には、のじぎく銀行の幾つかの支店がある。そうしたところをとりあえず調査することにしていた。大森から与えられた調査期間は二日間だけの割には、計画はおおざっぱだ。というのも、何があるのか二人には想像がつかないからだ。当たって砕けろ、予定調和ではない調査に成果を期待していた。

「ねえ、チリ、震源に行くべきじゃない？」

「震源？　それ、何？」

地震の調査じゃないぞと智里は不思議そうに麻央を見つめた。

「取り付け騒ぎの最初の地。ツイッターの発信場所よ」

「のじぎく銀行の丹波支店ってこと？」

「そう」

麻央が頷く。

「でも小さな田舎町だよ。二日間の期限付き調査だから神戸市内の方がいいんじゃないのか」

智里は疑問を口にした。

「そうは思わない。何事も、原点に当たれって諺があるでしょう？」

麻央の言葉に智里はぐっと首を傾けた。そんな諺は聞いたことがない。

「麻央の諺よ」

麻央が表情を崩して笑った。

「分かりましたよ」智里は降参したかのように頭を下げた。「今回の調査は麻央の提案だから、ご指示に従います」

「よかった。それでこそよきパートナーよ」

麻央が微笑んだ。

「えっ。パートナー？」

智里は胸がくっと痛くなるほど嬉しくなった。

「そうよ、ワトソン君」

「なんだ……。ホームズかよ」

智里は、がっくりと肩を落とした。

車内放送が、もうすぐ新大阪駅着を伝えている。麻央は新大阪駅で下車し、福知山線特急こうのとりに乗り換え、柏原駅に行くという。

新神戸駅まで行く出張計画を、早々に変更していいのかと不安になったが、智里は、麻央と一緒ならどこまでも行くという気持ちになっていた。

新大阪駅で下車し、急いで特急こうのとりに乗りかえる。この特急は、城崎温泉に向かう。志賀直哉の小説『城の崎にて』で有名な歴史ある温泉地だ。冬には蟹が美味いと言う。一度は訪ねてみたいが、そんな時は、麻央と一緒がいい……。

特急電車が動き出した。

「さあ、昼ご飯にしましょう。腹が減っては戦ができぬよ」

麻央が言った。今、時間は十二時を少し過ぎた頃だ。

朝食に麻央の手作りのサンドイッチを食べたから、結構、お腹が膨らんでいる。それに智里は、駅弁を買っていない。

しかし、麻央から「昼ご飯よ」と言われてしまうと、途端にお腹が空いた気になってしまった。

「弁当、買い忘れたよ」

智里が困った顔で言った。

「大丈夫、私が用意したから。まずこれね。はい、どうぞ」

麻央がバッグの中から、崎陽軒の横濱チャーハン弁当とペットボトルのお茶を取り出した。

「いやぁ、嬉しいな。僕、これ大好きなんだ。出張がここしばらくないからさ、食べられなくて飢えていたんだ。駅弁はこれに限るね」

智里は相好を崩した。麻央に言ったのは、お世辞でもなんでもなくて智里は、シウマイとチャーハンの入ったこの弁当がこの上なく大好きだった。久しぶりにオレンジの包み紙を見ると、興奮する。

「麻央は？」

麻央も崎陽軒の弁当かと思ったらそうではない様子だ。

麻央が、再びバッグの中からお茶と一緒に取り出したのは花柄の布でくるんだものだ。布をほどくと、現れたのは小振りな楕円形の二段重ねの弁当だ。プラスチック製ではない。曲げわっぱのようで木製だ。

まさか、手作り弁当？

智里の胸がキュンとする。なんでもてきぱきとこなし、ＩＱ２００と噂される頭脳明晰な麻央の女子力を垣間見たからだ。

「チリには崎陽軒で悪いね。僕が弁当を買わないのを予測していたことが驚きさ」

「いいよ。嬉しいよ。チリは、いつも用意周到だからね」

麻央が皮肉っぽく笑う。

麻央が曲げわっぱ弁当の蓋を開けると、二段重ねの下の段には海苔が巻かれた俵形おむすびが三個。上の段には定番の卵焼きは勿論、アスパラの肉巻きや古風なひじきと大豆の煮物、マカロニ入りのポテトサラダ、まるで団子のようにつまようじに刺された小さなコロッケなどが彩り豊かに盛り付けられていた。

コンビニのイートインでスイーツにかぶりついている姿しか思い浮かべることができない麻央だが、こんな食欲をそそる弁当が作れるのだ。智里は、尊敬のまなざしで麻央を見た。

「食べる？」

麻央が言った。

「食べていいの？」

智里は、駅弁を横に置いて、つまようじに刺されたコロッケを取った。

「やっぱりね」

麻央が笑う。

コロッケを口に入れる直前だったが、食べるのを中断して「えっ、何?」と智里は聞いた。

「やっぱりチリも男子ね。油ものから手をつけるんだと思ってね。おかしかったの」

「こんがりきつね色が食欲を誘うんだよね」

智里はコロッケを頰張る。小振りなので一口で食べることができる。美味い。カレー味だ。

「カレー味だね」

「父が好きだったの」

「あっ、そうなの? 亡くなったお父さんがね」

「私が作るのはいつもコロッケ」

麻央が卵焼きに箸をつけた。コロッケには、麻央の父の思い出が詰まっているのかと思うと、智里は少ししんみりとした気分になった。

智里は、駅弁の蓋を開けた。

「シウマイ、食べる?」

「一個、いただくわね。まあ、私が買ったんだけどね」

麻央が箸を伸ばし、シウマイを取った。

「のじぎく銀行丹波支店のある柏原という駅には一時半ごろ着くんだね。それからどうするの？」

智里はチャーハンをスプーンですくった。

「実はね、ツイートを上げた少年と連絡を取ってあるの。彼がいろいろ案内してくれると思う」

「正宗さんの息子さんと？」

「うん」

麻央が頷く。

「なんだ、最初から震源地に向かう計画だったのか。話してくれればよかったのに」

智里は少し気分を害した。事前に相談してくれればよかったのにと思ったのだ。

「ごめんね。当初の計画通りじゃないからさ。ちょっと遠慮したの。チリに相談した後、考え直したのよ。原点、すなわち震源地に当たるべきじゃないかとね。それで一昨日、悠人君に連絡したってわけ。機嫌直して」

麻央が手を合わす。

「もういいけどさ。でも、確か、彼は中学生だろ？　役に立つのかな？」

「電話では結構、しっかりしていたよ」

「僕たちは金融庁の職員だって話したの？　彼に分かるかな？　金融庁って何って言われ

ないかな」

「お父さんの友達って言っておいたわ。そうしたらジャーナリストですかって。それで、そうよって答えておいた。彼、張り切ってさ。お会いできるまでに取材をしておきますだって。さすがに蛙の子は蛙ね」

麻央は笑った。

金融庁のリスク担当分析官が、身分を偽っていいのかと思ったが、今さら嘘とは言えない。麻央のやることに従わざるを得ないと智里は覚悟した。

「わあ、すごい。絶景ね」

麻央が窓からの景色を見て歓声を上げた。

智里も外に顔を向ける。特急電車は、川沿いの線路を縫うように走る。窓のすぐ下には、ごつごつとした巨石の間を白いしぶきを飛ばして急流が流れている。脱線すれば、たちまち谷底に落ちてしまいそうだ。麻央の言う通り絶景ではあるが、恐ろしさを感じないでもない。こんな渓谷の行き着く先に、どんな震源があるのだろうか。

二

正宗謙信は、コスモスフィナンシャルグループ社長の三船寛治の表情が思いのほか冴えないのが気になった。

応接室のドアを開けて顔を出した直後は、いつもと変わらぬ明るさで、相変わらず精力的な印象を受けたのだが、話しているうちに段々表情が陰ってきたのだ。話題が、のじぎく銀行に移った頃からだ。

謙信は、のじぎく銀行の経営が非常に不安定になっており、支店の一部では取り付けのような騒ぎも起きているようだと話した。

「非常に危惧(きぐ)している」

三船は言葉少なに答えた。

「のじぎく銀行の状況をどのように捉えておられますか？」

謙信が聞いた。

「これは取材ですか？」

三船が苦しそうな表情を浮かべて聞いた。

「いえ、取材ではありません。オフレコです」

謙信は、金融庁の大森局長の依頼である旨(むね)を話そうかと迷ったが、口をつぐんだ。秘密にして欲しいとは言われていないのだが、三船の本音を引き出すには話さない方がいいだろうと思ったのだ。

三船は、ソファに深く腰を沈め、深いため息とともに肩を落とした。

「のじぎく銀行の山根頭取から苦境を知らせる報告が来ています。あの銀行には、我が行のOBが副頭取でお世話になっていますから、そちらからも報告が来ています。経営的に非常に苦しい状態です」

「今回のパンデミック以前から経営が苦しいようでしたが……」

のじぎく銀行は、東証一部に上場してはいるもののコアな業務純益が三億円足らずしかないほど経営的には脆弱だった。

「コスモスフィナンシャルグループの系列として、いろいろと協力したのですが、如何(いかん)ともしがたい。日銀のマイナス金利政策の影響も顕著に現れておりました。そんな時期に経営が危ないと噂が立ったようです」

謙信は、そのきっかけが自分の息子である悠人のツイートであるとは言えなかった。

ツイッターのリツイートは今も増え続けている。すでに三十万を超えた。さらに増えていくことと思われる。これがどんな影響を与えるのか測りかねている。

リツイートは、当初の悠人の何気ないものから徐々に過激さを増してきている。中には、のじぎく銀行ばかりではなく他の銀行の名前も挙がり、ここも、あそこも経営が危ないと、内容は過激さを増してきている。まだ大騒ぎになっていないのが不思議なほどだ。

誰かが内容を否定しなければ噂が噂を呼び、マグマが溜まってくる。いずれ大爆発しかねない。

「取り付けは収まっているのですか」

「一応、収まっているようですが、また再燃する気配があります」

「コスモスFGとすれば、のじぎく銀行を救済するお気持ちはあるのですか。他にも秋田魁なども苦しいようですが……」

「我がグループのみならず他の金融グループも総じて苦しんでいるようです」

三船の表情がますます重く淀み始めている。鉛を飲んでしまったような重苦しさを感じさせる。

「他の金融グループ首脳と系列地銀の救済について相談されたりするんですか」

謙信の問いに三船が首を振った。

「皆さん、様子見のようですね」

三船が薄く笑みを浮かべた。

「様子見ですか……」

謙信は、三船の表現が気にかかった。様子見とは、助けたいのだが、他の金融グループの動きを見てからということか。どうして果敢に動かないのだ。

「他の金融グループが救済に動けば、当方も動かざるを得ないとは考えているのですが、実は……」

三船が苦渋に満ちた表情で謙信を見つめた。

長く三船と付き合っているが、こんな苦しげな表情は、ついぞ見たことがない。

「どうかされたのですか。動けない理由があるとか？」

謙信は、核心に迫るつもりで体を乗り出した。

激しい音を立ててドアが開いた。驚いて謙信と三船は同時に顔をドアの方に向けた。

息を切らせ、目を吊り上げた男が立っている。広報部長の片山祐介だ。まだ四十歳と、銀行では若手ながら執行役員となっている将来有望なエリートだ。ほとんどの幹部がノーネクタイであるにもかかわらず、片山はストライプ柄の派手ではない上品なネクタイを締めている。靴のつま先まで隙がない雰囲気の男で、謙信が苦手としているタイプだ。

「正宗さん、駄目じゃないですか」

頭取である三船が目に入らないとでもいうのだろうか。甲高く、激しい口調で謙信を叱責した。

「片山君、いったいなんだね」

三船が思い余ったように眉根を寄せて片山を睨んだ。

「頭取、突然、お邪魔して申し訳ありません。しかし、勝手に取材を受けてもらっては困ります」

片山は険しい表情で三船に言った。

「……そうはいってもね。正宗君とは長い付き合いだからねぇ」

三船が困惑を顕わにする。

「すみませんねぇ。私が片山部長を通さずに頭取とお会いしたもので」

謙信は形だけの謝罪をした。

最近は、こういう立場をわきまえないというか、トップに自由な発言をさせない広報部長が多い。どこに取材に行ってもトップの傍で睨みを利かせている。教えた通りのことを話すんですよ、マスコミなんか信用しちゃいけません、と言わんばかりなのだ。

君は席を外しなさい、と広報部長に言い切るトップも少ない。これでいいかなと広報部長の顔色を窺いつつ、インタビューに答える。そのためトップに会っても、感動するほど心を動かされることは少なくなった。随分と小物になってしまったのだ。記事になって、それが悪評になれば自分の責任になるとでも思っているのか。

「正宗君は謝ることないさ。僕が受けたんだから。でもこれは取材じゃないよ。だから君は同席しなくていい」

三船は、片山に言った。

「そんなこと信じられません。取材じゃないといって取材するのが彼らの仕事ですから。不味いことを言えば金融庁になんて言われるか、知れたものではありません」

片山は、三船の発言を無視して隣に座った。

謙信は、よほど、今回は金融庁の頼みでここに来ているのだと言おうかと思った。

「仕方ないね」

三船は申し訳なさそうな顔で謙信を見た。

「仕事ですから。頭取をお守りするのが……」

片山は、大仰に腕組みをして座り、唇を固く閉じると、謙信を睨みつけた。

「ところでなんの話になってたのかな」

三船が頼りなげな口調で聞いた。

「のじぎく銀行など、系列銀行の救済に動けない理由です」

謙信が苦笑した。忘れているはずがないでしょうということだ。片山の手前、とぼけているのだ。

「実は……」

三船が話そうとした。

「頭取、そんな話をしてはいけません」

片山が止めた。

「片山君……君、ちょっと」

三船が顔をしかめた。

「のじぎく銀行の問題は、ここで正宗さんに話すことじゃありません」

片山が強い口調で言う。

「あのさ、片山さん」謙信がため口になった。「あなた、どういう立場で頭取の話を遮るんだ」

「広報部長としてです。経営に関わることは軽々に話してもらっては困ります」

「あんたさ、何様か知らないけれど、頭取に対してそんなこと、言うわけ」

謙信は、片山のあまりの無礼さに声を荒らげた。

「頭取とコスモスＦＧを守るためです。それ以外の邪心はありません」

片山のあまりにも頑なな態度に、三船でさえ弱り切った顔になっている。

謙信は、最近、こうしたマスコミを恫喝し、押し返し、自分たちの意図通りの記事を書かせようとする勘違い広報が増えていることを危惧していただけに、片山の態度には心底腹が立った。これでは企業を守るどころか、マスコミと本音の関係を築くことができず、長い目で見れば企業を危機に晒すだろう。

「そんな態度でコスモスＦＧを守れると思っているのですか。正しい情報を的確に伝えることが企業広報の役割ですよ」

謙信は忠告の意味を込めて、気持ちを落ち着かせて言った。

「私たち銀行はマスコミによる報道で多大な被害を受けています。のじぎく銀行のような地方銀行はなおさらです。もう役目は終わった、経営は最悪だという記事の氾濫が今回の取り付け騒ぎの原因でもあります。マスコミに銀行員の士気が下がるような記事を書かせるなというのは金融庁からの指導でもあります」

片山が、顔を突き出して反論する。

彼の頑なな態度は、マスコミによる金融不安を煽る記事に辟易としているからなのだ。彼の言葉の中に金融庁という用語が出てきた。金融庁が、マスコミの記事について「書かせるな」などと言うはずがない。金融庁はマスコミの記事、たとえそれが煽り記事であろうと、むしろそこから見える金融機関の動きに注目しているのだ。

「頭取」

謙信は片山をわざと無視して三船に向かって言った。

「今日は、すまないね。こんな取材拒否みたいなことになって……」

三船は本当に申し訳なさそうに言った。

片山が三船を厳しい視線で見つめる。何を甘いことを言っているんだという思いなのだろう。

「頭取から『取材拒否』というお言葉をいただきましたので今日のところはお引き取りください」

片山が謙信に向かって言い放った。

謙信が立ち上がった。

「頭取、今日は、帰ります。しかし、今度は間違いなく片山部長抜きで話を聞かせてください。と言うのは、これは話さないようにと考えていたのですが、私が頭取にお会いしているのは金融庁の大森局長からの依頼です。だから取材ではないと申し上げたのです」

謙信の言葉に、三船が驚きの表情をした。隣に座る片山は「えっ」という声を小さく発した。謙信の発言に動揺したのだろう。

「どういうことだね、正宗君」

三船が聞いた。

「どうもこうもありません。私がここに来たのは、大森局長から三船頭取の考えを非公式に聞いて欲しいと頼まれたからです。この話は片山部長抜きでしかできません」謙信は、片山に向かってわざとらしく「では失礼します。お騒がせしました」と言った。

「ま、待ってくれ。待ちなさい」

三船が慌てて謙信を引き留めようとした。

謙信は、無視してドアに向かっていく。

「片山部長、正宗君を引き留めるのだ。君が余計なことを言うからだ」

三船の叱責が厳しい。

謙信に対して片山から謝罪させようというのだろう。

謙信は、背後を振り返ることなくドアを開けた。

のじぎく銀行問題は、コスモスＦＧの中でかなりのウエイトを占める経営問題となっているのだろうと判断される。おそらく支援したくともできないほど、コスモスFGも苦しい経営状況に陥っているのではないだろうか。片山の頑なな態度から、そのことが推測できただけでも収穫だった。

廊下に出て、足早に歩き始めた謙信の背後から「待ってください」と片山の悲鳴のような声が聞こえてきた。謙信は、一瞬、足を止めそうになったが、今さら謝ってもらっても遅いとむかむかと腹が立ち、歩みを速めた。

いつも、一分の隙もない態度を決めている片山が慌てふためいている様子をじっくりと眺めたい気分だったが、謙信は振り返りはしなかった。

三

「すみませんね。ランチ弁当を買いに来ただけなのにご馳走してもらって」

カウンターで大きな体を丸めるようにして、カラスミのパスタで頬をパンパンに膨らませた鈴木が言った。

カラスミのパスタは、正宗博子のレガーメ・ディ・ファミリアの人気パスタだ。カラスミの香りとしょっぱさが絶妙である。

「いいわよ。わざわざ非番なのにお弁当を買いに来てくれたんだもの」

カウンターの内側でフライパンを洗いながら博子が言った。鈴木は、国会周辺などを警備する警視庁の警察官だ。

博子が、感染症拡大による休業対策でお弁当や夕食のおかず販売を始めたと聞き、わざわざ買いに来てくれたのだ。

「この間はびっくりしましたね。ママの大声がなかったら私も大やけどを負うところでしたよ」

「なんだか不吉な予感がしてね、思わず叫んでタックルしちゃったの」

「あの声にびっくりしてママを振り返ったからよかったんですが、立ち止まらずに歩いていたとしたら……。ぞっとしますよ」

鈴木が話題にしているのは、警備していた国会議事堂前でガソリンを被った男が自らに火を放って自殺した事件だ。

博子が主導していた飲食店店主たちへの救済を求めるデモの参加者の一人だった。

博子が大声で叫んだお陰で男に近づくのを躊躇した鈴木と同僚警官は炎に巻き込まれずにすんだというわけだ。

「あの人、中野区で食堂を経営していたんだけど、休業で絶望したみたいなのよ。同業者だから他人事じゃない。お弁当などのテイクアウト食品を売っても大した売り上げにならないから」

「すみません」

鈴木が謝った。パスタをあらかた平らげている。

「あっ」博子は、気まずい顔になった。「ごめんなさい。鈴木さんには感謝しているわよ。わざわざお弁当を買いに来てくれたんだもの。心から嬉しい」

「そう言っていただけると嬉しいですが」鈴木は表情を曇らせた。「実はですね。最近、異常に自殺が増えているんですよ。ニュースにはなりません。発表を抑えていますからね」

「本当なの？」

博子はキッチンの片づけを中断して身を乗り出した。

「都内でも昨日だけで五人ですよ。休業中のレストラン店主、就職活動で内定を取り消された大学生、援助が途絶えて自ら餓死を選んだとしか思えない引きこもり男性、雇い止めになった女性、それに原因不明の高齢男性……。世間が不安になってはいけないと警視庁では発表を控えています。一説には政府の指示だとか……」

「大問題ね。感染症より、そっちの方が重大だわ。政府の支援策がぐずぐずしているからよ」

博子は怒りを込めて言った。

「もう一つ、とっておきの情報です」

鈴木は周囲に目を配った。

「なんなの」

博子は体がカウンターの上にかぶさるほど乗り出した。

「実は、昨日の夜、何者かが首相官邸に火炎瓶を投げ入れて、首相退陣を迫るビラを撒いたのですよ」鈴木は神妙な顔で話した。「これ絶対内緒ですよ」

「大丈夫よ。でも報道されないわね」

「報道管制がばっちりですから。こんな事件が報道されたら世間の人々が余計に不安になりますからね」

「でもそんな事件が起きているのは政府がたるんでいるからよ。何もしないじゃない。している振りだけでさ。中小企業がどんどん潰れているっていうのに……」

博子は持っていたスポンジブラシを思い切り握り締めた。洗剤の泡がどっと溢れ出てきた。

「ママの怒りは分かるな。政府はこんな時のためにあるんだけどね。でも俺たち、政府批判はできないな。政府に雇われ、それを守るのが役目だからなぁ。仕方ないけど、これも生活のためだから。ごちそう様でした。このカラスミのパスタは最高ですよ。お代は？」

鈴木は、カラスミを一粒も残さないほど、きれいに平らげ、席を立った。

「サービスよ」

「申し訳ないですね。じゃあ弁当をもう一つ、追加で買わせていただきます。同僚に持って帰ります」

鈴木は、弁当を持参のエコバッグに入れて、店から出て行こうとする。

「感染が落ち着いたら店を開けるわ。その時はサービスするから、来てよね」

博子が鈴木の背中に声をかける。

鈴木が振り向いた。その表情がなぜか暗い。

「ぜひ、来させてもらいます。ところで、もうデモには出ないでくださいね」

「そうね……。私もやりたくないけどね。でも困っている人がたくさんいるってことを、政府に分かってもらわなきゃ」

博子は苦笑気味に表情を歪めた。

「気をつけてください。警備も取り締まりも厳しくなりそうな気配ですから」

「分かったわ。心配してくれてありがとうございます。鈴木さんも気をつけてね」

博子の言葉に、鈴木は軽く頭を下げて出ていった。

「今度は鈴木さんが警備担当じゃない日にやらないとね」

博子はジーンズのポケットからスマートフォンを取り出した。ＬＩＮＥの通知が来ている。同業の友人からだ。

「えっ、急がなきゃ」

デモの連絡だ。日比谷(ひびや)公園前に集まって国会周辺を行進する予定だ。友人のＬＩＮＥによると、今回は結構、集まるらしい。

博子は自分の格好を上から見下ろした。黒のＴシャツにジーンズだ。

「これじゃ、ちょっとかな？」

博子は、キッチンの奥の控室に入り、薄手でベージュの夏用カーディガンを羽織(はお)った。

「まっ、いいか」

博子は、呟くと、店の鍵を閉め、飛び出して行った。

四

「こざっぱりとした駅だね」

智里は、福知山線柏原駅の改札を出て、呟いた。

駅舎は濃い茶系の木造で、屋根には牧場のサイロ風の塔が建っている。駅前は静かだ。人はほとんどいない。タクシーが数台止まっている。ここが震源の町なのだ。

「もう来る頃ね」

麻央が時計を見た。午後二時だ。

誰もいない駅前のロータリーに若者が自転車で乗り入れてきた。若者は、智里と麻央の前で止まった。健康そうに日焼けをし、短パンからは発達した筋肉質の脚がのびやかに出ている。

「星川さんですか」

若者が言った。

「正宗悠人君ね」

麻央がにこやかな笑顔を浮かべた。

「はい。正宗悠人です。初めまして」

若者は自転車を降りた。そして智里に視線を向けた。

「初めまして、高原智里です」

智里も挨拶をする。彼が、正宗謙信の息子、悠人だ。

「お二人ともジャーナリストですか。すごいな」

悠人がいきいきとした表情で智里と麻央を見つめた。

「ええ、まあ」

智里は、どういう態度を示していいのか、迷って麻央に助けを求めた。

「実はね、私たち金融庁というところから来たの。お父様にはいつもお世話になっているのよ」

麻央はあっさりと正体をばらした。

麻央は、悠人と連絡を取る際、ジャーナリストと名乗ったようだが、正体を明らかにする気になったようだ。特急電車の中では、ジャーナリストのままで行くのかと思ったが、さすがに気がとがめたか？

「キンユーチョー？」悠人は首を傾げた。「まあ、いいや。お父さんの友達なんだよね」

やはり予想通り金融庁というのをよく知らないようだ。

「さっそく行動開始しようか？」

麻央は悠人に言った。

「うん、そうしよう。まずは移動手段だね。貸し自転車があるから、こっちへ」

悠人は自転車に乗ると、駅の右方向に智里と麻央を案内した。

「彼、中学生だよね。大丈夫かな？」

智里は金融庁の調査を中学生の主導で行っていいのかと危惧したが、麻央は「しっかりしてるじゃない」と全く取り合わない。

貸し自転車という看板が出ている。倉庫のような建物の中に自転車が十台ほど並べられ、係の老人がいる。東京のレンタル・サイクルのようにスマホを利用するのではない。

「おじさん、自転車二台」

「おお、いいよ。そこにある気に入ったのを使ってくれ。鍵は付けっぱなしだから」

老人は言った。

「僕は愛車サンダーだからね。二人は気に入ったのを選んでよ」

悠人が言う。

自転車は、悠人が乗っているスポーツタイプではなく、前輪のところに買い物籠(かご)が付いたママチャリだ。一日利用して一台二千円。ちょっと高い。

麻央が「チリ、お願いね」と言う。えっ、俺が？ と思ったが、ケチな男と思われないために智里は麻央の分とまとめて四千円を老人に支払った。領収書と言おうとしたら、小さな半券を渡してくれた。領収書の代わりらしい。

「どこに案内してくれるの？」

麻央が悠人に聞いた。

「お姉さんから連絡をもらってさ。いろいろ調べておいたんだ。そこに案内するよ。まずは、のじぎく銀行丹波支店」

「お姉さんって、私のこと？」

麻央が自分を指さした。

「そうだよ」

悠人が、何かおかしいこと言ったかなという表情をする。

「よかった。おばさんじゃなくて」

麻央が笑った。

「さあ、麻央姉さん、行くよ」

智里が陽気に言った。

「出発！」

悠人が元気に声を上げた。

麻央が悠人に続き、智里がその後だ。自転車に乗るのは、いつ以来だろうかと智里は考えた。何年も乗っていない。都会で乗る自転車は車や人の間を縫うように走らねばならない。智里的にはあまり快適と言えない乗り物だ。しかし田舎では違う。生活必需品とも言える乗り物であり、かつ快適だ。

駅前から国道に出る。車はあまり走っていない。自転車道がちゃんと整備されている。駅からすぐなのに右手は田園が広がる。そこから吹いてくる風が心地よい。左手には町並みが続くが、その向こうは深い森だ。緑が陽に照らされて輝いている。

「すぐそこだよ」

のじぎく銀行の看板が見えた。駅からわざわざ自転車に乗らなくてもいい距離だ。

悠人は銀行の駐輪場に自転車を止めた。智里も麻央もそれに倣う。駐輪場には、自転車が多く止まっている。客が多いのだろうか。ここが取り付けの発端で、悠人がツイッターで上げた銀行支店だとは思えない静けさだ。

「ここが悠人君がツイッターに上げた銀行ね」

麻央が自転車を降りた。

「そう、あんなにリツイートが増えるなんて思わなかった。お父さんに注意しろって言われたけどね」

悠人は神妙な顔をした。

「悠人君は悪くないよ。ちょっとみんなが心配しているところを突いちゃったんだよ」

麻央が慰める。

確かに麻央の言う通りだが、悠人のツイートは三十万回以上もリツイートされ、それが今も増加中だ。中身はどんどん過激さを増していることを考えると、ちょっと突いたにしては影響が拡大している。小さな蜂の巣を突いたら、あちこちの蜂が騒ぎ出しているようなものだろうか。結局、智里と麻央が乗り出す羽目になった。マスコミにはまだ全く報道されていないことが、救いかもしれない。

「驚かないでね」

悠人が言う。表情に不安が見える。

「何、驚くって」

智里が聞く。

悠人はそれに答えず、支店の中に入っていく。

「あっ」

麻央が思わず声を上げ、口を押さえた。悠人の言う通り、驚いたのだ。智里も、目を見開いた。目の前の光景が信じられない。

「どうしたのこれ？」

智里も驚いた。

立錐（りっすい）の余地もないほど混んでいるのだ。全員がマスクを着用しているので、一種異様な雰囲気に満ちている。

感染症対策では、密にならないよう気をつけましょう、他の人とは二メートル程度の距離を取りましょう、と呼びかけられている。ソーシャル・ディスタンスという言葉が人口に膾炙（かいしゃ）されるようになったのだが、ここは完全な「密」になっている。

「預金を引き出す人です。外に並ぶと、迷惑になるからとここに入れるだけ入れているんだそうです。普段は一人か二人くらいの客しかいないんですが、僕のせいですか」

悠人の不安そうな顔は、この密集が原因だったのだ。まだのじぎく銀行の取り付けは収まっていない。他店は分からないが、少なくとも丹波支店はこの状況だ。

「そうじゃないよ。気にしなくていいから。こんな状況が続いているの？」

麻央が真剣な顔を悠人に向ける。

「そうみたいです」悠人は言い、客の中にいた中年の女性に声をかけた。「おばさん、悠人です」今度はお姉さんではなく、おばさんだ。

悠人に声をかけられた女性が振り向いた。

「悠人君、待ってたわよ」

女性の口元はマスクで隠れているが、にこやかな笑顔だ。

「あの人は？」

智里が聞いた。

「僕が最初に話を伺った人です。探し出しました。あのおばさんのお話をツイッターに上げたんです。今日、お話を聞かせてくださるそうです。外の方がいいでしょうね。駐輪場に戻りましょうか。そこで取材します」

悠人はいっぱしのジャーナリストのように振る舞う。父親である謙信の仕事を傍で見ていたのかもしれない。

「それより前にこの事態を局長に報告しないと……」

智里は焦りを覚えた。

大森は、のじぎく銀行の取り付けは収まったと理解している。それに頻繁に報告するように厳命されてもいるからだ。

「女性に話を伺ってからでいいんじゃないの？」

麻央が言った。

「分かった。そうしよう」

智里は同意する。今回の調査の主導権は麻央にある。

智里たちは混乱する支店を出て、駐輪場に行った。

「おばさん、すみません、わざわざ。でもこの人たち、東京から来られたんです。キンユーチョーの人です。のじぎく銀行のことを知りたいんだそうです」

悠人が女性に説明した。

「へぇ、わざわざ東京からね。私は、水沼っていうんだけどね。この近所の者だけどね」

女性は言った。

「申し訳ありません。私たちは金融庁の職員です。のじぎく銀行に預金者が殺到しているとの噂を聞いてやってきました」

麻央は身分証を呈示した。智里も同様に身分証を取り出した。水沼は身分証を覗き込んだ。

「金融庁というと、銀行を監督している、アレ?」

水沼は智里と麻央を検分するように見つめた。

「はい、その通りです。悠人君のツイッターを見て、気になって参りました」

「ああ、あれね。あれは私が悠人君に話したことなんだけどね。この子、偉いよ」水沼は悠人を指さした。「支店の前で張り込んでいたんよ。それで私を見つけて、おばさん、覚えていますか？　びっくりしたわな。おばさんやのうてお姉さんと言うて欲しかったけどな。でもええ根性しとるわね……」

水沼は話し続ける。

「それでのじぎく銀行が危ないという噂は、どの程度の広がりを見せているとお思いですか？」

麻央が聞いた。

聞くまでもない。支店内のあの混雑ぶりを見れば、かなり広範囲に噂が広がっていると見た方がいい。取り付けは収まったという情報は虚偽だったのか、それとも以前の情報がそのままアップデートされなかったのか。

いずれにしても本筋の話に早く行かないと水沼の関係のない話がいつまでも続くのではないかと懸念された。

「せやね……。ここんとこ、また客が増えたね。いっ時、パーッと増えたけど、ちょっとの間で収まっていたんやけどね。私は、みんな解約してしもうたから、ええけどね。どの程度かは分からんけど、かなりの人が噂してるわね。のじぎく銀行は危ない言うてね」

水沼が言った。

「僕のツイッターのせいでしょうか」

悠人が暗い顔で言った。

「そんなことないって。気にしなくていいよ」

智里は、悠人を慰めた。

「水沼さんは、どこからのじぎく銀行の経営不安の噂をお聞きになったのですか？」

麻央が聞く。

根拠のない噂の広がりなら、時間の経過とともに人々は安心する可能性が高いが、具体的な経営不安の事実をもとにしていれば、そういうわけにはいかないだろう。噂が、そのうち事実になっていく。

「どこからやろな……」

水沼が考えている顔で首を傾げた。

「どこからともなく聞こえてきたんでしょうか？　誰かに会って銀行の話題が出たとか……」

智里が言った。

「あのね、言っとくけどね、私が噂を広げたんと違うよ。私は、悠人君に聞かれて、答えただけやからね。私だって、今日、久しぶりに銀行に来て、客の多さにびっくりしてるんやから」

水沼が不機嫌そうに言った。

「分かっています。申し訳ありません」

智里は即座に謝った。

「あの時やろかな」

水沼が呟いた。

智里と麻央が、真剣な顔で水沼に視線を集めた。

「菅井金属の社長に会った時や」

水沼が言った。

「菅井金属というのはどんな会社ですか？」

麻央が聞いた。

「自動車の座席シートの加工をしているんやけどね。カンザキの下請けやね。カンザキというんは、有名な自動車部品メーカーやけどね。その下請けやね」

「どんな話をされたのですか？」

麻央が聞いた。

智里の頭には、のじぎく銀行の行員からの貸し渋りの内部告発の内容がよぎった。

「菅井金属は近所なんやけどね。社長さんはええ人でね。親しくさせてもらっているんやけど。いつ頃やったやろか」水沼は思い出すように上を見上げて首を傾げた。「社長さんが、朝、散歩に出かけられる時ね。なんや元気がないねんよ。それでも元気ありませんねと言うわけにいかんやろ。それでおはようございます、いい天気ですねっていつものように挨拶したんよ。そしたらおはようって、元気のない声が返ってきてね。心配になったもんやから、天気がいいと気持ちが晴れ晴れしますね、と言うたんよね。私としたら、社長さんに晴れ晴れして欲しかったもんやからね」水沼は話好きなのはいいのだが、なかなか聞きたい話に進んでくれない。智里も麻央もじっと耐えていた。「そしたらね、水沼さん、もうあかんわと弱々しい声で言わはんのよ」

水沼は如何にも力のない様子で言う。「どないしはったんですかと聞いたらね。聞いてくれるか、と言いはるんで、いくらでも聞きますよと答えたんよ」水沼の方言は、分からないことはないが、イントネーション次第では、意味が取りにくいこともあった。しかし身振りや表情を交えて話すので、菅井金属の社長の失意の様子は十分に伝わってくる。「ワシはなんも悪いことしとらんよ。せやのにのじぎく銀行が融資をしてくれんばかりやのうて、借りているカネをすぐに返せと言うんや……とそりゃ情けない顔で言いはるんよ」

智里は、麻央の顔を見た。やはりあの行員の内部告発通りだ。麻央は、智里を見返して、頷いた。同じことを考えているということだろう。

「菅井金属に案内してくださいませんか」

麻央が言った。

このまま水沼の話に付き合うより直接、菅井金属で事情を聴いた方がいい。

「ええよ。私の家の近所やからね。一緒に行こか。自転車か、車か」

「自転車です」麻央が答えた。「あれです」麻央が駐輪場の自転車を指さした。

「僕が借りるようにアドバイスしたんですよ」

悠人が自慢げに言った。

「ナイスアドバイスやな。田舎は車がないと不便やけど、自転車の方がほんまは便利やからな。すぐ行こうか」

水沼は、自分の自転車を取り出すと「さあ、出発や」と、まるで少女のようなはしゃぎっぷりだ。退屈な日常に、智里たちが紛れ込んできて刺激になったのだろうか。

「行きましょう」

悠人も愛車サンダーに跨った。

智里と麻央も自分の貸し自転車に乗った。

水沼を先頭に国道を並んで走る。一見、田園風景を眺めながらのサイクリングのようだ。

智里は調査の成功に期待を膨らませていた。菅井金属で深刻な貸し渋りの実態を聴取した場合は、他の取引先も当たってみる必要がある。麻央に導かれてこんな田舎町に来てしまったのだが、震源地の調査は、予想以上に収穫があるかもしれない。大森への報告は充実した内容になる可能性が高い。

「あそこや」

水沼が前方右手を指さした。

道路沿いに菅井金属という看板が見える。

「あれ？　どないしたんやろ？」

水沼が智里たちに聞こえる声で疑問を発した。菅井金属の前に救急車と警察のパトカーが止まっている。人が数人、集まっている。

「何かあったんやろか」

水沼は、横断歩道を渡って菅井金属に向かう。智里たちもその後を追った。菅井金属は自宅の隣に作業所のような簡素な建物の工場が建っている。中小企業というより家内企業という印象だ。自動車の座席シートの加工を行っていると水沼が話していたが、どんなものを作っているのだろうか。

水沼が自転車を止めた。智里たちも自転車から降りる。

「何があったんやろ」

水沼が菅井金属の周りに集まっている人に聞く。不安に表情を曇らせている。

「亡くなりはったんよ」

集まっていた人々の中の高齢女性が水沼に答えた。

「えっ！」水沼が悲鳴を上げる。「誰が亡くなったの！」

「誰がって、社長さん。工場で首吊りはったらしい」

「えっ」また水沼が声を詰まらせる。「今朝、挨拶したとこやのに」口元を両手で押さえる。

「自殺ですか……」

悠人が小声で智里に呟いた。

「どうもそうらしい」智里は言い、麻央に「どうする？」と聞いた。

「ちょっと様子を見ましょう」

麻央が真剣な顔で集まっている人々の会話に耳を傾けている。

「私かて、朝、挨拶したわよ。昼に、これ」女性が手を首に当てた。「遺書があったらしいんやけどね。銀行の融資が途絶えて、これ以上、仕事を続けられへんと思われたみたいね。死ぬくらいなら、またやり直しがきくんやないかと思うけどね」

女性が声を落として水沼に話す。水沼は、衝撃で両手で口を覆ったまま、表情を強張らせている。

「水沼さん、水沼さん」

麻央が声をかけた。

水沼は、目を大きく見開いて、麻央を見た。「死にはった……。今朝、会うたばかりやのに」目から大粒の涙をこぼし始めた。

麻央が、水沼の肩を抱く。大柄な水沼が、小柄で細身の麻央に体を寄せ、泣き崩れている。

智里の背後で車が止まる音がした。振り返ると、国道に止めた軽自動車の中からスーツ姿の二人の男が飛び出してきた。軽自動車のドアには「のじぎく銀行」の文字が見える。丹波支店の行員のようだ。二人とも青ざめ、血の気が引いた顔に見える。

年配の男が智里の顔をちらりと見る。普段着の人たちに交じったスーツ姿の男に違和感を覚えたのだろうか。後ろから鞄を抱いてついて行く若い男が「支店長、奥様です」と話しかけた。

見ると、自宅側の玄関に女性が立っている。六十歳くらいだろうか。髪の毛は乱れ、泣きはらしたのだろうか、目も赤い。全身から、怒りのオーラをめらめらと発散しているように感じる。智里でさえその怒りの激しさに焼かれてしまいそうだ。

年配の男は丹波支店の支店長で、後ろの若い男は菅井金属の担当者なのだろう。女性は、亡くなった社長の妻か……。

智里は、いったいどうなるかと見ていた。

「この度は……」

支店長が神妙な顔で女性に言った。

「帰れ！　帰れ！　お前のせいでお父ちゃんは死んだんや。この人殺し！」

女性は、天にも届くかと思うほどの大声を上げると、両手を上げて支店長に向かって行った。支店長は慌てて頭を抱え、後ろに下がる。彼の後に従っていた若い男とぶつかってしまった。そのままよろけてその場に倒れそうになった。若い男が背後から支えて、なんとか倒れずに済んだ。

「人殺し！」

大声で叫んだのは水沼だ。水沼は、麻央の腕を振り払い、両手を振り上げ、支店長と担当者に向かって行った。

「帰れ！ 帰れ！ 地獄に落ちろ！」

水沼の加勢を受けた女性が支店長の頭を拳で殴り始めた。支店長は抵抗せず、両手で頭を抱えている。

「人殺し！」

女性は、流れ落ちる涙を拭おうともせず支店長を殴り続ける。

集まった人たちは、この騒ぎを止めようともしないで見つめている。警察官が現れた。

「奥さん、奥さん、殴っちゃいかんよ」警察官が声をかけた。女性は「ワーッ」と大きな声で泣き、その場にくずおれた。

「大変な取材になりましたね」

悠人が智里に呟いた。

「ああ、そうだね」

智里は言い、麻央を見た。麻央は、これ以上ないほど暗く沈み込んだ顔で泣き崩れる女性を見つめていた。

麻央は、自殺した父のことを思い出しているのだろう。心の中を血のように赤い涙が滝となって流れているのが見える気がした。

第六章　不穏

一

博子は、日比谷公園の野外音楽堂に集まった群衆に目を瞠った。息が詰まりそうになるほど驚いた。いったいどこからこれだけの人が集まってきたのだろうか。自らに問いかけてみるが、答えは出てこない。

博子が、仲間とともに呼びかけたデモであるが、せいぜい数十人だと思っていたのだ。ところが目の前には数千人はいるだろう。いや、もっといるかもしれない。博子は動揺して、足がすくんだ。

「正宗さん、こっちですよ」

博子は、慌てて声のする方向に振り向いた。

今回のデモの呼びかけ人の一人、友人の衣川幸恵（きぬかわゆきえ）だ。彼女は、豊洲（とよす）でカフェを経営している。年齢は、博子より若い、と思う。詳しくは聞いたことがない。一見、派手めの化粧で、男好きがするように見えるが、根はいたって真面目だ。本人はナチュラリストを公言し、経営するカフェではオーガニック中心の食材を使用している。それがウリにもなっている。

「幸恵ちゃん、どうしたのこの人たち……」

「みんなデモの参加者ですよ。都内の各所から集まっています。皆、なんとか現状を変えないといけないと思っているんです」

「それにしてもこれだけの人が集まるとはね。驚いちゃった」

「さあ、驚いてばかりいないで壇上に上がってください。みんな待っていますから」

幸恵は、博子の腕を摑んだ。博子は、幸恵に引きずられるように壇上へと向かった。

壇上に上がると、椅子に座っていた呼びかけ人たちが一斉に博子に視線を向けた。

「正宗さん、すごい人数だろう」

フレンチシェフ出身で、浅草で人気洋食屋を開いている桑畑新次郎が話しかけてきた。

桑畑は、七十歳を超えているだろうが、まだまだ矍鑠としている。店は長男に譲って、自分はもっぱらなじみ客の接待に当たっている。いつもは穏やかな笑みを浮かべて白い口髭を撫でているが、今日の表情には険しさが滲み出ている。それだけ真剣なのだ。

デモの趣旨は、前回、国会周辺で行ったのと同じだ。都内の飲食業者たちが政府に休業補償を求めるものだ。

政府は、飲食業ばかりではなく多くの業界に感染症拡大防止という名目で休業を求めた。休業を求めるなら補償とセットだ、という声に圧されて政府は二、三百万円程度の補償を行うと表明した。ところが書類審査、補償条件などが厳しく、実際にはなかなか受けられないという実態が見えてきた。

マスコミは、政府は財政状況が逼迫しているため大胆な休業補償をやりたがらないのだと説明した。

飲食業者の中で、不満がくすぶり始めた。二、三百万では一か月の売り上げにもならないと憤懣を顕わにする店主も現れ始めた。

怒りに火をつけたのは、政治家とのコネクションが強い業者が補償金を二重取りしていた事件が頻発したからだ。

名前の挙がった政治家は、「知らなかった」「勝手に名前を使われた」と答えたが、実際はどうだか分かったものではない。中には花影首相の名前を騙った者もいた。こうした事態が真面目な飲食業者たちの怒りに火をつけた。

博子は、仲間とともに政府への抗議デモを企画した。そして少人数ながら国会へのデモを挙行した。その参加者の一人が焼身自殺を遂げてしまった。

表向きはショックを受けていないような態度を保っていたが、博子は相当、傷ついていた。デモを企画したことが自殺を誘発したのではないかと考えたからだ。

だから今回の日比谷公園に集まるデモは、幸恵たちに任せて、自分はあまり関与しないようにしていた。それがこんなに人が集まるなんて……。驚きを通り越して少し恐ろしささえ感じた。

しかしそれだけ飲食業者の危機感が強いということだ。博子は、意を決するように表情を引き締め、桑畑と幸恵の間に用意された席に着いた。

「ねえ、知ってる?」

幸恵がスマホを取り出して、博子に囁いた。

「何を?」

博子は野外音楽堂の席にずらりと座った飲食業者たちの視線を警戒しつつ、幸恵の方を向いた。

「これよ。悠人君のツイート」

「えっ? 何?」

博子は幸恵のスマホを覗き込む。

「ものすごい数のフォロワーなのよ。もう四十万人はいったんじゃないのかな。面白いのは、どんどんリツイートで拡大していることね。銀行が危ないのハッシュタグ付きでね」

「どういうこと?」

「ハッシュタグ飲食業者自殺とか、私たちの苦境を知らせるツイートにも変化して、どんどん広がっているのよ。もとは悠人君の呟き……」

幸恵が嬉しそうに微笑んだ。

博子は、表情を強張らせて幸恵を見た。嬉しそうに微笑んでなんかいられない。息子、悠人のツイートがそんなにも広がっているのかと思うと恐ろしくなったのだ。謙信が懸念した通りになった。

「見てごらんなさいよ。これだけの人が集まったのも悠人君のお陰よ。全員が飲食業者というばかりじゃないのね。いろんな人がいるわよ。中には就活で困った大学生もいるみたい」

「本当なの？」

博子は野外音楽堂を眺めた。じっくりと見つめていると、大学生らしき若い女性がいる。黒のスーツ姿だ。あれはリクルートスーツなのか。

大学生の就活市場は感染症拡大で様変わりした。つい最近までは売り手市場で、人手不足が叫ばれ、大学生たちは恐らく自分の実力以上の評価を受け、一流企業に就職を決めることができた。

ところが今では就活市場自体が消滅してしまった。大手企業は勿論、中小企業に至るまで採用中止を決定するありさまだ。このままだと街は就職ができない大学生で溢れることになる。中には将来を悲観して死を選ぶ人が出てくるだろう。そんな危機感を抱いた彼らも政府に抗議しようと、ここに参加したのだ。

「ようやく日本も抗議デモが欧米並みに一般化する時代になったんです。私たちの若い頃は学生も市民もデモは人権の一つということで暴れたものですがね。いつしか社会の害悪みたいな目で見られるようになり、すたれてしまいました」

桑畑が、往時を懐かしむかのように目を細めてデモ参加者を眺めている。

博子もデモ参加者が増えたことは嬉しい。少ないより多い方が当然のことながら抗議の声が政府に届きやすくなるからだ。

しかし……と思う。悠人のツイートがきっかけで、何かが起こってしまうのではないだろうかという懸念だ。その何かは分からない。単なる杞憂(きゆう)であればいいのだが……。

「正宗さん、あんたの出番ですよ。精一杯、アジってくださいな」

桑畑が声をかけた。

「あ、はい」

博子は、席を立った。一斉に参加者の視線が痛いほど突き刺さってくる。

ふいに悠人の顔を思い浮かべた。今頃、祖父母と一緒にスイカでも食べているのだろうか。ぜひともそうしていて欲しいと願う。まさか自分の呟きが、こんなに大きく波及しているとは想像もしていないだろう。

博子は、演壇の前に立ち、マイクの高さを調整した。そしてあらん限りの力を込めて「皆さん！」と呼びかけた。

二

「ここはもうこれくらいにしてこれから神戸に行く？」

智里は麻央に相談した。隣には悠人がいる。

貸し渋りの話を聞こうと、のじぎく銀行の客である水沼に案内されて菅井金属を訪ねたのだが、そこで待っていたのは菅井社長の自殺という事態だった。

思いがけない事態に智里は動揺した。麻央も同じだと思う。

取り付け騒ぎとは言わないまでも、預金の払い出しも貸し渋りも、かなり深刻であることが分かっただけでいい。

それよりも自殺騒ぎでのじぎく銀行の支店長らが、遺族やここに案内してくれた水沼から罵倒されるのを聞いていると、心が苦しくなってくる。もうここにいたくないというのが本音だ。

「どうしようかな？」

麻央が悩んでいる。

「まだ時間があるんでしょう？」

悠人が口を開いた。彼も衝撃を受けているのだろう。表情は深刻だ。

「ええ、まあね」

麻央が答える。

「お姉さんたちは、キンユーチョーってところから銀行のことを調べに来たんでしょう。だったら銀行の人に話を聞かなきゃならないんじゃないですか」

悠人は麻央と智里を見つめた。

「悠人君の言う通りだけどね。いろいろあってね。銀行の人に直接会うのはどうかなって感じだね」

智里は、苦笑いを浮かべながら答えた。

「待って」麻央が目を見開いた。「悠人君の言う通りだわ。こんな事態を見せられたら銀行の人に会わないわけにはいかない」

「麻央……。だけど金融庁の身分を明かすわけにはいかないよ。極秘調査なんだから」

智里は麻央をたしなめた。

「さて、どうするかな」

麻央は、混乱した事態に当惑しているように見え、悠人を見た。「何かいい考えある？」

おいおい、中学生に金融庁の官僚が作戦指示を仰ぐのか、と智里は困惑した。

「要するにキンユーチョーだってことを知られずにのじぎく銀行のことを調べたいわけだよね。ならいい方法があるよ」

悠人は自信ありげに言った。

「本当？　教えてくれる？」

麻央が目を輝かせた。

「僕の友人の足立誠也の姉さんがのじぎく銀行丹波支店に勤務しているんだ。ＬＩＮＥで繋がっているから連絡してみようか」

「グッド！　頼んだわ」

麻央が親指を立てた。

「いいのかよ。そんなので」

智里は麻央の軽いノリが心配になった。

「いいわよ。今はどんな情報でも欲しいじゃない」

「じゃあ、連絡するね。今日休みだといいな」

悠人がスマホを操作する。

最近の若者は、中学生でもＬＩＮＥやＳＮＳで世界中の人と簡単に時間差なく繋がることができる。これが素晴らしいことなのか、そうでないのかは若者自身のＳＮＳの使い方次第だ。

悠人は、スマホでLINEを操作した。すぐに反応があったようだ。

「ラッキー！　今日、休みで空いてるって。今すぐ駅に行くってさ」

「じゃあ、駅に戻ろうか」

「キンユーチョーって怖いところなの？」

悠人が不安そうに言った。

「どうして、そう思うの？」

「足立の姉ちゃんがものすごく怖いって言ってるから」

悠人がラインを見せる。そこには「金融庁ってものすごく怖い役所なんだよ。大丈夫？」との文字が見える。

「大丈夫。取って食わないから」麻央は笑った。そして智里を見て「行くわよ」と言った。

悠人は、自分が再び役に立ったことが嬉しいのか、愛車サンダーのスピードを上げた。

智里の息が上がる。ついていくためにペダルを必死で踏む。麻央は、少し遅れ気味についてくる。

駅に着いた。

「どこか話が聞けるところはないかな」

麻央が悠人に聞いた。

「あるよ。行きつけの店」

悠人がドヤ顔で答える。

「行きつけの店？　中学生のくせにいいのかい？　そんなこと言っても」

智里が批判する。

「足立の姉ちゃんともそこで待ち合わせをしてるよ。いいからついてきて」

悠人は生意気な様子で、自転車を駅の駐輪場に置くと、歩き始めた。

「まあ、地元のことは彼に任せましょう」

麻央が軽く頷いた。

「そうだね。それしかないね」

智里は不承不承の態度で悠人の後に従った。

「ここだよ」

悠人が店の前に立った。

「これが行きつけの店なのね」

麻央が、笑いを我慢できずにぷっと噴き出した。

店は、いわゆる駄菓子屋だった。駅前の狭い路地程度の広さしかない通りの両脇に、書店や文房具店、喫茶店などが並んでいる。この道が高校へ続いている。その並びに、店頭に駄菓子や子ども向けのおもちゃなどを並べた小さな店がある。

「そうだよ。どんな店だと思ったの」

悠人が聞く。

「まあね……。こんなもんだろうと思ったよ。でも懐かしいな。僕も小さい頃は、こんな店が行きつけだったなぁ」

智里も笑みをこぼす。

「おばさん！」

悠人が店の中に声をかける。

「おお、悠人君、いらっしゃい」

奥から割烹着(かっぽうぎ)姿のやや太り気味の女性が出てきた。

「お客さんを連れてきたよ」

「おおきに。おばちゃん、嬉しいわ。可愛い女の子が待っとるよ」

女性が店の奥を指さした。

奥に小さなテーブルがあり、そこで軽食を取ったり、雑談ができたりするのだ。

「おばちゃん、いつもの頼むよ」

悠人が張り切った声で言う。

「いつものって何？」

麻央が聞く。

「お好み焼きみたいなものだけどさ」

「じゃあ、私たちがおごってあげる。ねぇ、チリ」

麻央が智里に同意を求めた。

「ああ、いいよ。何枚でも食べてくれ」

智里が拳で胸を叩く。

「やった！」

悠人がステップを踏むように弾んで奥に入っていく。

若い女性が立ち上がった。緊張した顔つきで智里たちを見て、頭を軽く下げた。

Tシャツにハーフパンツ姿。小麦色の脚が輝いている。

「こちら、足立の姉ちゃん」

悠人が紹介する。

「足立由美(ゆみ)です。初めまして。本当に金融庁の人ですか」

警戒心一杯の様子で由美が智里と麻央をためつすがめつ見つめる。

智里と麻央は顔を見合わせ、笑いをこらえた。

「金融庁の星川麻央です。よろしくね」

「同じく高原智里です」

二人で同時に頭を下げ、由美の前に座った。

「飲み物も頼んでいいよ」

智里が悠人に言った。

「大サービスだね」悠人は大喜びで「おばちゃん、オレンジジュース」と小さな調理場に立つ女性に言った。

「あいよ！　他の人は？」

「私もオレンジジュースがいいな。智里は？」

「ビールって言いたいけど……」智里は店内に貼り出されているメニュー表を見た。「サイダーお願いします」

「足立さんは？」麻央が聞く。

「コーラをお願いします」

ようやく由美の表情がほぐれてきた。

「それじゃあ、じっくりとお話を聞きましょうか」

麻央が椅子を少し持ち上げるようにして座り直した。

智里は由美を見つめた。

悠人は、由美の隣に座り、クレープのように薄く焼かれ、ソースをたっぷりとつけたお好み焼きを美味しそうに食べていた。

三

「それで三船頭取は、どのような感触でしたか」

大森が深刻な表情で謙信に聞いた。局長室には二人しかいない。

大森は、謙信にコスモスフィナンシャルグループの頭取である三船寛治が系列ののじぎく銀行を救済する意思があるかどうかを探るように依頼したのだ。周囲に気取(けど)られ、大きな騒ぎにならないように注意して欲しいとの条件を付していた。こうなると謙信はジャーナリストというより密使に近い存在である。

「なんとも答えようがないですね」

謙信は首を捻(ひね)る。

「というと、全くその気がないわけではないということですか」

大森は真剣な顔つきになった。

「そのようなのですが……。片山という広報部長がとてもガードが厳しくて、三船頭取も何も言えないって感じです。頭取に支援する気が全くないってことはないでしょうが、行内でまとまっていないんでしょう」

「危機感はあると？」

大森の強い視線が謙信を捉える。

「ええ、強いと思います。それは間違いありません。コスモスFGの経営問題となっている様子です」

謙信は強調した。

「行内で議論はされているが、結論は出ず、ですね。三船頭取も迷っているんでしょうね」

大森は、ため息を洩らした。

「のじぎく銀行はかなり危ないですか」

謙信は聞いた。

大森は、小さく頷いた。

「これはのじぎく銀行だけの問題ではありません。『蟻（あり）の一穴（いっけつ）天下の破れ』という諺がありますが、のじぎく銀行には失礼ですが、蟻の一穴です。全国の銀行は全て繋がっています。資本、資金のやり取り、ネットワークで大きな金融の宇宙を形作っているのです。そこに小さな穴が開いた途端に、それがブラックホールになって一気に全体を破壊してしまう可能性があるのです。今は、感染症拡大で多くの経済的営みに急ブレーキが踏まれました。突然、前のめりになり、シートベルトを締め忘れていた私たちは、今、フロントガラスに向かって体が飛び出そうとしています。エアバッグが起動するか、どうか。今、それが問われています」

大森は譬えを交えて説明した。

謙信は「蟻の一穴」という譬えに敏感に反応した。大森は、大手金融機関の危機を見据えているのだろう。

「コスモスFGも危ないんですか？」

「なんとも言えませんが、取引先の多くが今回の感染拡大で影響を受けていますからね。三船頭取が正宗さんを警戒したのも分かりますね」

「三船頭取は、話したいという雰囲気でしたが……。また改めて面会を申し込んでみます」

謙信の言葉に、大森は眉根を寄せて何か考える様子になった。

「無理かもしれませんね」

大森が呟いた。

「無理と言いますと？」

謙信が聞き返した。

「もう正宗さんの面談に応じてくれないということです。危機の進捗が速いと思いますから」

大森は苦渋に満ちた表情をした。もともと慎重で、浮ついた印象のない大森が深刻な表情をすると、事態の困難さが余計に伝わってくる。

「いったいどんな危機が来ると思われるのですか？」

謙信は、大森の危機感の大きさを深く知りたいと思った。

「私にもよく見通せません。しかし大胆な手を打たないと、この国そのものが根底からおかしくなります。しかし……」

「しかし、大臣も財務省も大森さんの危機感を共有してくれない。何も手を打とうとしない」

謙信は言った。

大森はわずかに口角を引き上げ、寂しそうな笑みを洩らした。

「まあ、それ以上は何も言えません。私も国家に仕える官僚の一人ですから。ところで」

大森は、話題を変えるように謙信を見つめ、「ご子息にご迷惑をおかけしているようです」と言った。

「えっ、なんですって」謙信は驚いた。意味が分からない。「どういうことですか？」

「部下の高原と星川がのじぎく銀行を密かに調べるために、今、現地に行っています。そこでご子息の……お名前はなんと言いましたか」

「悠人です」

「そうそう、悠人君に調査を助けてもらおうと依頼したようです。極秘に調査するように申し付けましたので、二人は最初に危機をツイッターで発信した悠人君に接触したようです。ご迷惑をおかけしないようにとは申し伝えてあります」

「悠人が調査のお手伝いをしているんですね」

「まだ二人からは何も報告はありませんが……。私も部下の高原に言われて気づいたのですが、悠人君のツイッターのフォロワーが異常な増加を示しているようです」

大森の表情に不安の影が見えた。

謙信は、悠人がのじぎく銀行の預金払い出し客の状況をツイッターに投稿したことは知っている。それはまさに取り付け騒ぎの様相だった。最初、悠人は、フォロワーはほぼゼロだから心配しないでと言っていたが……。

「フォロワーがそんなに増えているのですか」

謙信は不安になった。スマホを取り出した。

「ご存じなかったですか。私も部下に言われて確認したのですが、四十万人は超えていますね。その内容は、次々に変化して激しさを増しています。しかしありがたいことにまだＳＮＳの世界にとどまっているようです」

謙信は、慌てて悠人のツイッターを見た。大森は四十万人と言ったが、その数字はとっくに超え、五十万人に近づきつつあった。

謙信は身が硬くなるほど緊張した。ただの中学生のツイートがこれほど広がりを見せ始めている。それに大森たち金融庁が注目している。懸念した通り、ディスラプターになるのではないか……。

「大丈夫なんでしょうか？」

謙信は言った。

「ええ、私も心配ですから高原には、悠人君に迷惑をかけるなと言っているのです」大森は急に声を潜めた。「それに、今の花影政権は日ごとに陰湿さを増しています」

「と言いますと」

謙信も声を潜めた。

「政府を批判する者を排除しようと動いています。監視網を張り巡らせているのです。すでにマスコミは批判的な記事を書けなくなりつつあります。同じ党内の議員もスキャンダルを握られ、批判を封じられています。官僚も同じです。逆らったり、反政権的考えを持っている官僚は、体よく左遷され、中枢から消されていきます。それが分かっているので誰もが口をつぐみ、唯々諾々と従っています」

「大森さんは、睨まれている立場なのですか？」

大森は笑みを浮かべた。

「ええ、まあ、そんなところでしょう」

大森は、何度も左遷の憂き目に遭いながらも復活してきた。本人は睨まれていると言っているが、政権にとっても大森の実力は余人をもって代えがたいのだろう。

「嫌な空気が蔓延しているんですね」

「その通りです。だから部下たちにも金融危機の実情を極秘に探らせています。大丈夫だとは思いますが、悠人君のツイートもすでに花影首相の側近に目をつけられているでしょう。この影響が大きくならないようにと……」

「まさか」謙信は絶句した。「悠人は、まだ中学生ですよ」

「政権にとってはそれはあまり関係がないでしょう。悠人君に何も起こらなければいいですが、注意するに越したことはありません」

謙信は大森の言葉に怒りを覚えた。

「そんなことを言うのなら、なぜ部下を悠人に近づけたのですか？」

「申し訳ありません。全く予想外の行動でした。私の責任です。謝ります」

大森は素直に頭を下げた。

謙信は、大森とは長い付き合いだ。彼に悪気がないことは十分に承知だ。素直に謝罪されたら、これ以上、怒りを溜めるわけにはいかない。

それよりも花影政権がそれほど陰湿に反政権の人物を監視しているということに衝撃を覚えた。

「どうして内部の官僚や政治家にまで監視網を広げているんですか？　目的はなんです

か？」

謙信の質問に、大森は額の皺を深くし、視線を落とした。

「私の考えですが、花影首相は永世首相を狙っているのではないでしょうか。この国を思い通りにするために。そうすれば自分の好み通りに憲法も改めることができます」

「まさか……。この国は民主主義国家ですよ。中国やロシアじゃありません」

謙信は義憤を込めて言った。

「その通りですが、世の中は流れ始めると、気づかぬうちに思わぬ沖に出ていることがあるものです」

大森は静かに言った。そこには諦めの空気が漂っている。

「北条金融担当大臣もその流れに乗っているのですか」

「そのように考えてもいいでしょう」

大森は冷静だ。

「北条大臣も財務次官の鎮目、金融担当政務官の木島らも、大森さんの全行ストレステストに反対しましたね。危機に対する感度が鈍いと思われます。もし大森さんの考える危機が起きれば現政権にとっては大変な打撃になる。どうして大森さんの考えを言下に否定するのですか？」

謙信は率直に疑問をぶつけた。

予想される危機に最大限の想像力を及ぼして対処するのが政府の役割だ。

「彼らは財政のことしか頭にないのです。これは昔からの財務省官僚の戦いです。緊縮派と積極派の対立。今は、緊縮派が優勢に戦いを進めています。花影首相は、大胆な金融緩和政策などを見ていると一見、積極派のようですが、北条大臣を取り込むために緊縮派と同調しています。全てが政局なのです。この国の未来など微塵も考えていません。口先では立派なことを言っていますが……」

大森は静かな口調ながら激しい怒りを内包しているように見える。

花影政権は、長期に及んでいる。官僚たちの生殺与奪の権ばかりでなく民自党の議員たちも言いなりになっている。逆らうと人事や選挙で不利な目に遭わされる。それも露骨にだ。

一方、国民は現状維持しかない。米中対立、覇権国家化する中国、そして感染症拡大など不安だらけの時代に生きている。ただでさえ悲観的な国民は、一層、悲観的になっている。そんな時にわざわざ政権交代や首相交代を望む国民は稀だ。花影は多くの政策失敗を重ねてはいるが、こうした状況と国民感情に助けられ、安定的な支持率を維持している。

「大森さん、あらためてお聞きしますが、危機は近いのですか?」

謙信は聞いた。どんな答えを期待しているのか自分でもよく分からない。

大森は、「ええ」とだけ答えた。その表情は暗く沈んでいたが、何かを心に秘めているようにも見えた。それは怒りなのかもしれない。

「やはりここにいたかね」

突然、局長室のドアが開いた。現れたのは船田龍夫金融担当副大臣だ。

「先生！」

謙信と大森が同時に声を上げた。

「どうされましたか」

大森が立ち上がった。

「ちょうどいい。君たちに会いたかったんだ」

船田は、謙信の前に座った。大森は立ったままだ。謙信は立ち上がるタイミングを逸して、座ったままだ。

「大森君も座ってくれ」

船田は立ったままでいる大森に座るように言った。大森は、船田の隣に座った。

「副大臣、申し付けてくだされればお部屋に伺いましたのに」

大森が言う。

「いや、いいんだ。気にしないでくれ。私はどうもせっかちなんだ。頼みたいことがある」

船田は謙信を見つめた。

「私に？」

謙信は自分を指さした。

「ああ、正宗君、君にだ」

「なんでしょうか。できることならなんでもやらせてもらいます」

「君にしかできないことだ」

船田は真剣な顔で言った。

「私にしかできないこと？」

謙信は居住まいを正した。

「君は、久住を知っているだろう？」

船田は聞いた。

「はい、久住統一官房長官のことでしょうか？」

「そうだ」

「存じ上げています。親しいというほどではありませんが、何度か取材させていただきました」

「そりゃいい。好都合だ」

「久住官房長官がどうかされたのですか」

謙信は聞いた。

「そうじゃない。君に密使になってもらいたいんだ」

船田が真面目な顔で言った。

「密使？」

謙信は聞き返した。

「そうだ。密使だ。もとはと言えば大森局長のストレステストが理由だよ」

今度は船田は大森に顔を向けた。大森は硬い表情で船田を見た。

「私はのじぎく銀行が心配でたまらん。何も選挙区の友人の山根が頭取をしているからじゃない。あの銀行が破綻することで、同時に多くの地方銀行が破綻し、それを契機に大手銀行までおかしくなると思う。金融機関の連鎖破綻が起きるのではないか。これは国家のためになんとか防がねばならん。ところが首相も北条も危機感が薄い。私は北条派だが、国家のためにここは主君に背いて久住官房長官に動いてもらおうと思う」

「久住長官は船田先生のお考えに賛成でしょうか」

大森が聞いた。

船田は渋い表情になった。

「それは分からん。しかし……」船田は謙信と大森を睨むように見つめた。「これは戦う価値のある事態だ。君たちは信用できるな」

謙信は、頷いた。

大森も頷く。

船田は、いったい何をしようというのだろうか。密使になれとは、どういうことだ。謙信は、船田の真剣な表情に強い決意を感じ、唾をごくりと飲み込んだ。何かが動き出そうとしているのだろうか。

四

由美は、運ばれてきたコーラを一口飲んだ。表情は硬く、やや思いつめた様子だ。

智里と麻央が金融庁の職員だと紹介を受けたことで緊張が高まっているのだろう。短大を卒業してのじぎく銀行に入行四年目という若手行員としては金融庁の職員に会うことなどない。緊張するのが当たり前だ。

智里は、あなたから聞いたということは決して口外しないから安心するようにと伝えた。

麻央も冗談っぽく、怖くないからなんでも話して、と言った。麻央が女性であることから由美は安心したような表情になった。

「菅井金属の社長さんが自殺されたのは聞いた?」

麻央が言った。

由美の表情が突然、崩れた。瞼が開いたまま、涙が溢れ出した。智里は、慌ててハンカチを差し出した。由美は、それを目に当て、溢れる涙を押さえた。鼻水も出てきたようでポケットティッシュをハンドバッグから取り出すと、音を立てて洟をかんだ。

「とても優しい社長さんだったんです。菅井さんは。私、融資課の事務をやっているんですが、時々、お菓子を差し入れてくださったり、頑張ってるねって声をかけてくださったり……」

由美は、再び涙を流し始めた。

智里も麻央も由美が泣くままにしておいた。

「銀行に殺されたも同然です」

由美が言った。

「それはどういうことかな」

智里が聞いた。

由美は、まっすぐに智里を見つめた。

「菅井さんは、『どうしてかね』と不満を洩らしておられました。カンザキという自動車部品メーカーの下請けをされてるんですが、とても順調に取引をされていたんです。ところが、感染症拡大で仕事が蒸発したよ、と嘆いておられました」

「下請けで真っ先に仕事を切られたのですね」

麻央が言った。

由美がこくりと頷く。

「そこで政府が用意した感染症対策の融資を申し込まれたのです。でもそれでは十分でなく、プロパー融資を申し込まれました。私、不味いなぁと懸念していました」

「どういうことかな？」

智里が聞く。

「私の銀行では以前からプロパー融資はするなという方針が出ているんです。これは紙に書かれたものではないんですが、口頭でそうした方針が支店に徹底されていて……」

「やはり不良債権が増えているからですか」

麻央が聞いた。

「詳しいことまでは分かりません。しかし収益が上がっていないからだと思います。営業課では、プロパーの融資を保証協会付きに乗り換えようと必死になっています」

「いつもなら八十%の保証だったのが、今回の感染症対策で百%保証になったからだね」

智里が言った。

「お客様と最近窓口で揉めることが多いです。全く銀行がリスクを分かっていないじゃないかって。とにかくプロパーの融資を減らすことに必死なんです。私、事務をやっていて、これで銀行と言えるのかと腹立たしく思っていました。菅井金属さんも必死で融資を頼んでいましたが、担当者が拒絶していました。担当者も辛そうでしたけど」

由美が視線を落とした。

「のじぎく銀行も生き残りに必死なんだな」

智里は麻央に言った。

「そうね」麻央が同意した。「取り付け騒ぎが起きたことはどうなのかしら？」

麻央の問いに由美の顔が強張った。

「取り付け騒ぎなんて起きていると言ったら大変です。私、行内で査問にかけられてしまいます」由美が少し怯えたように言った。「でも本当は大変だったんです。誰が噂を流したのか、犯人を捜しているくらいです」

由美が言った。ジュースを飲んでいた悠人が急に真顔になって「犯人って僕のこと？」と聞いた。

由美が悠人の方を向いた。

「もともとは、お客様がのじぎく銀行は危ないって言ったんだと思います。亡くなった菅井金属の社長について、誰かに呟かれたのかもしれません。でもそれは当然だと思います。菅井金属さんと融資担当者のやり取りは、ほんとに耳を覆いたくなりましたから」

「ひどかったの？」

麻央が聞いた。

「ええ」由美は頷くと「最初はカウンターを挟んで、貸せ、貸せないの怒鳴り合いだったのですが、他のお客様に迷惑だと言って、応接室に入ったのです。でも薄いドアを隔てているだけですから中の声は外に聞こえます。貸してくれないと倒産だ、一家心中だと社長さんの嘆く声が……」そう言って両手で顔を押さえた。

智里と麻央は由美の気持ちが落ち着くのを待った。

由美は、涙を指先で拭った。

「私、お茶を応接室に運んだのです。そうすると、社長さんが床に跪いて土下座をしているんです。なんとかしてくれって言って……。いつも明るい社長さんのあんな姿を見たのは初めてでショックでした。担当者は、腕を組んで天井を睨んでいました。しばらくして悲しそうにお帰りになる社長さんを見送った後、担当者に『なんとかならないのですか』って聞いたんです。するとものすごい形相で睨まれて『うるさい！　貸してあげたくてもできないんだ。うちがヤバいんだから』と大声で叱られました。この声を聞いたお客様が、のじぎく銀行が危ないっていう噂を流されたのかもしれません。うちの銀行は少しの不良債権の余裕もないんだと思います。今、お客様は感染症拡大で先の見込みがない状態です。もし貸してあげたとしたら不良債権になるのは確実です。だから貸せないんではないでしょうか」

由美は問いかけるような目つきで智里と麻央を見た。

智里が頷くと、由美は悲しそうな目で智里を見つめ、「でもそれは間違いでしょう。そうじゃないですか。金融庁では銀行に貸し出しをするなって命令を出しているんですか」と聞いた。

智里は、無言で頭を左右に振り、否定した。

「もしも助かる見込みがあるなら応援するのが銀行でしょう？　そうじゃないですか。お客様が元気になってこそ銀行が元気になるんでしょう？　自分の銀行が危ないからってお客様をひどい目に遭わせていいってことはないですよね」

「その通りね」

麻央が言った。

「お願いします。金融庁でなんとかしてください。のじぎく銀行のためじゃないです。大好きなお客様のために」

由美はテーブルに頭をつけた。

智里は麻央と顔を見合わせた。

「足立さん、顔を上げて」

麻央が優しく言った。

「なんとかしてあげてよ」

悠人が深刻な顔で言った。

「うん、なんとかね」

智里が悠人に答えた。

「ほんまにのじぎく銀行はここんところ評判、最悪やで」

おばちゃんが薄焼きのお好み焼きを運んできた。悠人が美味しそうに食べるので、智里も自分たちの分を頼んだのだ。

「そうですか」

智里は、目の前に置かれた薄焼きのお好み焼きを見ていた。いかにも食欲をそそるソース色をしている。

「前はそんなことなかったんやけどな。感染症拡大が悪いんやと思うけど、それにしてもひどくなった。困った時に助けてくれんのやったら銀行なんかなかってもええ、と言うとるわな。せやけどこんな田舎で銀行がなくなったら、それはそれで大変やけどな」

おばちゃんは、言うだけ言うと調理場の方へ行った。

「いろんな人の話がのじぎく銀行の経営不安の噂になって取り付けが起きたのね。震源地は一つじゃない」

麻央が呟いた。

「でも広げたのは僕かもね」

悠人が不安げに言った。

「悠人君のツイッターが大変なことになっているの、知ってる？」

由美が聞いた。

「うん……」

悠人が眉根を寄せた。

「五十万もの人が悠人君のツイートをフォローして、それにどんどん尾ひれをつけてんのよ。他の銀行も危ないってね」

由美が言った。

「僕、捕まっちゃうの？」

悠人は首をすくめた。最近、ＳＮＳでデマ情報を拡散させて逮捕される事件が頻発している。悠人はデマを拡散させたわけではないが、想像以上に広がりを見せているために不安になっているのだろう。

「分かんないわよ」

由美が脅かす。

「わー！　どうしよう」

悠人が大げさに両手を上げる。

「麻央、そろそろここを引き上げて神戸に行こうか？」

智里が言う。

「そうだね。局長には報告したの？」

麻央が聞く。

「ああ、ざっとね」

智里が言った。

「じゃあ、行きましょうか」

麻央が立ち上がろうとした。

「神戸に行くんですか」

由美が聞いた。

「ええ、のじぎく銀行の本店の様子も見たいから」

智里が答えた。

「だったら本店の業務部に同期の女性がいます。連絡しておきます」

由美が言った。

「それは助かるわ。ありがとう」

麻央が笑みを浮かべる。

「これが連絡先です」由美は彼女の携帯電話番号とメールアドレスをメモして麻央に手渡した。「絶対にのじぎく銀行を助けて……、いえ、正常に戻してください」

由美は必死の形相で智里と麻央を見つめた。

「分かった」

智里が答えた。麻央も頷いた。

「僕のツイートが騒ぎを大きくしたってお父さんには報告しないでくださいね」

悠人が言った。

「大丈夫よ。悠人君のお陰で調査が進んだってお父さんにもお礼を言っておくから。ところでいつ東京に戻ってくるの？　戻ってきたらご馳走するね」

麻央が言った。

「やった！　絶対だよ」

先ほどまで不安そうにしていた顔が明るくなった。

「足立さん、悠人君、ありがとうございました」

智里は立ち上がった。麻央もそれに続いた。神戸はどんな状況になっているのだろうか。丹波支店以上に悲惨な状況なのだろうか。智里は表情を引き締めた。

五

博子が先導して、飲食業者たちを中心とした約二千人のデモ隊は国会を目指した。

「飲食業がなくなってもいいのか！」

「飲食業は日本のおもてなしだ！」

「政府補償を徹底しろ！」

参加者は思い思いのプラカードを持ち、シュプレヒコールを繰り返しながら整然と歩く。

隊列の中には老舗（しにせ）レストランのオーナーシェフもいる。

料理人の白い調理服とコック帽をかぶった人もいる。

フライパンをお玉（レードル）で叩いている人もいる。

誰もが感染症拡大で、客数がかつての八十％から九十％も減少し、閉店の可能性も考えなければならない悲惨な状況なのだが、いたって陽気に歩いている。

沿道からも「今度食べに行くから」と声がかかる時がある。参加者には、皆、マスク着用を義務づけているので顔はよく分からない。

博子は先頭を歩いている。すぐ傍に若い男性がいた。リュックを背負っている。料理人というより学生のようだ。参加者の中には、料理人ばかりではなく就活が困難になった大学生もいた。そのうちの一人だろうと思った。

「学生さんなの？」

博子は声をかけた。

「ハイ」

はっきりとした声で返事が返ってきた。マスクのせいで表情は分からない。

「大変ね」

博子は同情を示した。息子の悠人はまだ中学生だ。就職のことを心配するのは、まだまだ先だ。その頃には苦労しなくてもいい世の中になっていて欲しいと思った。

「この間までは引く手あまただったのにね」

「ハイ」

学生は、ハイしか言わない。おばさんとは話したくないのかもしれない。

博子は、メガホンを持って「政府は補償しろ」「飲食業者を殺すな」と叫びながら歩いた。

気づくと学生はいなかった。後ろに下がったのかもしれない。特に気にせず歩き始めた。

国会議事堂が見えた。

「あれ？」

いつもは警備の警察官が二人ほどいるだけなのに、今日は防護服を着用した機動隊員が隊列を組んでいる。三十人以上はいるだろうか。その背後にグレーに塗装されたバスのような特殊車両が二台も待機している。

「なんだか変だね」

桑畑新次郎が博子に近づいてきた。

「警備が強化されていますね。どうしたんでしょうか」

衣川幸恵が不安そうな表情で博子に言った。

「様子がおかしいわね」博子も警戒した。「何かあるのかしら」

飲食業者のデモなんかをなぜ機動隊が待っているのだろうか。正式に届けてある、違法性のあるデモでもないのに……。

博子は、待機している機動隊員に事情を聞こうと、前へ進み出た。

「博子ママ」

機動隊員の隊列の脇から警察官が進み出た。

「鈴木さん……」

博子は、安堵した表情で鈴木に声をかけた。

「ママ、すぐにデモを解散してください」

鈴木が深刻な表情で言った。

「どうしたんですか？　同業者の大人しいデモなのに……」博子は機動隊員に視線を移した。

「過激派の情報が……」

鈴木が何か言いかけた時、博子には頭上を何かが飛んで行くのが見えた。

「ママ、危ない！」

鈴木が博子の体を抱えるようにして地面に倒れ込んだ。

その瞬間に機動隊員の隊列の真ん中にぼっと火柱が立った。

「火炎瓶だ！」

デモ隊の仲間が叫んだ。

「逃げて！」

博子は、鈴木に押し倒されたまま声を上げた。

桑畑が「避難しろ！」と叫んでいる。デモ参加者は思い思いの方向にちりぢりに駆け出していく。

「ママ、大丈夫？」

鈴木が聞いた。

「大丈夫、ありがとう」

鈴木が起き上がると同時に、博子も立ち上がった。

「あの野郎！」

鈴木が怒りの表情を満面に浮かべている。

国会議事堂前の道路の真ん中でマスク姿の若者三人が、火炎瓶に火をつけては機動隊員に向かって投げている。機動隊員の掲げる盾に阻まれて、地面に落ちたと思うと、ぼっと火柱が上がり、黒煙が立ち上る。辺りにはガソリンが燃えたと思われる異臭が漂い、騒然とした雰囲気だ。

「あの学生だわ」

博子は三人の中で一番先頭に立って火炎瓶を振り上げている若者を見た。

「ママ、知っているの？」

鈴木が聞いた。

「さっきデモ隊の中にいたの。就活大学生だと思っていた」

博子は青ざめた様子で言った。

「ママ、ここを動くんじゃないよ」

鈴木は強く念を押した。

「分かった」

博子は言った。

鈴木は、機動隊員に交ざって若者に近づいて行く。

「突撃！」

機動隊員の一人が叫んだ。

その瞬間、三人の若者は、自分たちのすぐ近くで火炎瓶を破裂させた。たちまち炎と黒煙の壁ができた。

機動隊員たちがその壁に阻まれ、一瞬、立ち止まった。

若者たちは、その隙に脱兎（だっと）のごとく駆け出す。まるで陸上選手のようにのびやかに走っていく。

「ちょっと来てもらおうか」

厳重に防護服を着た機動隊員が博子の腕を摑んだ。

「痛い！　止めて！」

機動隊員の握力の強さに博子は悲鳴を上げた。

「デモの主催者だな。連行する」

機動隊員が重々しい声で言う。ヘルメットの中の表情が険しい。

「鈴木さん！　助けて！」

博子は思わず鈴木の名前を呼んでいた。

第七章　紛糾

一

花影政権は、特別措置法（特措法）を濫用する政権である。戦前なら、議会で議論が煮詰まらなくても勅令で国民に命令を出したようなものだと言えば、言い過ぎになるだろうか。

テロ対策では当然ながら今回の感染症拡大においても特措法を制定した。当初は、感染が拡大しても中国のような都市を封鎖する強権的な措置は取らないとしていた。

野党が、強権的な措置に反対していたからだ。法案成立を優先する花影は、それでいい、いずれ音を上げるとうそぶいていたという。

事態は、花影の予想通りの展開となった。感染症の拡大は沈静化するどころか、人々の予想をはるかに凌ぎ拡大した。そのため強権的措置に反対していた野党は、こぞって花影を責めた。

生ぬるい。中国のように強権的措置を採用するべきだ。

休業要請に応じない飲食店などは、強制的に休業させろ。

勝手に歩き回る奴やマスクをしていない奴は逮捕しろ云々。

言いたい放題だ。特措法成立の時は、基本的人権を守れ、花影政権は特措法で国民を支配しようとしていると、批判していたにもかかわらずだ。舌の根も乾かぬうちにとは、このことを言うのだろう。

所詮、野党も、国民の声という、言わば正体不明の意見に弱いのだ。

同様のことはマスコミにも言える。野党と一緒になって特措法成立を阻止しようとしていたテレビコメンテイターは、完全に豹変した。今では、感染した人間は、強制的に隔離せよ、と顔を真っ赤にしてテレビ画面の中で叫んでいる。

「馬鹿な奴ほどよく吠える……」

花影は、官邸でテレビのワイドショーを見ながら、皮肉な笑みを浮かべた。

隣で同じ番組を見ていた小野田も「総理の思惑通りですね」と嘯くように言った。

小野田は経済産業省出身で、首席首相秘書官であるが、自分では花影を操っていると自負していた。

特措法の濫用も、小野田のアイデアである。

現状の法律に現実を合わせるのではなく、現実に合わせて特措法を制定すればいい。そのうち大本の法律は意味をなさなくなる。それは憲法でも同じだ。憲法を変えるのは、時間も労力もかかるが、特措法を適用することで、実態上、憲法を骨抜きにすることができる。

ましてや今回は、野党が感染症拡大にパニックになり、花影に強制力を持たせようとしているのだから笑止千万だ。

このようになることを最初から予想していたとしたら、花影は相当なワルだと小野田は感心していた。

こうして野党の意向を受け、改正された現行の感染症に関する特措法には「等」が連発されていた。特措法の対象も感染症等であり、「等」を活用すれば多くの事態に対処できるようになっていた。

条文の中に、「国民生活の安寧を脅かす感染症等の事態」に適用する法律であると明記されている。

これは小野田が、こっそり法案に潜り込ませた地雷だった。花影政権は、この「等」を拡大解釈し、政府に反抗するデモの取り締まりにも適用することにしたのだ。

デモは憲法で保障された表現や集会の自由に基づく行動だが、各自治体の公安条例で規制され、公の秩序を乱してはいけないことになっている。また、デモなどの街頭での集会は届出制で、無届けの場合は道路交通法違反で検挙されることもある。いずれにしても市民が、整斉とデモ行進している分には警察と対立することはない。

ところが博子が企画した飲食店関係者のデモは最初から警察が警戒していた。実際に機動隊とぶつかり、火炎瓶が爆発、炎上し、騒然としたものになった。

警察は、改正された特措法を活用して、感染症に関わるデモの規制にも乗り出していたのだ。そのことは博子にとって誤算だったが、最大の誤算は火炎瓶を投げるような過激派が紛れ込んでいたことだ。

「お前、あの学生と知り合いだったんだろう」

警察官は机が割れんばかりに強く叩く。太い二の腕の血管がまるで蚯蚓腫れのように浮き出ている。

「あのねぇ、何度言えば、分かるのよ。知らないって」

博子は、警察官を睨みつける。灰皿でもあれば投げつけてやるのだが、警視庁の取調室には何もない。あるのは今、座っている椅子と両手を載せている机だけだ。

「嘘、言うんじゃない。ばれてんだぞ」警察官は机の上に写真を置いた。

「これ見てみろ。お前が、何やらろくでもないことを親しげに相談している場面だ。これでもシラを切るのか」

写真には博子が若い学生と話をしている場面が写されていた。学生はマスクをしているので顔は分からない。

いったい誰がこんな写真を写していたのだろうか。デモ参加者の中に警察官が忍び込んでいたのだろうか。

「これはね、学生さんなの？って聞いただけよ。デモは飲食店経営者の窮状を訴えるために企画したのよ。そこに学生がいるのでなんだろうって思っただけ。大学生の就活も感染症で大変なんだなと同情したわ」

「いい加減なことを言うなよ。どこで騒ぎを起こすか、相談していたんじゃないのか」

警察官は博子を睨んだ。そして顔をぐっと博子に近づける。煙草臭い息が顔に吹きかかる。警察官の顔が視界を埋め尽くす。髭剃り跡が痛々しい。ところどころに剃刀の傷跡がある。

「あのさ、感染症拡大中ですよ。顔を近づけないでよ。マスクしてくれる？」

博子が顔をしかめる。

「おっ、悪い悪い」警察官はポケットから布マスクを取り出し、口に当てた。「ソーシャル・ディスタンスだったな。やりにくいな」

「やりにくけりゃ、こんな取り調べ、止めたらいいじゃない」

「そういうわけにはいかない。あんたは要注意人物なんだ。簡単に釈放できないね」

警察官が薄ら笑いを浮かべた。

博子は、背筋に寒気が走った。要注意人物って何？

「私、単なるイタリアンレストランの経営者よ。それがどうして要注意人物なのよ」

「そんなこと、知らねえよ。しかし、何度かデモを企画して、政府に逆らっているだろう。そんなくだらねえことをやるからだよ」

「何がくだらないことよ。私たちは生きるか死ぬかで、必死なのよ」

「まあ、そうだろうな。俺の行きつけの定食屋も潰れちゃったからな。同情は、するよ。だけど、こっちも仕事さ」

「もう容疑は晴れたんでしょう。こんなおばちゃん、早く解放してよ」

博子の抗議に、警察官が渋い表情をした。

「それがさ、あんたは要注意人物だって言っただろう。だから凶器を準備して首都の平安を乱したとかなんとか理由をつけて、検事の取り調べに回すことになってんだよ。そこで罪状をつけられると、起訴されて裁判。運がよければ起訴猶予(ゆうよ)か執行猶予かな……。えへへ」

警察官が笑った。マスクで口元は見えないが、目が垂れ下がっている。

博子は、両手で机を叩いて、立ち上がった。

「何ふざけてんのよ。どうして私が起訴されなくちゃならないのよ！　早く、ここから出しなさい！」

博子は大声で叫んだ。この薄汚い警察官を思いきり張り倒したい気分になった。なんとしても謙信に連絡を取らねば……。博子は思案を巡らせた。

二

「ここだね」

智里は、のじぎく銀行の本店の建物を見上げた。

神戸の中心部にある石造りの豪壮な建物だ。クラシックなギリシャ風の柱が入口に六本も立っている。それが入口天井を支える構造になっている。まるで明治時代の銀行を見ているようだ。

「赤字が心配な銀行なのに立派なビルを建てたものね」

麻央が、腹立たしげな表情を浮かべた。

「バブルの時の建物なんだろうね」

バブル期に高収益を謳歌(おうか)した地方銀行は、本店ビルを建てたり、海外拠点を設けたりと、今から思えば無駄遣いをし過ぎた。それらを感染症で不景気になったから無用の長物だといっても、後悔先に立たずだ。

「さて、どうするか」

麻央が首を捻った。

「どこか取引先を訪ねるか？　来店する客を摑まえてインタビューするか？」

智里が言った。

「ねえ」

麻央が智里を見つめた。

「何？」

智里が聞いた。

「いっそ、ここを襲撃する？」

「本店を？」

智里は本店ビルを指さした。

「頭取に会おうか」

「えっ！」麻央の大胆な提案に驚く。

「秘密調査だよ」

「丹波支店でかなりの情報を得ることができたから、頭取を直撃しようよ」

「局長に叱られるんじゃないか」

「その時は、その時」麻央の足が本店の石段にかかった。「頭取は山根隆仁さんだったわね」

「ああ、そうだけど。随分、先輩だから、アポなしで訪問するなんて失礼だ」

智里は、麻央の大胆さに恐れをなした。

麻央は、智里の懸念など全く無視して本店建物の中に入っていく。智里は、慌ててその後を追う。

建物の中は、外見より、もっと素晴らしい。天井は遥かに高く、一階ロビーを見下ろすように回廊がぐるりを取り巻いている。その回廊に沿って会議室などがあるのだろう。頭取室や営業部など、主要な部署は一階の奥で繋がる十五階建ての、こちらは現代的なビルに入居している。

「しかし、贅沢なビルを建てたね。麻央じゃないけど、驚きだな」

「こんな無駄をしないで危機に対応するための余力を残しておけばいいのにね」

麻央が答えた。

「受付はどこかな？　山根頭取がいればいいけど……。驚くと思うな」

智里は受付を探した。

一階ロビーと現代的なビルを結ぶところに自動ゲートと受付が見えた。

「あそこだね」

智里は、最初は麻央の大胆な提案に躊躇したが、すぐに覚悟を決めた。受付に急いだ。

「いらっしゃいませ。のじぎく銀行にようこそ」

受付嬢がにこやかに話しかける。

「あのぅ、山根頭取にお会いしたいのですが」

智里が申し訳なさそうに言う。

一瞬、受付嬢が怪訝な表情に変わる。当然だろう。突然の頭取への面会要請だ。警戒心が湧き上がらない方がおかしい。

「頭取ですか？」

「はい。山根頭取です」

「お約束はございますか？」

「いいえ、ありません」

智里は答える。

「それではちょっとお繋ぎしかねますが……」

受付嬢が渋面になる。

「こういう者ですが」

智里の横から麻央が顔を出し、金融庁職員の身分証を呈示する。

受付嬢は、その身分証をしげしげと見つめた。表情が徐々に変わっていく。笑顔で接することを期待されている受付嬢の表情が強張っていく。

「あのぉ、金融庁の方ですか？」

「はい」

麻央が答える。

「検査ですか？」

「いえ、そうではありません」

麻央が笑顔を繕う。

「少しお待ちいただけますか？　今、秘書室に確認しますので」

「よろしくお願いします」

麻央は言い、智里の顔を見た。

「いいのか？　これで」

智里が言った。いくら金融庁でも、強引に頭取との面談を要求するのはやり過ぎだ、という思いが智里にはあった。しかし麻央の勢いに押されて、何も言えない。覚悟はしていたものの、後の影響を考えると不安になる。

受付嬢は、受話器を握り締めて何度も頷いている。はい、分かりました、などと返事をしているようだったが、受話器を置いた。

「お待たせしました。今、秘書室長が参ります。あっ、それと企画部長も……。あちらでお待ちください」

受付嬢が指さした先にはソファが幾つか並んでいた。

「座っていようか」

智里が麻央を誘う。

「そうね。ぼんやり立っていてもね」

麻央は、ソファに向かって歩く。

「いったいどんな質問をするんだ。いきなり頭取に会うのはヤバくないかい？　通常の検査でも頭取に会うのは最後の検査講評の時だけだからね」

智里は表情を曇らせた。

「やり過ぎかと思ったのだけどね。私の勘が、急を告げているの」

麻央がソファに腰を下ろしながら言った。

「勘？」

智里が呆れた顔になった。

「そう、勘？　いけない？」

麻央が眉根を寄せながら、智里を見つめた。

「理屈に合わないんじゃないかな。勘じゃぁね」

「ものすごく胸騒ぎがするの。このままでは大変なことになるって。だから直接、頭取から話を聞きたいの」

「分かった。麻央の勘を尊重するよ」

「来たわよ」

麻央が立ち上がった。視線の方向に智里が振り向くと、二人の男が近づいてきていた。秘書室長と企画部長だろう。頭取に引き合わせるには怪しい人物ではないかと検分に来たのだろう。

「金融庁の方ですか」

一人の男が疑わしそうな目つきで言った。

「はい。金融庁総合政策局の私は、高原。彼女はリスク分析総括課の星川です」

智里も麻央も身分証を見せた。

「私は、秘書室長の柳沢です。彼は企画部長の田中です」

二人は、自己紹介をしたが、名刺は渡さない。警戒心を解いていないようだ。

「突然、お邪魔してすみません」

智里は言った。

「ええ、驚きました。突然、頭取の山根に会いたいって、いったい何があったのですか？検査ではないでしょう？」

柳沢が言った。

「検査ではありません」

「では山根に会いたいとは、どんなご用件でしょうか」

「私と星川は、地方銀行の経営状況を調査しておりまして、その一環として山根頭取のお話を伺えればと思って参りました」

「お約束していただければよかったのですが……」

柳沢が田中と顔を見合わせる。

「ご不在ですか？」

麻央が聞く。じれったいという態度を見せている。

「ええ、まあ、そうですね」

柳沢が煮え切らない。

「いらっしゃるのですね。お目にかかれないでしょうか？」

麻央が強気で迫る。

「ご迷惑は承知の上ですが、ぜひ、お願いします」

智里は頭を下げる。麻央の勘がどこまで危機を把握しているのか、確かめる必要がある。

「どうしましょうか」

柳沢が田中と顔を見合わせている。

「山根頭取が面会を渋っておられるのですか」

麻央が言った。厳しい口調だ。

「そんなことはありません」

柳沢が否定する。

「それなら繋いでください。重要なことです」

麻央が言った。

智里は驚いた。麻央は踏み込み過ぎだと警戒した。

「麻央……」

思わず智里は、星川と言わずに麻央と呼んでしまった。あまり強く迫るのもよくない。重要なことと言い過ぎだ。

「重要なこととは……」

田中が鋭い視線で麻央を見つめた。

「貴行の経営に関わることです」

麻央はひるまない。こうなると一歩も引かないのが麻央のいいところでもあり、欠点でもある。やり過ぎるのだ。

「詳しく教えてください」

田中が言う。

「ここでは言えません。頭取にお会いしたら申し上げます」

「あなた方は、私的に調査に来られていますね。私たちに応じる義務はないと思います」

田中が反感をむき出しに言う。

「確かに公の調査ではありませんが、全く私的というわけではありません。とにかく頭取に会わせてくださいませんか」

智里は、冷静に頼む。

「頭取に事前の予約なしで会おうとするなんて非常識過ぎます」

田中は怒りで目を吊り上げた。

「私たちは丹波支店に行ってきました。その結果を踏まえてお会いしたいのです」

智里は言った。

「丹波支店……」田中は考える顔になり、「あのツイートか」と呟いた。

「いろいろと情報を集めてきました」

智里は言った。

「こそこそと嗅ぎ回っているわけですか。私どもはあのツイートを投稿した人物を営業妨害で告訴する考えでおります」

田中の表情は厳しい。

悠人を告訴するつもりなのか。それはまずい。

「あれは中学生のツイートです。そんなものに目くじらを立てている時間はないはずです」

麻央が強く言った。

「うっ」

田中が声を詰まらせた。麻央を睨んだまま、体を強張らせた。しかし、再度「私的な調査や予約なしの頭取面会を許すわけにはいかない」と強面（こわもて）で反撃してきた。

「柳沢秘書室長、山根頭取がお二人にお会いになるとご連絡がありました」

受付嬢が息を切らせて駆けてきた。

「頭取が？」柳沢が驚いて聞き直した。「本当に頭取が会うとおっしゃったのか」

「はい」

受付嬢は、硬い表情で答えた。

「先ほど君から連絡をもらった時、頭取とご一緒だったんだ。会うのを逡巡（しゅんじゅん）されていたが……」

柳沢は困惑していた。

「会ってくださるとおっしゃってるんですね」

麻央がにこやかに言った。

「そのようです」

柳沢は渋面を作り、田中を見た。

「頭取が会うとおっしゃるのであれば仕方がありません。どうぞ、参りましょう」

田中は険しい表情のままだ。

「さあ、行きましょう」

麻央は、明るい表情で言った。

智里は、麻央の明るさとは反対に厳しい表情で頷いた。

三

謙信は、横浜市内にある官房長官、久住統一の自宅前に立っていた。

大臣の家とは思えない普通の住宅だ。以前、インタビューした際、若い頃に住宅ローンを組んで購入したと話していたのを聞いたことがある。ある大物政治家の秘書をしていたが、収入が少なく、銀行で住宅ローンを組むのに苦労したそうだ。久住の庶民性を物語る話だ。

秘書官に聞いたところ、久住は自宅にいるとのことだった。一瞬、感染症の疑いを心配したが、そういうことではなく昨夜遅くまで執務をしていたため、内閣府への登庁を遅らせているだけのことだった。

久住の自宅の前には、簡易的な詰め所が設置され警備の警察官がいる。謙信を鋭い目で睨んでいる。

謙信は、笑みを浮かべながら警察官に近づく。

「お疲れ様です」

警察官は無言で謙信を睨みつける。

「私、怪しい者じゃありませんからね。ジャーナリストの正宗謙信っていいます。官房長官とは親しいですから」

謙信は親しげに警察官に話しかけるが、無視される。

車の近づいてくる気配を感じた。住宅街の細い道に、黒のトヨタ・アルファードがゆっくりと謙信の方に進んでくる。

「いよいよお出かけか？」

謙信は、久住が家から出てくるのを待った。

アルファードが止まった。同時に玄関ドアが開き、久住が書類を脇に抱えて現れた。

「長官！」

謙信が声をかけた。

久住が不思議そうな顔で謙信を見つめた。

警察官が、謙信の傍に立った。警戒をしているのだ。

「おお、正宗君か。どうした？」

久住が表情をわずかに崩した。彼は無表情で有名だった。笑顔を見せることはまずない。笑顔を見た人間は、何か災いが起きるのではないかと不安な気持ちにさせられるほどだった。

「長官、覚えてくれていましたか？」

「忘れるものか。君のような優秀なジャーナリストはね」

「皮肉を言わないでくださいよ」

「ええ、ちょっと。ところで急用か？」

「車に同乗させてもらってもいいですか」

謙信の依頼に、久住は、一瞬、考える表情をしたが、「いいよ。乗りなさい」と応諾した。

「ありがとうございます」

謙信が車に近づくと警察官も近づく。

「いいんだ。知り合いだから」

久住が警察官を制する。

「はっ」

警察官は敬礼をすると、その場で立ち止まった。

運転手が、アルファードのドアを開けた。久住に続いて謙信が乗り込む。謙信は久住の隣に座った。

「何か緊急の取材かね」

久住が聞いた。

「実は、取材ではありません」謙信は神妙な顔つきで久住を見た。「密使です」

「ん？」

久住が怪訝な顔をした。

「船田先生から密使になるように頼まれまして」

「それは、また面妖な。船田さんから何を頼まれたのだね」

久住が鋭い目つきで謙信を睨んだ。謙信は、ぐっと息を呑んだ。

「船田先生は、現在の金融情勢に非常な危機感を抱かれています。感染症の拡大で、日本経済はかつてない不況に陥り、この先、何年もこの状態が続く可能性があります。そのためこのままだと日本の多くの金融機関が破綻するのではないかと……」

「それで？」

久住は関心がない素振りを見せた。

「先日、金融庁では鈴村長官と大森総合政策局長が、北条大臣らを集めて、全金融機関のストレステストの実施を提案しました」

「ストレステストかね？」

「金融危機にどれだけ耐えられるかを検証しようというのです。その心は、テストの結果、金融機関に迅速に公的資金を注入し、どの金融機関も破綻させないようにすることです」

「なるほどね。感染症拡大で銀行には融資の申し込みが殺到していると聞く。利息収益が増えることは歓迎だが、このまま景気が好転しなければ信用リスクが増大するというわけだね。そのため事前にどれだけの信用リスクに耐えられるか検証し、危機に備えようというわけだ」

「全くその通りです」

「ところが北条大臣は聞く耳を持たなかったのか」

「よくご存じですね。その通りです」

「船田さんは、金融担当副大臣だが、その場にいたんだろう？　ましてや彼は北条派だ」

「いらっしゃいました。ところが北条大臣は、船田先生の危機感を全く共有されず、鎮目財務次官の意見に動かされ、全く大森局長らの提案を無視されたのです」

「木島政務官も同調したのかね。彼は、長いものには巻かれろだからな」

「なんでもご存じですね。結局、船田先生は、鈴村長官、大森局長らとともに孤立無援となりました」

「北条大臣に言えばいい。親分なのだから」

久住は表情を変えない。

アルファードは、静かに高速道路に入った。このまま都心に向かっていく。経済状況を反映しているのか、高速道路に車は少ない。

「北条大臣は、鎮目次官の言いなりです」

「ははは」久住が初めて笑った。「言いなりか……。鎮目は、今、一番力のある小野田の子飼いのような奴だからな。小野田は経産省、鎮目は財務省。決して仲がいいわけではないのだが、小野田の力の前にひれ伏しているのが実態だ。小野田が財政支出について、ケチだから鎮目も同様なのだ」

久住は顔をしかめた。

「そうだったのですか？」

謙信は、小野田首相秘書官の力が強いことは知っていたが、財務省の鎮目次官までその影響下にあることは知らなかった。

「ここだけの話だがね」久住は謙信の方を向いた。「花影政権の影の首相は、小野田だよ」

「そんなに……」

久住は口元を歪めた。

謙信は、驚きの表情で目を見開いた。小野田の力が強いことは知っていたが、影の首相とまで久住に言わせるとは思わなかった。

「いくら金融危機を鈴村や大森が声を嗄らして叫んだとしても鎮目は動かない。銀行に財政支援するなどという考えはないだろう。小野田が許さないはずだ」

久住は淡々と言った。

「小野田さんは経産省出身でしょう？　経済優先なら銀行への支援策については積極派ではないんですか」

謙信は疑問を口にした。

「さあ、どうなのかな。とにかく国民のことより国家の財政を考えているという建前なのだが、混乱させることが目的なのかもしれない」

久住は、正面を向いたままだ。どんな心情で話しているのか、謙信にはよく分からない。

「混乱させることが目的？」

謙信は聞き直した。

「そうなんだ。小野田は、国を混乱させることで、国民の間から、もっと強い政府が必要だという声が起きることを期待しているんだ。その時こそ官僚の官僚による官僚のための国家を作ることができると考えているんじゃないかな。そのために花影首相を利用しているんだ。花影首相に利用価値がなくなれば、別の首相を立てるだけだ。これはあくまで私の推測なのだがね」

久住は、謙信に向かって、にんまりとした。

「どうしてそんなことを考えていると思われるのですか？」

謙信は、船田の密使として金融危機への対処に、久住の協力を依頼するために来たのだが、逆に久住の花影政権への危機感を聞く羽目になった。

「小野田は、戦前の軍官僚のように官僚が国家を統制する社会を夢見ているようだ。今の日本では、なかなか思うようにことが進まない。国会審議では与野党が、花影首相のくだらないスキャンダルに関わる議論を繰り返すだけ。政策はまともに議論されず、スピード感もない。その間、中国は肥大化し、我が国を脅かす。国家のあらゆる面で、民主主義的と言えば聞こえはいいが、大衆迎合主義(ポピュリズム)の政策で、この国の発展が阻害され、他国に後(おく)れを取るばかりだ。そんな危機感が官僚主導国家を目指す動機なのかもしれない。花影首相の第一次内閣は、花影首相の体調がすぐれず、失意のうちに終わってしまった。その際、多くの人が周りからいなくなったのだが、小野田だけは去らなかった。そして花影首相を励まし続けた。その結果、返り咲いた花影首相は、誰よりも小野田を信頼するようになったというわけだ。そこで小野田と組んで、強い権力を持った官僚主導国家を作ろうというんだよ。私は、花影首相は、国内の反対派を抑え込んで永世首相になろうとしていると考えている……」

久住の表情が、深い憂いで陰った。

「まるで中国共産党みたいじゃないですか」

謙信は言った。

「まるで……じゃない。そのものさ。小野田にとっては共産党官僚が国民を意のままに支配する中国は理想郷なのだよ。官僚支配の強権国家さ」

「そんな馬鹿な」

「花影首相も北条大臣も貴族なんだよ。私のような庶民とは違うんだ。彼らに所詮、庶民の苦労は理解できない。庶民を管理し、導くことが自分の役割だと思っている。それが彼らのノーブレス・オブリージュなんだ。だから徹底した強権的官僚国家を目指すことは、必然だと言える。そのために着々と準備を整えている。庶民に計画が悟られぬようにね。今ではマスコミは政権の批判をしなくなった。多くの政権に批判的な言論人はそのポストを追われつつある。社会の監視が強められ、どことなく物言えば唇寒し秋の風という雰囲気になってきただろう」

「ええ、そういえば、私の仕事も徐々に少なくなっています」

「君は、政権に批判的なジャーナリストと目されているからね」久住が、再びにんまりとした。「だから船田さんが、いくら危機感を叫んでも花影首相は動かない。混乱が極まり、強力な政府への待望論が出てくれば、幸いなんだ。仮に花影政権への批判が高まったとしても混乱する国内を力で抑え込むことで、強力な国家を作り上げることができる。銀行なんて、潰れるに任せるかもしれないね」

「なんということですか。もし花影首相と小野田秘書官が、そんなことを考えているならば長官は、どうされるおつもりなのですか？　長官は政権を支えるお立場です。それなのに私に花影首相や小野田秘書官の野望を話したということは、それを阻止したいと考えておられるんでしょうか？」

謙信は真剣な顔で聞いた。

「さあ、どうだろうね。私も権力を愛する者の一人だ。こんな身勝手で、自分のことしか考えない国民ばかりの国を一度、ぶっ壊して、新しい国を作りたいと思うことがあるよ。さて、君の密使としての役割は果たせそうかい？」

久住は薄笑いを浮かべている。その表情には虚無感が漂っているように見える。

久住は、花影政権とそれを操る小野田に好意を抱いてはいない。それは間違いないようだ。

船田が、久住を頼って現状を打開しようと考えたのはそれが理由だろう。

船田から密使として久住に会うように頼まれたが、実際のところは船田と久住は、なんらかの連絡を取り合っているのだろう。そうでなければ、それほど頻繁に会ったわけでもない謙信に、これだけの内容の話をするわけはない。

久住は、花影首相と小野田秘書官の野望を善かれとは考えていないようだ。

しかし、阻止しようというまでの思いは、それほど強くないように見受けられる。船田は、久住に期待しているが、空振りかもしれない。

「花影首相が、どのように考えておられるか分かりませんが、日本の多くの銀行が破綻していいわけがありません。船田先生は、長官に期待されています。全国の銀行のストレステストを実施し、信用リスクに耐えられない銀行には、即座に公的資金を大胆に投入し、危機を回避する。これをやらねばと考えますが、花影首相を動かし、この方策を実現できるのは長官以外にないでしょう。船田先生をご支援願えませんか」

謙信は、ここが床の上であったら土下座したであろうと思われるほど深く頭を下げた。

「船田さんは、のじぎく銀行のことが心配なんだろう」

久住は、スーツのポケットからスマホを取り出した。「これを見たまえ。君にも関係がある」

「あっ、これは」謙信の視線が動揺しつつ、スマホと久住の顔を往復した。

「そうだよ。君の息子のツイートだ。ハッシュタグがいろいろ変化して、今やかなりの数にリツイートされ、広がっている。のじぎく銀行ヤバい、銀行が破綻する等……。おそらく数百万人もの人がこれを見ているのだろう。SNSは恐ろしいね。破壊力抜群だ。調べたところによると君の息子さんは中学生というじゃないか。そんな子どもの呟いたひと言が銀行を破綻させ、ひいては日本の銀行を壊滅させるかもしれないんだ」

久住の言葉に謙信は青ざめた。

「息子は、そんなに大したこととは思わずに発信したのですが……。どうして私の息子だと分かっているのですか」

謙信は恐れを覚えながら聞いた。なぜ官房長官ともあろう高官が、悠人のような中学生のツイッターのことを知っているのだろうか。

「花影政権は、国民のあらゆるSNSなどを監視しているんだ。そこに政府への批判などの傾向があれば、なおさらだね」

「まさか……。それは違法ではないのですか？　プライバシーの侵害です」

「その通りだがね。国民はSNSに自分のプライバシーを思いきりさらけ出しているじゃないか。政府はそれを見ているだけだよ。政権が強いと、SNSの運営企業は、自主的に情報を提供してくれるのさ。その中でこのツイートが引っ掛かったというわけだ。調べると君の息子さんではないか。悠人君。中学二年生。今は、君の実家の兵庫県の田舎の中学にいる……。そうだね」

久住はじろりと謙信を見つめた。

「悠人君は、兵庫県の片田舎ののじぎく銀行丹波支店での預金引き出しの様子をちょっと刺激的に発信したに過ぎない。しかしSNS上では何が多くの人の心を摑むか分からない。このツイートが広がり、今や、のじぎく銀行の山根頭取を不安に陥れ、地元政治家の船田さんを頼り、船田さんは私を頼っているわけだ。中学生のささやかなツイートが、政治の中心にまで届き、動揺させている。興味深いね」

「そこまで監視が進んでいるんですか？」

「ああ、携帯電話の通話までは傍受してはいないがね。中国とそれほど遜色ない程度には、監視している。特に要注意な人物はね。ＳＮＳは国民にとって便利だが、花影首相のように権力に執着する政治家なら誰でもその影響力を恐れ、また利用しようと考えている。その考えを少し表明するだけで協力する会社は多い。違法だと憤慨(ふんがい)している顔だね」

久住は、謙信を見て、言った。

「ええ、秘密裏に国民を監視するなど許されないことです」

「政権を安定的に維持するためには、どんな手段を講じても許されるのが実態だ。違法とか、順法とか、関係ない。監視の実態を裁判に訴えても無駄だね。そんなことより私が、なぜこんなことを話しているか分かるか」

久住の鋭い表情に、謙信はおののいた。

「いいえ」

謙信は神妙な顔つきになった。

「君に注意を喚起しているんだ。今までと同じように飛び跳ねるなということだ。密使になったのなら、密使らしく、あらゆることが監視されていると警戒して動けということだ。私に接触し、私を動かそうとするならなおさらだ。私は花影政権を支える官房長官だよ。私が最も監視されていると考えた方がいい。花影首相は、誰も信用していないからね」

謙信は、久住の話を聞き、思わず車内を見渡した。

「この車の中は大丈夫だよ。安心したまえ。だが、これだけは言っておく。少なくとも小野田の好きにはさせないとね。小野田に繋がる鎮目など官僚たちが好き勝手にする国家にはしないということだ。その思いは、同じだと船田さんに伝えてくれ。あなたは思い通りに動けとね。私が、傍にいるからともね」久住は真剣な顔で言うと、運転手に「そこで止まってくれ」と言った。霞が関の官庁街は目の前だ。車が止まった。「ここで別れよう。今度会う時は、私から連絡する。ああ、それとね」久住は謙信の耳元に口を寄せた。「奥さん、博子さんって言ったかな？　警視庁に迎えに行きなさい。手を回しておいたからね」

「えっ」

謙信は、体が凍りつくかと思うほどの衝撃を受けた。

「君の奥さんも元気だね。ほどほどにしておかないと大変だよ」

久住は笑った。博子に何があったのか。警視庁に行けとは？

「いったいどうしたって言うんですか」

謙信が質問すると同時に、運転手が自動でドアを開けた。

「まあ、行けば分かる。公安のお世話になっている。君が来るのを待っているだろうからね。お互い注意しよう。誰も信用するな。それだけは言っておく」

久住が言った。

謙信は車外に出た。アルファードは静かに遠ざかった。謙信は、周りを見渡した。どこからも監視されている不安に襲われた。あの街路灯にも監視カメラがあるのではないかと疑心暗鬼になる。それよりもまず警視庁に向かおう。博子、いったい何があったのだ。

四

「君たちは席を外してくれ」

山根は頭取室に智里と麻央を招き入れ、名刺交換が終わると、秘書室長の柳沢と企画部長の田中を外に出した。

二人は、黙したまま、一礼すると頭取室を出て行った。

「失礼があったようで申し訳ございません。どうぞそちらにお座りください」

山根は、執務机の前の席を智里と麻央に勧めた。

頭取室に、ソファはない。実務的な机と幾つかの椅子がある。ここですぐに打ち合わせができるようになっているのだ。

頭取室からは神戸の街並み、その向こうに神戸港が見渡せる。壁には、暗い海で波に翻弄される船の様子を描いた絵が掲げられている。

「イギリスのウィリアム・ターナーの『難破船』のようですね」

麻央が絵を見て言った。

「よくご存じですね。模写ですがね。大波に翻弄される船、恐怖におののく人間……。まさに自然は偉大です。私は、この絵を教訓に経営しているんですよ」

山根が言った。

「教訓ですか？」

智里が聞いた。

「人は弱い。自然にかなわないのは当然ですが、欲望にも弱い。翻弄されて、方向を失ってしまう。私はバブル期も慎重に経営していましたが、如何せん、地銀最弱の銀行となってしまいました。今は、この船のような状態です」

山根は、悲しそうな目で絵を眺めた。

「私たちの約束もない面会要請にお応えいただき、ありがとうございます」

智里は、絵から目を離し、山根に言った。

「お会いしようか迷ったのですが、あなた方がここに来られたのは千載一遇のチャンスではないかと思ったのです」

「どうしてそう思われたのですか」

麻央が聞いた。

「あなた方、大森局長の指示で来られたんでしょう？」

山根の目が輝く。

智里は、驚き、麻央と顔を見合わせた。

「いいえ、違います」

智里は否定した。

「隠さなくても結構です。私は、大森局長を頼りにしているんです。あの人は違う。他の官僚のように冷たくない。人間の血が通っている。そんな気がするんです。違いますか」

「ええ、まあ」

智里は、困惑して、再び麻央を見る。

「どうしてそう思われたのですか？」

麻央が聞いた。

「幹部を外に出しましたから、本音で話してもいいでしょう。あのドアの向こうで耳を傾けているかもしれませんがね」山根が寂しそうに肩を落とした。「もう、駄目なんですよ。どうしようもない」

「経営が行き詰まっているということですか」

智里が聞いた。

山根は、智里と麻央を見つめて、頷いた。

「あなた方は、このツイッターをご覧になったでしょう？」

山根は、スマホを取り出し、悠人のツイートを見せた。

「はい」麻央が正直に答えた。「丹波支店に行ってきました」

山根が、目を瞠った。もう何もかも知られているとでも思ったのだろうか。

「そうですか。行ってこられましたか。このツイートの主は中学生っていうじゃないですか。余計なことをしてくれたと思いました。営業妨害で訴えようと思いましたが、中学生相手じゃ、こっちが恥をかきます。それにマスコミに騒がれたら、もっと悲惨なことになる……」

「取り付けは実際に起こったのでしょう。ツイッターのせいじゃありません」

麻央が悠人を弁護するためにも言った。

「ええ、その通りです。丹波支店のケースはなんとか収められると思いますが、他の支店にも波及しつつあり、もはや私たちの力では抑えきれないかもしれません」

「融資も厳しくされているとか……」

智里が言った。

「そこまでご存じですか。信用リスクが耐えられないんですよ。不良債権を作ると、終わってしまいます」

「菅井金属の社長が自殺されましたね……」

麻央が言った。

山根は、大きくため息をついた。

「ええ、聞いています。私たちの貸し渋りが原因だと……。でもどうしようもない。それで船田先生に相談しました」

「船田金融担当副大臣にですか？」

智里が聞いた。そう言えば、船田副大臣は金融庁での会議においてのじぎく銀行の窮状を訴えていた。

「彼は、私と同じ高校で、仲がいいんですよ。それでなんとか助けてくれるように言った。大森局長に窮状を訴えてくれとね。私は、ただ政府に助けを求めるだけではないんです。親密銀行であるコスモスフィナンシャルグループの三船頭取にも助けを求めた。しかし徒労に終わりそうです。船田先生からは何も連絡がない。もう二進も三進も行かないと絶望している時、あなたがたが来られた。最初は迷ったのですが、もし違っていたらどうしようかと思ってね、しかしもう金融庁に頼るしかない、そう思ったら、決心がついた。それであなた方とお会いしているんです」

山根は、頭取という立場を忘れたかのように、悲しく、今にも泣き出しそうな表情になった。

「私たちにどうしろと？」

智里が聞いた。

「公的資金を入れていただくか、コスモスフィナンシャルグループを説得していただいて、支援をしていただくか……」

山根が智里を睨んだ。目が赤く血走っている。

「もしそれが不可能なら……」

智里は、北条大臣たちの公的資金注入に対する消極的態度を思い浮かべていた。

「生きる道は、最後の最後の手段と思っておりますが、身売りです」

山根の表情が険しくなった。

「身売りとは？」

麻央が身を乗り出すように言った。

山根が、机の向こうから、体を乗り出してきた。

「まだ話せる状態ではないのですが、中国の銀行である深圳招商銀行が私どもの銀行を買収したいと言ってきています。どこも助けてくれないなら、そこに駆け込みます」

「本当ですか？」

智里は驚いた。中国の銀行事情を詳しく知らないが、深圳と名がつくところを見れば地方政府系の銀行のようだ。

山根はさらに身を乗り出してきた。目つきにはある種の熱情さえ感じられる。

「彼らは、今、米中経済戦争の真っただ中にいます。香港も中国化されてしまい、西側諸国と中国の窓口を満足に果たせなくなっています。そのため彼らは、いつドル経済圏から締め出されるか分からない危機感を持っています。それで私どもを買収し、ドル経済圏の窓口にしようとしているのです。それに加えて神戸は、日本の華僑（かきょう）の中心でもあります。華僑取引を活発化させるメリットもあるでしょう。いずれにしても日本の金融機関ならどこでもいいんです。私たちは日本の銀行の姿を借りた中国の銀行となるんです」

「まるで籠脱け詐欺（かごぬけさぎ）だ……」

智里は口走った。

山根の表情が険しくなった。

「それはひどい言い方だ。詐欺ではない。私たちが箱になるだけです。中身は中国なんだ。中国では、中央政府や地方政府が後押し、あるいは資金を出して日本や欧州、シンガポールなどの銀行買収を進めているんです。中国人の危機管理は大したものだ。私は、腹をくくっているんです。どんなに国賊と言われようと、私には取引先や行員を守る責任がある。金融庁が支援してくれないなら、中国だろうが、悪魔だろうが、この銀行を売ります！」

山根は勢い余って、拳でテーブルを叩いた。

「星川……」智里は、小声で麻央に言った。「すぐに局長に連絡しないといけないぞ」

「そうですよ。すぐに大森局長に話してください。もし私どもが中国の銀行に買収され、中国政府の意のままに動く銀行になれば、日本政府はどう思うでしょうね。アメリカは中国と激しく対立しているのに、日本はまるで蝙蝠（こうもり）のようにどっちにもいい顔をして、中国のための金融窓口になる。私たちを利用して、いくらでもドルを調達できる。私たちだけじゃない。この方法が許されるなら経営不振の日本の銀行がこぞって中国の所有物になるでしょう。その時、いち早く、中国政府と一体になった私たちのじぎく銀行は有力な銀行になっているかもしれない。いずれにしても私たちが買収されることで、アメリカの中国封じ込め作戦が無意味になるんです。そんなことをアメリカが許しますか。米中対立の火の粉をまるまる日本が被るんですよ。花影政権なんか吹っ飛びますよ。アメリカに逆らうんだから。だけど私たちは、そうせざるを得ない。ぐずぐずしていたら大変な日米問題になりますよ」

もはや山根はくたびれた様子から激変し、力が溢れている。

「本気なんですね」

麻央が聞いた。

「本気も何も、そうしないと破綻が目に見えているんです。私だって中国に銀行を売り渡したくない。しかしどうしようもないんです。助けてください。私も頭取です。頭取の私がこうして頭を下げているんです」

山根は、再び、弱気になり、頭を下げた。気持ちが動揺し、自分の考えの方向性が定まらないのだろう。

「大森局長に連絡するよ。いいね」

智里はスマホを取り出した。

麻央が厳しい目つきで智里を見つめ、小さく頷いた。

五

「博子！　どうしたんだ」

警視庁のロビーに博子が立っていた。女性警察官に付き添われている。

「謙信！　来てくれたの？」

博子が今にも泣きそうな顔で言った。

「心配したぞ」

謙信は、博子の肩を抱いた。博子が寄りかかる。

「ご主人が来られたので、これで失礼します」

警官は去って行った。

「ありがとうございます」

博子が、警官の背中に頭を下げた。

「逮捕されちゃったのよ。過激派と間違えられた……というより私が過激派のボスのように思われているの。何度も違うと言ったのに聞いてくれない。検察に送って、起訴するとまで脅されたわ……。突然、釈放されたんだけど、謙信が根回ししてくれたの?」

「いいや。俺も驚いている。博子が逮捕されたと聞いてね。すっ飛んできたんだ」

「誰に聞いたの?」

「久住……官房長官だよ」

「えっ、あの官房長官? いったいどういうことよ。なぜ私の逮捕が官房長官の耳に入るの?」

博子の疑問に、謙信は何も答えられず、眉根を寄せた。

「悠人は大丈夫だろうか?」

ふいに謙信の口から洩れた。

「何よ。それ? どういうこと? どういうことなのよ!」

驚愕し、博子の眉が吊り上がった。

第八章　最悪

一

智里と麻央は東京駅に着いた。二日間の調査予定を早々に切り上げ、日帰りになってしまった。電話連絡はしたものの、事態の急を局長の大森に直接伝えるためだ。東京は茜色の夕焼けに染まっていた。美しい。しかし、智里には不気味な血の色に見えた。それは迫り来る金融地獄を想像させたからだ。

追ってのじぎく銀行頭取山根も上京してくることになっている。山根は必死だった。このままでは破綻するとの危機感を直接、大森に訴えたいというのだ。

智里は山根に、自分たちがのじぎく銀行の窮状を説明してからでも遅くないのではと言ったのだが、山根は承知しなかった。智里や麻央が想像している以上に山根の危機感は強い。智里は山根の判断に任せることにした。

「急ごう」

智里は駅のタクシーを捕まえて、麻央と一緒に乗り込んだ。

「山根頭取が到着する前に局長に事態を説明しなくちゃ」

麻央の表情に焦りが見える。麻央は、どんな事態でも大胆かつ冷静であることが多いのだが、今度ばかりは違う。のじぎく銀行の破綻が目の前に迫っているのを実感しているのだ。

二人を乗せたタクシーは三年坂(さんねんざか)を上る。この坂で転ぶと三年以内に死ぬという伝説に由来する名称が付与されている。金を扱う金融庁と財務省の間にある坂にしては縁起の悪い名前だ。金を無駄に扱うと死が早いという教訓として受け取るべきなのだろう。

タクシーは金融庁が入居する霞が関の中央合同庁舎第七号館の前に停車した。

「チリ、支払い、頼んだわよ」

麻央が飛び出す。

「え、えーっ」

智里は、顔をしかめながらも、仕方がないなとぼやきつつ財布を出す。「領収書、ください」経費申請してもいいのだろうか。ああ、なんて情けないことを考えているんだ。金融機関の危機が迫っているというのに俺はタクシー料金を心配しているとは！　それでもしっかりと領収書を財布にしまい込み、麻央の後を追った。

「悠人を呼び戻そうよ」

博子の表情には不安が油のようにべっとりと貼りついている。

「うーん」

謙信は返事に窮している。

博子と同じ不安を抱いているのだが、自分たちのもとにいた方が、より安全と言えるか判断し切れない。

二

謙信は周囲を見渡す。二人は日比谷公園の噴水前のベンチに並んで座っていた。

いつもは休憩する人でベンチがふさがっていることが多いのだが、感染症拡大で出勤する会社員が急減したせいか、人が少ない。会社員がランチを食べているのと、犬を連れた中年女性が本を読んでいるだけだ。

噴水が宙に舞い、水面を打つ音が異常に大きく響く。のどかで平穏な景色なのだが、謙信の目には、全く違う世界に映っている。

あの会社員は刑事ではないのか、あの女性は私たちの動向を探る政府職員ではないのか。妄想であることは承知していても、つい疑い深く観察してしまう。恐怖心からだ。

官房長官の久住から、自分たち家族が政府の監視対象になっているとの忠告を受けた。

悠人のツイッターが最初のきっかけのようだが、博子が要注意人物として公安警察に逮捕されたのも監視対象であることの警告の一環だろう。

博子は、久住の口利きで釈放されたが、放置しておけば、そのまま勾留され、起訴されたかもしれない。

罪状などなんでもいいのだ。博子が主催したデモに過激派が紛れ込んでいて火炎瓶を投げたというが、それも怪しい。過激派そのものが政府の仕掛けかもしれない。飲食店や中小企業者は、感染症拡大による不況の深刻化で倒産寸前にまで追い込まれている。

一方で一部の大企業は、こうした状況下にもかかわらず着々と業容を拡大し、寡占化を進めている。

また富裕層といわれる国民の数パーセントにもならない少数の者たちは、庶民の苦しみとは全く無関係に値上がりする株価の恩恵を受け、資産を増やし続けている。

大企業は、株主の意向を受け、従業員を首にし、下請けを虐待してでも、余剰資金で自社株買いに走り、株価を引き上げることで富裕層ら、株主の歓心を買っているからだ。

世界は持てる者たちと持たざる者たちとに完全に分断された。その間を繋がねばならない政府も、今では持てる者たちに寄り添うばかりだ。

博子は、持たざる者のために立ち上がった。デモを組織し、何度も国会前で政府非難の声を上げた。

するとと逮捕されてしまった。謙信はどうだろうか。まだ博子のような事態には陥っていない。しかし本当にそうだろうか。

「あなた、どうするの？」

博子が強く迫る。

「分かった。悠人を呼び戻そう」

謙信は決意した。何が起きようとも家族は一緒にいるべきだ。

「博子」謙信は博子を見つめる。「俺たち家族は監視されている。もうデモは止めろ」

「……止めたい。だけど止められないかも？」

博子は困惑した顔になる。

「止められないってのは、どういうことだ」

謙信は怒りを込めて言う。

「最初はね、友人の飲食店仲間で政府に要請しようと始めた運動だったんだけど、私たちの思っていた以上に拡大したのよ。この間のデモなんて飲食業と無関係の人たちや団体が入り込んで、大きなデモになり、騒ぎも大きくなったの」

「いったい誰が主催者か分からないのか」

「そうなの。私たちは呼び水でしかなかった……」

「ということは今日にも博子の名前でデモが組織される可能性があるのか？」

「ある」

博子は、目を瞠り、頷いた。

その時、日比谷通りの方角からデモと思われるシュプレヒコールが聞こえてきた。

「親父に連絡して悠人を東京に戻そう」

謙信は、丹波市に住む父親に連絡するためスマートフォンを取り出した。

三

山根は新幹線を降りた。秘書も誰も連れていない。たった一人で東京に来た。東京には銀座八丁目の貸しビルの一室に東京事務所があるが、そこにいる行員にも連絡していない。若い金融庁の職員である高原智里と星川麻央という二人が突然、目の前に現れた。あれは僥倖というべきだ。迷いに迷って二人に会ったが、やはり予想した通り、極秘のようだが大森局長の指示で動いていた。船田副大臣に相談した甲斐があったというものだ。

船田に急いで連絡を取ろうとしたが、電話が繋がらなかった。金融庁に行けば、あの二人が大森と面会させてくれる手はずになっている。そこにできれば船田を呼び込んで、金融庁の支援を確実なものにしたい。

目の前のタクシーのドアが開いた。山根は乗り込むや否や、「金融庁へ」と言った。運転手は返事をせずにタクシーを走らす。財務省ならいざ知らず金融庁へナビを入力せずに行くことができるのだろうか。そんなに有名な官庁だっただろうか。

タクシーは渋滞もなく順調に走る。山根は、スマートフォンを取り出し、再度、船田への連絡を試みようと思った。

四

大森は目の前に座るコスモスフィナンシャルグループのトップである三船寛治頭取をじっと見つめていた。

智里と麻央からのじぎく銀行がのっぴきならない状態であることを聞き、急遽、三船を呼んだのだ。

かつて大蔵省銀行局が、全金融機関、すなわち都市銀行から信用組合に至るまで完全に支配下に置いていた時代は、銀行局長は絶対君主だった。部下の課長補佐や係長を通じて金融行政の方向性について囁くだけで数時間後には全ての金融機関が同じ方向を向いたものだ。

金融機関側は、大蔵省銀行局の囁きに耳をそばだてるべくMOF担当を置き、絶え間なく接触を図ってきた。

これが癒着となり、世間の非難の対象となり、大蔵省は財務省と金融庁に分離させられた。

しかし金融庁がスタートした時期は、金融危機の最中であり、恐怖の金融処分庁として存在意義を高めることができた。どの金融機関もトップから末端の行員まで金融庁の検査を恐れ、中には不良債権を隠ぺいするために不正に手を染めるほどだった。

時代は変わった。

金融危機が遠のいた上、景気を浮揚させるというより低水準であっても維持させるために政府は無尽蔵ともいうべき資金を市場に供給した。

その結果、多少、業況が悪化しようとも企業は倒産を免れ、反対に金融機関の信用コストは大幅に低下した。

そして金融庁は、これまでの管理・監督の方法を一新し、なんと金融育成庁と自らを称した。

これを実践するため金融庁自らが職員を企業に派遣し、企業ニーズを探らせ、金融機関に対して資金提供を促そうとする試みまでなされている。

とにかく企業に資金を提供しなさいと、金融庁は金融機関の背中を押し、前につんのめらせるような役割を果たそうとしたのだ。

一見すると、非常に時代のニーズに合う考え方ではあるが、企業と金融機関、そして金融機関と金融庁の間の緊張感をなくすという副作用も孕んでいた。じゃぶじゃぶと言えばいいに言えば「銀行よ、とにかく企業に金を貸すんだ。じゃぶじゃぶと」ということになってしまった懸念もある。

それでも金融機関の融資は伸び悩んでいた。融資が伸びた金融機関が住宅ローン融資で不正を行っていたことが摘発されるなど、問題も発生した。

しかし金余り、低金利という状況で金融機関を生き残らせようと金融庁は必死になっていた。そのため最大の武器である、恐れられた検査局を総合政策局などに統合してしまうといった措置を取ったのである。

検査でうるさいことを言わなくなった金融庁は、次第に金融機関から恐れられなくなってしまった。

ところが感染症拡大で中小企業ばかりでなく大企業も金融機関に駆け込んだ。

売り上げが蒸発したといっても過言ではないような危機的な状況になり、資金繰りに不安を覚えたのだ。

銀行、信金、信組などの金融機関の融資額は驚異的な伸びを見せ始めた。前年同月比五から六パーセント以上の伸びを示し始めたのだ。

今まで資金需要がないと言っていたのが嘘のようなありさまだった。

しかし喜んでばかりもいられないのである。

景気の先が不透明であるため、増加した融資がそのまま不良債権になる可能性が高まってきたのだ。

中小企業向けの信用保証協会付き融資は、百％リスクがない仕組みも導入されており、これは心配がないのだが、金融機関が直接融資をするものは日に日にリスクが高まってきていた。

感染症と経済を共存させるのだと政府は意気込んでいるが、上手くいかない。ウイルスは、忖度などしてくれないからだ。

日本国内は勿論、世界中で感染拡大の勢いは収まらず、景気は悪化の一途を辿っている。

「のじぎく銀行が大変なのは百も承知です」

三船は苦渋に満ちた表情で言った。

「山根頭取からもご相談をお受けになっておられると思いますが」

大森は言った。

「ええ」

三船は言葉少なに肯定した。

大森は、不思議な感慨めいた気分に浸りそうになっていた。

苦しそうに顔を歪め、時折、大森の表情を警戒心に満ちた目で覗き見する三船を見ていると、かつてこんな態度の頭取を見た記憶がよみがえってきたからだ。

バブルが崩壊し、多くの銀行が破綻の危機の前に恐れをなし、救済のための公的資金を要請してきた時だ。

あの時は、官僚としての優越感に浸っていた。若気のいたりと言えば、それまでだが、経営の失敗のつけを国に頼って解決しようとする頭取たちを軽蔑の目で見ていた。

しかしすぐにその優越感は消えてしまった。あまりの不良債権の膨大さに、このままでは国家が破綻するかもしれないと思ったからだ。

頭取たちを軽蔑するより、どうしてこんな事態になってしまったのかと自分が担っている金融行政の失敗を痛切に情けなく思い、自分自身を軽蔑の目で見ていた。

どうしたら銀行を正常化させられるのかという問題意識から大森は金融庁に飛び込んだ。

金融情勢が安定化するに従い、金融庁の役割は変化し、手取り足取り、銀行を指導することもなくなった。金融庁不要論まで口の端に上る始末だった。

ところが状況は感染症拡大で突然、一変してしまった。

再びバブル崩壊時のように頭取が苦渋の表情で、金融庁に頭を下げている。

しかし大森は以前のような優越感をいささかも覚えることはなかった。その代わりに国が崩壊する予兆を感じて、恐怖に震え、頭を抱えて逃げ出したい気分だった。

「のじぎく銀行は、御行の系列です。山根さんは違いますが、過去は頭取を何人も出しておられた。救済する意思はないのですか」

大森は、言葉の調子を抑え、冷静に話した。

三船は顔を上げ、正面から大森を見据えた。その目は憤怒に溢れ、瞼が細かく震えているように見える。

大森は、彼の表情に衝撃を受けた。バブル崩壊時の頭取たちはこんな目ではなかった。一様に、情けなくなるほど憔悴しきっていた。とても大森たちに逆らうような気力はなかった。

しかし彼の目は大森に反抗する意思に溢れていた。

「局長、どうして救済する義務があるのですか？　現在は護送船団方式の時代ではないでしょう。確かにのじぎく銀行は系列と言われれば系列で歴史的にも人脈的にも関係は深い。しかしそれだけのことです。のじぎく銀行の山根さんも何を勘違いされたのか分かりませんが、私どもに助けて欲しいと駆け込んでこられた。はっきりとお断りしました。無慈悲だと思われますか？」

三船は、ますます攻撃的な口調、顔つきになっていく。

大森は黙っていた。話したいだけ話させようと考えていた。

彼の表情に焦りが見えたからだ。その焦りの理由は分かっていた。彼がトップとして経営するコスモスフィナンシャルグループの経営も厳しい状況に追い詰められているのだろう。大森が懸念している以上に……。

三船は大森の沈黙にわずかに動揺しているようだ。視線の力が弱まっている。

「助けられれば、助けたい。その気持ちが全くないわけではない。しかし……局長」三船がわずかに身を乗り出した。「大日自動車のことをご存じでしょう？」

「ええ、しかし詳しくは存じ上げません」

大日自動車は、グローバルに展開する大手自動車メーカーである。

しかしアメリカ市場で他のメーカーと激しくシェア争いをする中で多額の販売奨励金を提供し、売れば売るほど利益が失われるという状況に陥った。

大日自動車は、かつて経営不振に陥り、フランスの自動車メーカーであるルナ・モーターに資本出資を仰ぐことで再建に成功した。

その際、ルナ・モーターから派遣されたフランス人社長はコスト・カッターとの異名を取り、再建王として世界的に有名になった。

本人は、フランス大統領を目指しているとの噂まで流れたが、あまりにも偉大になり過ぎたのだろうか、経営の私物化が目立ち、失脚してしまった。

その後には、無理をして業容拡大を図ったツケが大いに回ってきて赤字に転落してしまった。

そこに追い打ちをかけたのが、今回の感染症拡大だった。

売り上げの過半を占める中国や欧米での販売が完全に失速した。失速というより消滅した。

会社全体の売上高は半減し、今年度第1四半期は約三千億円にも上る損失を計上した。このまま売り上げが回復しなければ年間では約一兆円もの損失になる可能性もある。

主力銀行はコスモスフィナンシャルグループだ。

「大変なんですよ。ガバナンスも何もあったもんじゃない。一体、いくらの資金繰り支援を頼んできた、いや、泣きついてきたと思いますか」

「私どもは個別企業の経営には関心を持たないようにしておりますので」

大森は眉根を寄せた。

「一兆四千億円ですよ。一兆四千億円！　ふざけるなと言いたくなりましたよ。勿論、言いませんよ。そんなことはね。すでにあの会社に我が行は八千億円の資金繰り支援を行っているんです。業況の先行きが見通せないのに、それ以上の支援をしたら、こっちが株主にやられてしまいますよ」

「御行だけではなく取引のある他行に協力を求めないのですか」

大森の問いかけに、三船の目が厳しくなった。苛立ちが顔に出ている。

「頼みましたよ」三船は吐き捨てるように言った。口角を引き上げ、顔全体が歪んでいる。

「しかしどこが協力するものですか。どこの銀行も大変ですからね。うちは大日自動車が当面の問題ですが、四井住倉も五菱大洋も、それぞれ取引先企業から膨大な額の支援融資を依頼されていますからね」

「こうした状況ですから、のじぎく銀行を支援する余裕はないとおっしゃるのですね」

大森の質問のどこが気に障ったのか分からないが、三船の顔が引きつった。

「大日自動車は、それでもなんとか少しでも支援しますよ。しかし、せいぜい五千億円くらいなら。今日にも決定するはずです。その後は……」三船はまた顔を引きつらせた。頬の筋肉がぴくぴくと動いている。ストレスの兆候だろうか。

「後は？」

大森は三船の答えを促した。

「大日自動車のメイン工場や研究所は、官房長官の久住先生のお膝元である小田原に集中しています。あの会社に何かあれば、久住先生に恥をかかせることになりますからね。それで困っているんですよ。どうするかね……。あの人は実力者ですから。いっそのこと政府に支援を頼もうかと思っています。アメリカがリーマンショックの際、世間の批判を受けながらもGMやフォードを支援したようにね。アメリカは割り切っていますよね。今回のパンデミック・リセッションにおいても航空機メーカーへも政府保証で融資をしていますから」

「メーカー同士の合併などもあるのですか?」

大森は聞いた。

三船の目が鋭くなった。

「さすが局長、ちゃんと情報を集めておられるじゃないですか?」

三船が薄ら笑みを浮かべた。

「いえ、何も知りません」

大森は否定した。

「まあいいでしょう。局長のお耳にも入っていると思いますが、マンダとの合併の話があるんです。マンダも売り上げが激減していますし、EVでは出遅れていますからね。大日とはいい組み合わせだと思うのですが……」

マンダは、トヨトミや大日と並ぶ大手自動車メーカーとは資本提携せず独立独歩のメーカーだ。創業者が独創性あふれる人物であったせいか、他のメーカーとは資本提携せず独立独歩の姿勢を貫いている。

しかし昨今のEV(電気自動車)やCASEと言われるコネクティビティ(接続性)、オートノマス(自動運転)、シェアード(共有)、エレクトリック(電動化)の時代を目前にして、それに向けての開発のために、今まで通り独立独歩を保てるのか世間の関心を集めていた。

EVでは一日の長のある大日自動車と組むのではないかという市場の噂は、大森の耳にも入っていた。

「上手くいくといいですね」

大森の反応に、三船の表情が曇った。

「ははは」

三船は、突然、乾いた笑いを放った。

大森は困惑した。

「上手くいきませんよ。銀行が見放そうとしているメーカーと同業者が一緒になるものですか。私は、本音では諦めています。大日自動車は破綻しますよ。政府の支援がなければね」

三船はメガバンクの頭取とは思えぬ絶望的な態度を見せた。

「それでいいんですか？」

大森は冷静に言った。

三船が憎しみを込めた目で大森を見つめ、「いいも悪いもないでしょう。破綻か、政府支援か、それしか道はありません」

「大日自動車が倒産すれば、景気はさらに悪化します。雇用にも大変な影響を与えるでしょう」

「そんなことは百も承知です」

「そしてそれはのじぎく銀行の経営をさらに悪化させます。のじぎく銀行の主要取引先の中には大日自動車の下請け、孫請けの中小企業が多いといいます。これらの会社も連鎖的に破綻するでしょう。それはのじぎく銀行の経営を直撃します。情報によると、すでに下請け企業が倒産し、その結果、のじぎく銀行の不良債権は急増している。大日自動車が破綻する前に、のじぎく銀行が破綻する可能性が出てきたのです。それでもいいのですか」

「いいも悪いも仕方がないと申し上げています。私にどうしろとおっしゃるのですか」

「のじぎく銀行は第二地銀として小なりといえども多くの銀行とネットで繋がっています。もしなんの方策もなしに破綻、ペイオフということになれば、それは次々と他の銀行に波及することになるでしょう。正確なところは分かりませんが、多くの銀行が傷んでいる今、その破綻の連鎖は我が国の経済をも破綻に追い込むかもしれません。この予想が外れればいいのですが、外れることを前提に動くわけにはいきません」

大森は三船の顔を食い入るように見つめた。

「私にどうしろと言うのですか？」

三船が言った。険しい表情だ。

「メガバンクとして自分の銀行のことだけではなく、この国のことも考えてもらいたいということです」

大森は、感情を交えずに言った。

「その意図は、どうしてものじぎく銀行を救済しろという意味ですか？」

三船が探りを入れるような顔つきで聞く。

「その通りです」

大森は断固として言った。

「無理です。我が行が倒れます」

「どうしても無理ですか？」

「無理です」

「今、ここにのじぎく銀行の山根頭取が来られます。お会いになっていただけるでしょうか？」

大森が言うと、三船は警戒感を表すかのように片眉だけをピクリと吊り上げた。

「私を追い詰めるのですか？」

「そんな気はありません。お会いになりますか」

「会いません。もういいでしょう。昔なら金融庁の言う通りに従いましたが、今の時代ではそういうわけにはいきません。自分の生き残りのためには、自分で行動します。帰らせていただきます」

三船が腰を上げた。

「お考えはよく分かりました。また日を改めてご相談いたします」

大森も立ち上がり、局長室のドアに向かった。礼儀上、大森自身がドアを開けようというのだ。

「いくら相談されても無理なものは無理です」

三船は強い口調で言った。二度と、ここに呼び込まないで欲しいという意思を込めていた。

「三船頭取」大森は、ドアノブを握り、立ち止まって呼びかけた。三船が大森に顔を向けた。「メガバンクの役割とは何かを考えざるを得ない時が迫っている気がいたします」

三船は不愉快そうに眉根を寄せ、すぐに大森から顔を背け、局長室から足早に出て行った。大森は、エレベーターホールまで見送りはしなかった。

五

「局長、ただ今、戻りました」

智里は局長室に駆け込むなり、大声で言った。

麻央も続いて入室してきた。

大森は、机に向かっていたが、心ここにあらずというようにぼんやりと顎を上げて、視線を天井に向けていた。

智里や麻央の入室に何も反応しない。どうしたのだろうと智里は、麻央と不思議そうに顔を見合わせる。

「局長、戻りました」

再度、智里が言った。

大森が視線を天井から智里に向け「おお、戻りましたか。ご苦労様でした。調査を早めに切り上げてもらって申し訳ありません」と言った。

智里は、再び麻央と視線を合わせ、首を傾げた。

「調査内容については電話で概略をご報告いたしましたが……。局長、どうかされたのですか？」

智里が聞いた。大森の反応があまりにも鈍いのだ。

「申し訳ありません」大森は、両手で目頭を押さえた。

「まさか……局長、泣いていたんじゃないですよね」

麻央が驚いている。

大森が薄く笑った。悲しそうだ。

「泣いてはいませんが、泣きたい気持ちです。こんなことではいけないですね」

「神戸から報告した通りで、事態はかなり深刻です」

智里の表情が険しくなった。

「のじぎく銀行の山根頭取とも会いました。直接、窮状を訴えられました」

麻央が言った。

「ああ、今、コスモスフィナンシャルグループの三船頭取がお帰りになったところです」

大森の表情が沈んでいる。

「お呼びしたのですね」

麻央が一歩、前に出た。

「君たちからの報告を受け、拙速だと思いましたが、非常時には拙速も必要だろうと行動しました」

「それでどうでしたか？」

麻央が聞いた。

大森の表情が陰った。

「自分の無力さを思い知りましたよ。三船頭取は、のじぎく銀行を支援する気はないということです」

「全くその気がない？」

智里が聞いた。

「残念だが、そうです」大森は答えた。「昔なら、我々が支援要請をすれば、どのような形にしろ、善処すると約束してくれたものですが、そんないい昔はとっくに過ぎてしまったようですね。やや無念ですが」

大森は唇を歪めた。

「支援しない理由は自分のところが危ないからですね」

麻央の聞き方は、直截的だ。

「その通りです。特に大日自動車が危ない。そうしたところへの支援で手一杯だというのが、理由です」

「そんな……」麻央が智里の方を向いた。「のじぎく銀行は本当に危ないんです。ねえ、チリ……」

麻央は、思わず智里を、チリと呼んでしまった。

「山根さんも上京してきます。直接、局長と話したい……というか、支援をお願いしたいというのが趣旨です。どうされますか？」

智里は聞いた。

「会うしかありません」

大森は言って、智里を見つめた。その目には強い意志があった。大森の視線に力が戻ってきた。

改正金融機能強化法適用の第一号に、大森はのじぎく銀行を考えているのではないのだろうか。

二〇〇四年に、経営が悪化し、資本不足に陥りそうになった金融機関に預金保険機構を通じて機動的に公的資金を注入可能にするため金融機能強化法を制定した。

それが二〇二〇年八月に改正・施行され、さらに公的資金の注入のハードルが下げられた。その理由は、感染症拡大によって経営が苦しくなり、資本不足に陥る金融機関の増加が見込まれたからだ。

金融機関は地域経済を支える最も重要なインフラの一つである。それが感染症で揺らいでしまってはどうしようもない。そこで大森が主導して改正した。

主な改正は、収入目標や経営責任を問わないとしたことだ。

その他にも公的資金の申請期限を二〇二六年三月（今までは二〇二二年三月）まで延長したり、返済期限を決めないとしたり、保証枠を十二兆円から十五兆円に増やしたりなど、金融機関側から見ると、きわめて使い勝手がよくなった。

この改正には金融庁内は勿論のこと、政府内でも反対、慎重論が多かった。

金融機関に甘過ぎる、これではモラルハザードが起きるなどという意見だ。

特に経営責任を問わないという改正は大きい。

従来だと公的資金が注入されれば、その金融機関のトップは逮捕されることが多かった。そのため金融機関経営者は公的資金申請を躊躇したのだ。今回の改正でこの問題を取り除いたのだが、これでは金融機関の経営者は経営に責任を持たなくなると、特に金融担当大臣である北条が反対した。

　しかしそれらを大森は押し切った。

　大森は、反対する北条に対して緊急事態に対して備えのない国は滅びます、この法律は安全保障と同様ですなどと説得した。

　北条は口角を思いきり引き上げ、口の端と目がくっつくほど顔を歪めたが、最終的には了承した。大森に根負けしたと言っていいだろう。

　智里は、大森に「改正金融機能強化法の第一号ですか」と聞きたいと思った。

　しかしなぜか聞けなかった。法律改正の経緯を知っているだけに、再びあの北条の歪んだ顔を見なければならないのかと、恐怖感にも似た思いがしたからだ。

　ドアが開いた。大森の秘書、斎藤和江が顔を出した。

「船田副大臣が至急、部屋に来て欲しいとのことです」

　秘書が告げた。

「分かりました。すぐに参ります」大森は答えると、智里と麻央に「君たちも一緒に来てください」と言った。

「はい」

　智里と麻央は同時に答えた。

六

三船は、金融庁からコスモスフィナンシャルグループ本社のある日比谷に向かう車の中で、不安を払拭するために大声で叫びたい衝動に駆られていた。

自分が、世界的な銀行のトップでなければ、今すぐに車のドアを開けて飛び出し、走り去ってしまいたいと本気で思った。

大森の顔が目の前に浮かぶ。大森は、真面目で威圧的ではない。監督官庁の幹部であるからといって上から目線の態度を取らない。きわめて紳士的である。そんな大森の申し出に対して自分は……。

「あああああ」三船はくぐもった声で言い、頭を抱えた。

大森の申し出を、全く一顧だにせず拒絶してしまったのだ。そのことへの後悔が三船の頭の中で破裂しそうにまで膨らんでいる。

せめて検討すると言えなかったのか。それが少なくとも礼儀ではないのか。

あれほど完膚なきまでに拒絶してしまうと、報復されるのではないだろうか。後悔は、たちまち恐怖へと変貌し、三船を混乱させていた。

本社が見えてきた。一刻でも早く自分の部屋に入り、中から鍵をかけ、しばらく閉じこもりたい。

もし大森が報復してくるとしたら、いったいどういう手段があるだろうか。考え抜いて、それへの対抗策を準備しておかねばならない。

自分は間違っていない。のじぎく銀行を支援することなど不可能だ。

大日自動車ばかりではない。太平洋航空、キングダムホテルグループなど、今回の感染症拡大で経営破綻の淵に落ちてしまうかもしれない企業が目白押しなのだ。

それらの企業に、いったいいくら融資をしているというのか。一兆円、否、二兆円、三兆円以上にもなる。それらが一気に不良債権化したら、さすがのコスモスフィナンシャルグループも耐えきれない。

そんな切羽詰まった状況なのだ。それでどうして地方の小さな銀行を系列だというだけで支援しなくてはならないのだ。

自分は正しい判断で、大森の申し出を拒絶したのだ。

車は本社ビルの地下車寄せに滑り込むように入っていった。

「ん？」

車の窓から人が見える。

あれは秘書室長の萩原ではないか？

三船の心に暗く、不吉な想像が浮かんでくる。早くも大森の報復は始まったのだろうか。

思わず息を呑んだ。

三船が乗った車が着くと、秘書室長の萩原が、そそくさと近づいてきて後部座席のドアを開けた。

「どうした？　何かあったのか」

三船が聞いた。

萩原は深刻そうな表情で「お電話しようと思ったのですが、大森局長との話を邪魔してはいけないと考えまして……」

萩原の表情はどんよりと生気がない。

「何があったのだ」

三船は車を降り、頭取室への直通エレベーターの前に立っていた。

「大和航空の北見社長が緊急で相談したいことがあるからと待っておられます」

「大和航空の北見さん？」三船は腹の中にずしりと重い石が居座ったような感覚を覚えた。

「いったいなんだろうか？」

ふいに大日自動車への追加融資五千億円のことが気になった。

「大日自動車への五千億円の融資は、今日が実行日だったが、どうなった？」

エレベーターの階数表示ランプの数字が大きくなっていく。

「実行されました」

萩原が答えた。

「そうか……」

この時、さらに重い石が今度は頭の上に載った感じがあった。それは不吉な予感というものだった。

「今日はろくでもない日だな」

三船は呟くともなく口にした。

「はあ？」

萩原は意味が分からず、返事のしようがないという顔で三船を見つめて首を傾げた。

「なんでもない。個人的な感想だ」

エレベーターのドアが開いた。三船は勢いよく飛び出したものの、このまま逃げ出したい感覚に襲われた。しかしそうすることはできない。

「頭取、こちらです」

萩原が驚いた様子で声をかけた。三船はいつもと違う方向に歩き出したために萩原が慌てたのだ。

「ははは」三船はむなしく笑った。「どうしたのだろう？　間違うとはね」

自覚をしていなかったが、本気で逃げ出そうとしていたのだろうか。頭の上と腹の中の重い石がますます重くなっていく。

萩原が心配そうに「大丈夫でいらっしゃいますか？」と聞いた。

「ああ、なんでもない」

三船は頭取室に向かって歩く。

頭取室のドアを萩原が開く。中にいる二人の男が、それに気づいて慌てて立ち上がった。

「やあ、お待たせしてすみません」

三船は可能な限り明るくふるまう。意識せずに顔が引きつっているのではないかと気になる。

「突然、お邪魔して申し訳ありません」大和航空の北見が頭を下げた。表情は冴えない。

「ＣＦＯの山添（やまぞえ）と一緒に参りました」

隣の男が頭を下げる。北見は長身なのだが、山添はそれ以上だ。三船は、長身の男に面前に立たれ、威圧感を感じていた。

山添は、ＣＦＯである。最高財務責任者、すなわち大和航空の財務大臣と言える立場だ。社長とＣＦＯが揃って、突然の来社だ。ろくでもない相談に決まっている。その証拠に二人の表情は、まるでロシアの冬を思わせる灰色の雲が厚く垂れこめているように暗く憂鬱（ゆううつ）だ。

大和航空は、我が国を代表する航空会社だ。しかしご多分に洩れず感染症拡大で業況は最悪だ。

このように冴えない表情の客に会わねばならないのは、大森の申し出を無下に断った罰だろうかとふと考えてしまった。

北見と山添は、頭取室のソファに腰を下ろした。三船は、二人の正面に座った。

女性秘書が、それぞれに茶を運んできた。空気がやや張り詰めている。誰がこれを破るか、探りあっている。

北見が、三船を見つめる。体がわずかにこちらに傾いている。気持ちが先走っている証拠だ。目に異常なまでの真剣さが現れてきた。隣に座る山添の方を向き、視線を送り、小さく頷いた。

三船は覚悟した。最悪の事態が起きるだろう。不良債権を引き当てる信用コストが膨大になり、赤字に転落することも覚悟しなければならない。北見と山添は、考えられないくらい巨額の資金繰り支援融資の依頼に来たのだ。

相手に口火を切らせるのは失礼だろう。北見は、かなり言いにくそうだ。

「いくらのご融資をお望みですか？」

三船は聞いた。

北見は、目を瞠り、今まさに発しようとしていた言葉を飲み込んだ。

「まあ、お座りください」

三船は言った。

「いくらご融資すればいいんでしょうか？」

三船が重ねて聞いた。

北見の表情に緩みが出た。安堵しているのだ。

「実は、申し上げにくいことですが、我が社の業績は奈落に落ちてしまったようなもので、一兆六千億円もあれば半年は耐えられるのですが……」

三船はいっそのこと大笑いしてやろうかと思った。一兆六千億円もの巨額の資金を用意して半年持つかどうかなのだ。

これなら大森の希望を受け入れ、のじぎく銀行を支援した方がよかったかもしれない。

「結構、大きな金額ですね。我が行一行だけでは賄いきれませんね。正直に申し上げて……」

「はい、よく承知しております。他の銀行にも相談しております。そのうち御行にはメインとして八千億円を依頼したいのです」

「半分ですか？　他はどちらに」

三船の質問に、北見は幾つかのメガバンクの名前を挙げた。

「皆、了承していますか？」

三船の質問に、山添が、一瞬、眉根を寄せた。他行との交渉が上手くいっていないのだろう。

「コスモスフィナンシャルグループ様に呼び水になっていただきたいのです」

北見が、楽しそうではない笑みを浮かべる。

何が呼び水だ。業績順調の時は、こちらがメイン銀行であると言っても歯牙にもかけなかったくせに業績が悪化すると、メイン銀行ではないかと、ことさらに強調してすり寄ってくる。

今日の三船は、大森と言い争った後遺症が残っているのか、苛立ちが先に立つ。

北見に支援できないと言ったら、どんな態度になるだろうか。怒って席を立って、この部屋から出て行ってしまうだろうか。

「他の銀行と協議してみましょうか？」

三船は言った。

北見は、山添と顔を見合わせ、そして再び三船を見た。「コスモスフィナンシャルグループが了承してくれなければ、他行は了承してくれません。何とぞ、お願いします」

三船は、思案していた。結局のところは、融資せざるを得ないだろう、八千億円を多少値切ることになるかもしれないが、メイン銀行としての役割を果たさねばならない。

三船は、目の前にいる北見と先ほど会った大森とが重なった。二人ともメイン銀行として、どういう責任を果たすべきかを三船に問いかけてくる。

大和航空を支援するならば、それと同じ理屈でのじぎく銀行も支援せざるを得ない。ともに斃れられては、日本経済に大変な影響を与えてしまうことになる。

大森は、メイン銀行としても責任を果たすべきだと言ったのだが……。

ドアが音を立てて開いた。三船は立ち上がってドアの方を振り向いた。いったい何事が起きたのだと驚くとともに、ノックもせずに入ってくることに憤慨していた。

秘書の萩原が転がるように部屋に飛び込んできた。

「どうしたんだ？　ノックくらいしなさい」

三船がきつく言った。

「失礼しました。頭取、これを」

萩原は、ファックスの切れ端を握り締めていた。そこには大日自動車の文字が見えた。

三船は、萩原からファックスを奪い取った。

その時、山添が「大日自動車が民事再生法を申請しましたね」と言った。手に載せたスマートフォンを食い入るように見つめていた。

「えっ」

三船は、驚きの声を発するとともにファックスを広げた。

――大日自動車、ついに民事再生法申請へ　負債総額数兆円に上る見込み
見出しからも記者たちの興奮ぶりが伝わってくる。

五千億円の追加融資を実行した直後ではないか。大日自動車への融資は、約一兆三千億

円の規模にまで膨らんでいた。

「詐欺師やろうめ」

三船は奥歯が欠けてしまうほど強く嚙み締めた。

――今度、斃れるのはうちの番だ。こいつらの支援をしている場合じゃないぞ。

三船は、北見と山添の顔を睨むかのように見つめ、声なき声で呟いた。

七

船田副大臣の部屋には、のじぎく銀行の山根頭取がいた。智里が予想した通りだった。

「大森君、こっちへ」

大森は船田に言われ、彼の隣に座った。

智里と麻央は、船田や山根が座るソファには腰を下ろしていない。

幾つかのスツールが部屋の隅に積み上げられているのだが、それを取り出して座った。

鈴村金融庁長官はいない。呼ばれていないのだろうか。

「鈴村君は北条大臣のところだ」

船田は眉根を寄せた。

船田の表情からすると、鈴村はここに来るのを拒んだのではないか。少なくともそのように船田は感じているように智里には見えた。

「そうですか……。ここに来られなくて、申し訳ございません」

大森が頭を下げた。

船田は鷹揚な笑みを浮かべ、「いや、いいんだ。彼には、今後のことを考えて政治的な動きもしてもらわねばならないからね」と言った。

船田が口にした、鈴村の政治的な動きとはなんだろうか？　智里は考えた。

鈴村は北条と何を話しているのだろうか。それは船田の意を受けてのことだろうか。危機が目の前に近づきつつある中で自分の保身を図ろうとしているのではないだろうか。智里は、胸の中にすっぱいものがこみ上げるような嫌な感情が湧き上がった。目の前に憔悴しきった山根がいる。彼の姿は、迫りくる危機を象徴しているのに、鈴村の動きが見えない。

「お二人が、我が行に突然、来てくれて、ホンマに助かりました。そうでなければここに来られんかった」

山根が、大森の背後でスツールに腰掛ける智里と麻央を、まるで菩薩を崇めるような目で見つめた。言葉は、同じ地元の船田を前にして柔らかな関西弁になっている。

麻央が、智里の方を向く。照れたように苦笑している。

「君ら、二人をのじぎく銀行に派遣したのは大森君だね」

船田が言った。

「二人が自主的に調査をしたいというので許可を与えました」

大森が慎重に言葉を選んで答える。智里と麻央の兵庫県での調査は、あくまで正式なものではないからだ。

「今、山根さんから聞いたが、のじぎく銀行、及び銀行を取り巻く状況は、明日をも知れない危機的な状況のようだ」船田の眉間の皺が深くなった。「君たち、説明してくれんか？　君たちの調査も聞いておきたい」船田が、智里と麻央を見た。

「報告してください」

大森が言った。

「それでは……」麻央が智里に目だけで同意を求めた。自分が説明してもいいかと聞いている。智里は、軽く頷いた。

麻央はリスク分析を専門にしている部署の所属だ。智里よりこの場で調査を報告するのに相応しい。

「私たちは、最初、ツイッターによる風評被害で取り付けが発生した丹波支店に参りました……」

麻央は説明を始めた。

簡潔に取り付け騒ぎの様子、貸し渋りによる菅井金属経営者の自殺と、それが地域に及ぼした影響……。

　菅井の自殺を説明する際には山根が目を伏せ、沈痛な思いが表情に表れていた。

　そして本店での山根との話。不良債権が積み上がり、このままでは破綻は免れないとの訴えなどなど。

「以上、報告を終わります」

　麻央が言った。

「それで君の感想は？」

　船田が聞いた。

　一瞬、麻央の顔に動揺が表れた。助けを求めるように視線を大森に向ける。めったに副大臣から個人としての感想を求められることなどないからだ。

「お答えしてください。高原君もね」

　大森が穏やかな口調で言う。

　麻央は、一旦、姿勢を正すと「のじぎく銀行には緊急に支援が必要と考えます。破綻を回避すべく全力を尽くすべきで、その時間はあまり残されていません」と明瞭な口調で言った。

「君は？」船田が、智里に答えるように促す。

「私も、星川と同意見です」

智里は、緊張で、やや上ずった声で答えた。

山根が、安堵とも不安ともつかぬ複雑な表情になった。船田を見つめる目が潤んでいる。感情が高ぶっているに違いない。

「大森君、コスモスフィナンシャルグループの三船頭取と協議したのだろう？」

船田が聞いた。

「はい、いたしました」

大森はあくまでも冷静に答える。

「結果は？」

「拒否です。全くの拒否、拒絶です」

大森の声に力がこもっている。

山根が愕然として大森を見つめている。彼自身としては予想はしていたのだろうが、改めて冷徹な事実を突き付けられて絶望的な思いになっているのだろう。

「そうか……」船田が天井を仰ぐ。「全くの拒否とはね。人情は紙のように薄いなぁ」

「頼みます。助けてください」

突然、山根がソファから飛び降り、床に頭を擦り付ける。土下座だ。

船田が、驚いた顔で「山根さん、止めなさい。頭取が土下座なんかしたら駄目だ」

「申し訳ありません。でもこのままでは……」

山根は顔を上げた。

「分かっている」

船田は立ち上がり、床に座っている山根に手を差し伸べた。山根がその手を摑んで立ち上がり、再び、ソファに座った。

「さて、どうするかな」船田が腕を組んだ。

「君が提案した全金融機関のストレステストは不要になったね」大森を見た。

「不要ではありません。実施すべきですが、当面の火を消しませんと、燃え広がる可能性があります」

大森が冷静に言った。

「先ほど、大日自動車が再生法を申請しました。メインはコスモスフィナンシャルグループです」

大森が言った。

「最悪だな。三船頭取の慌てぶりが見えるようだ。いずれ再びここに駆け込んでくるに違いない。最悪の事態だな」

船田が、口元に微妙な笑みを浮かべている。

「はい。最悪です」

大森も同じような複雑な笑みを浮かべている。まるで全てが想定されていたかのような雰囲気だ。智里は、なんとも言えない居心地の悪さを感じて、麻央を見た。麻央も同じように感じているのか、まなじりを吊り上げ、眉間に皺を寄せている。

「ペイオフしかないか」

船田が呟いた。

ペイオフ！　智里は思わず叫びそうになった。

銀行を破綻させ、預金者に一千万円までしか預金を保護しない制度だ。今まで適用されたのは親日(しんにち)銀行という小さなベンチャー銀行だけだ。その銀行は他の銀行とバンクネットで繋がっていなかった。すなわち資金のやり取りがなかった。そのため破綻させても他の銀行への波及は最小限に抑えられ、混乱なく事態を収めることができた。

しかし、のじぎく銀行は小なりと言えど、第二地銀の一角を占めている。もしペイオフを実施すれば、間違いなく大混乱になる……。

「そうなりますか……」

大森が言った。

ペイオフの言葉を耳にし、山根が呆然とし、瞬きを忘れたまま船田を見つめている。

「最悪ね……」

麻央が、智里に体を寄せ、耳元で呟いた。

「ああ……」

智里は、言葉ともため息ともつかぬ返事をした。最悪の事態が迫っているとの想像に暗澹たる思いになり、肩を落とした。

第九章　破綻

一

　これほど深刻な表情の大森を、智里は今まで見たことがなかった。傍から声をかけようにも、全身からそれを拒否するオーラを発散していた。麻央も押し黙っていた。

　先ほどまで一緒に頭を抱えていた船田副大臣と山根頭取はいない。副大臣室にそのまま残ったのだ。今、智里たちと同じように深刻な表情をしているのだろう。

　ペイオフ……。その言葉が智里の頭の中を、まるで衛星か何かのようにぐるぐると巡っている。

　鈴村長官の指示があれば、智里も麻央もペイオフに向けて動き出さねばならない。預金保険機構のスタッフと共同で、かつて経験した事態を繙くことになるだろう。

　現在の金融庁でペイオフを実際に経験したのは、目の前にいる大森だけではないだろうか。預金保険機構のスタッフも多くは退職、あるいは異動してしまっているはずだ。

それにのじぎく銀行にペイオフを実施するとすれば、十年前に破綻しペイオフが発動された親日銀行という、他の銀行とバンクネットで結ばれていなかった、ある意味では陸の孤島的な銀行との違いを認識しなければならない。

一つの銀行の破綻が他にどのように影響するのか、最悪の事態を考慮に入れた念入りなシミュレーションをしなければならない。

のじぎく銀行は、小規模とはいえ、第二地銀の一角を占める。それが破綻し、一千万円以上の預金は払い戻しが保証されないとなると、いったいどういうことになるのか。

親日銀行の破綻の際には、それほど多くの大口預金者がいなかったのか、混乱は少なかったと聞く。

あるいはペイオフがよほど入念に準備して行われたため、大口預金者が預金の解約をしようと思い立った時には、全てが終わっていたのかもしれない。

しかしのじぎく銀行は、すでに正宗悠人のツイートによって、経営危機の情報が広く共有されている。

もし、そのような状態の中に、ペイオフの可能性がある、との情報が流れでもすれば

……それは火に油を注ぐようなことになるに違いない。

のじぎく銀行の預金者、それは個人、法人を問わず窓口に押し寄せ、現金を引き出そう

とするだろう。

最近はネットバンキングが浸透している。それに定期預金も普通預金も、ほぼ変わらない金利しか付与されていない。そのため多くの預金者は、いつでも払い戻し可能な普通預金に預金している場合が多い。そうなると店頭に並ぶことなく、コンピューターを通じて瞬時に預金を移動させることができる。

ペイオフの情報が漏洩すれば、瞬く間にのじぎく銀行は破綻するだろう。それを考えただけでも足が震えてくるのだが、事態はそれだけでは収まらない。のじぎく銀行の破綻は、他の第二地銀、地銀に連鎖破綻を引き起こす可能性が高い。

現在は、SNSで、情報がものすごい速さで拡散する。例えば、悠人のツイートは、ハッシュタグ付きでどこが危ない、どの銀行が破綻するなどといった情報に変身し、ネットワーク内に静かに広がっている。

他にも銀行経営危機のツイートは多い。これらも今は静かにしているが、澱となってネットワーク内に沈殿している。

それらは、言わば点火を待つ燃料のようなものだ。ペイオフ実施との情報が流れたりすれば、それは燃焼促進剤となり、爆発的に燃え広がるだろう。

そうなれば誰も消火できない。カリフォルニアの山火事のように火勢は強くなり、第二地銀、地銀を焼き尽くし、その血が滴るような赤い炎は、メガバンクまで焼こうと舌を伸ばすかもしれない。メガバンク壊滅という事態を想定しなければならない。

バブル崩壊時に、幾つかの金融機関が破綻した。都市銀行も長期信用銀行も地銀も破綻した。しかしなんとか危機を乗り越えられたのは、公的資金の注入とペイオフの実施を見送ったからだと言えるのではないか。

中でもペイオフを実施しなかったのが最大の要因だろう。

例えば、ある長期信用銀行は、経営危機の情報が流れるや否や、大口預金者、法人預金者たちが、一斉に資金移動を企(くわだ)てた。

その結果、当該金融機関は破綻に追い込まれた。

そこで公的資金による救済が実施されたのだが、ペイオフは見送られた。全ての預金が守られたのである。

預金は守られるとの情報は、人々に安心感を与えた。資金移動は止まった。

このように、ペイオフをしなかったことで人々の安心感を呼び、混乱拡大を未然に防いだことは否めない。

今度は、ペイオフをするのか？　船田や大森は本気でそれを考えているのだろうか。

「ペイオフに踏み切るのはどうかと思いますが……」

智里は、大森の考えを探るように言った。

「私もペイオフには反対です」

麻央も同調した。

大森の表情が、やや険しくなった。

「私だって反対です。ですがね……」

大森は、智里を見た。

「もうすぐ長官がここへ戻ってこられます。その上で、ご相談しましょう。場合によっては、かつてペイオフを経験した職員を呼び戻さねばなりません」

大森は、眉根を寄せた。

大森の話が終わるのを待っていたかのように、鈴村が入ってきた。

その表情や態度から、疲労感が滲み出ていた。大柄でたくましささえ感じられる鈴村が、縮んでしまったかのような印象を与えている。

いったいどうしたのだろうか。鈴村は、北条大臣のところに行っていたとのことだが、そこで何を話されたのだろうか。決していい話ではない。それが鈴村の様子に表れている。

「あまりいい結果ではなかったのですね」

大森が言う。

「その通りだ。申し訳ない」

鈴村は頭を下げた。

「長官は、危機感を我々と共有されているから北条大臣に公的資金の速やかな注入を進言されたのです」

大森は、智里と麻央に視線を向けた。

「そうだったのですか」

智里は、少し安堵した気持ちになった。

鈴村が、自分の保身のために行動しているのではないことは分かった。思いは、自分たちと同じなのだ。

「大臣は、なんとおっしゃっているのですか？」

智里は、鈴村に聞いた。長官に対して、このような質問を投げかけることはめったにないが、危機感が気持ちを高ぶらせている。

「大臣は、自助だとおっしゃってね。公的資金で金融機関を救済しないと断言された」

鈴村は言った。

「それでは、こうした危機に即応するために法律を変えた意味がないではないですか」

智里は迫った。金融機能強化法改正のことだ。

脳裏にのじぎく銀行の山根頭取の必死な顔が浮かんでいた。

「君の言う通りなのだがね」

鈴村は苦悩の表情を浮かべた。

「長官、私が……」

大森が覚悟を決めたような顔つきで鈴村を見つめた。

「君が行くというのかね。それでどうなるんだ」

鈴村が不愉快そうに表情を歪めた。

「長官が説得されても大臣は動かれない。私が行って、考えを変えられるとは思いませんが、ここにいる高原や星川がのじぎく銀行の現場を、実際に見てきています。そのことを話せば考えを変えられるかもしれません。ほんの少しの可能性ですが」

大森は言った。

鈴村は、智里と麻央に視線を向けた。

「行かせてください」

麻央が鈴村を見つめ、一歩、前に進み出た。

鈴村の眉間の皺が深くなる。無言になる。思い詰めている表情だ。よほど北条とのやり取りが激しく厳しいものだったのだろう。

鈴村は、調整型のトップである。多様な意見を聞き、その最大公約数を提示する。鈴村が調整役ならば、仕方がないとあまり揉めずに結論が出る。その能力で長官まで上り詰めた。

官庁のトップになる人材には、異能であったり、能力の高さが目立つより、鈴村のようなタイプが多い。

しかし危機に際しては、調整型でいいのだろうか。北条にどれほど強く言い込んだのかは分からないが、結果が全てだ。のじぎく銀行を救済できないのなら何もしなかったのも同然だ。

鈴村の眉間の皺が緩み、表情が和らいだ。彼の中で結論が出たのだろう。

「君たちにお願いしよう。期待しているよ」鈴村は笑みを浮かべた。

「ありがとうございます」

大森が鈴村に小さく頭を下げた。智里は奇異に感じた。

鈴村の言葉に引っ掛かりを覚えたのだ。彼らにはなんらかの合意、あるいは企みがあるのだろうか。

「必ず北条大臣を説得してみせます」

麻央が勢い込んだ。

「行きましょうか」

大森が智里と麻央を促した。

「はい」

智里と麻央が、溌剌とした表情で返事をする。

二

智里には最悪の場面に思えた。勇んで北条の執務室に飛び込んでみたものの、中には北条の他に小野田康清首相秘書官、鎮目俊満財務次官、木島荘平金融担当政務官が揃っていたのだ。

反(アンチ)大森の面々たちの勢揃いに思わず、うえっと呻(うめ)き声を発しそうになった。

麻央も同じだと見え、これ以上ないほど顔を歪めている。整った顔立ちが台なしだ。

大森は、いつもと変わらぬ平然とした様子で、大事を行おうという気負いは感じられない。

智里は、大森の背後に隠れるように立っていた。

北条たちは、何か密談を交わしていたのか、表情が硬い。突然に入ってきた大森たちに驚いた様子で、一斉に顔を上げた。

「なんだ、君たちは」

北条が掠れた声で言った。口角が右上に引き上がっている。密談の腰を折った者に対する嫌悪感に満ちている。

「申し訳ございません。先ほど、鈴村長官が、ご相談された件で、再度参りました」

「来るなら、アポを取ってからにしろ。突然、押し込み強盗のようにやってきやがって」

北条が大森を睨みつける。小野田たちは、黙したまま、成り行きを見守っている。

「緊急と判断しましたので申し訳ありません」

大森は丁寧に頭を下げた。

「鈴村には、ノーと言ったはずだ。諦めの悪い奴らだ」

「彼らの話を聞いてからご判断をいただけないでしょうか」

大森が智里と麻央に視線を向けた。智里は、緊張のために足が強張る気がした。麻央は、険しい表情のままで大森の隣に足を踏み出した。智里は、まだ大森の背後に隠れていた。

「なんだ、そいつらは。君と同じような反抗的な若い奴らか」

「私の部下の高原と星川です。彼らは、のじぎく銀行の経営危機を現地調査して参りました」

「ん？」北条の右の眉だけがピクリと動いた。「現地調査だと？」

「あのツイッターの現場に行ったのか」

小野田が口を挟んだ。

「はい、行って参りました」

麻央がはっきりとした口調で答えた。

「誰の許可を得たんだ」

北条が言った。

「私が許可を与えました」

大森が言った。

「勝手な真似をしやがって。金融庁が調査に入ったというだけで火に油を注ぐことになるかもしれんと思わんのか」

「実態を知らずに政策を考えることはできません」

麻央が反論する。

「その生意気な奴を黙らせろ」

北条は口角を醜く歪める。

麻央は、北条の言葉に負けず、睨み返した。

「大臣、のじぎく銀行の現場はすでに火に油が注がれた状態です。危機的状況です」

智里も覚悟を決めて、前に進み出た。麻央だけを矢面に立たせるわけにはいかない。

「上司が生意気だと部下まで生意気だと見える。だいたい大森君、君のストレステストの実施や、その結果としての公的資金による金融機関の救済の案はことごとく否定したはずだ。まだ何も分かっていないのか」

北条は、指で大森を指し示す。

「危機が深まれば、深まるほど政権への期待感が膨らむってことを知らないようですね。

ふふふ」

木島政務官が含み笑いを洩らす。

智里は、木島の言う意味が分からなかった。木島は、政権や権力のある者にすり寄るしか能力のない人間であり、智里の一番、嫌悪するタイプだ。

しかし、危機が深まれば……ということは、危機が訪れるのが分かっていながら、北条らはそれを放置しようというのだろうか。

「政務官、何をおっしゃっているのですか？　笑いごとではありません。のじぎく銀行の現場では自殺者も出ています。このままではのじぎく銀行の営業エリアの経済は死に、多くの人も亡くなります」

智里は言った。政務官に盾突くなどすれば、首になってもおかしくない。

「お前、私に意見するのか」

木島の声は、高く金属的であり、智里に突き刺さる感じがする。

「意見ではありません。危機が深まればいいという意味のことをおっしゃったのは、とても政治家のご意見とは思えなかったものですから」

智里は、自分にこんなことが言えるのかと思った。不思議だった。しかしのじぎく銀行の取り付け、貸し渋りの現場で不安にさいなまれている人たちのことを思うと、木島のにやけた顔が許せなくなったのだ。

「木島君、君もくだらないことを口にするんじゃない」

北条が木島を叱った。

「はあ、申し訳ありません。野党が攻め込み、マスコミが花影政権の悪口ばかり言うものですから、つい……」

木島は、北条から叱責を受けたことが、あまりにも予想外だったのか、動揺していた。

「野党のことなんか気にするな。なんの力もない有象無象の連中の言うことなど、耳を傾けることはない。さて」北条は智里と麻央に向き直り、「それでは、君たちが調査したのじぎく銀行の実情とやらを話せ。聞いてやる」

北条が智里と麻央に言った。

「ありがとうございます」大森が答えた。そして智里と麻央に「報告してください」と指示した。

「はい」

智里と麻央が同時に返事をした。表情に活気が戻っている。

智里と麻央は二人で分担し、のじぎく銀行丹波支店から始まった取り付け騒ぎが、静かに深く進行し、ツイッターの影響もあり、他の銀行にまで拡大する恐れがあること、のじぎく銀行の取り付け騒ぎの原因になったのは、同行の不良債権の増大から貸し渋りが起きているからであること、不良債権の増大は感染症拡大による景気低迷で、取引の大半を占める地元中小企業が破綻寸前になりつつあることが原因であることなど、調査を踏まえた実態を簡潔かつ冷静に報告した。

「自殺者も出ています。のじぎく銀行の貸し渋りが原因だと分かっています。このままでは第二、第三の自殺者が出て、地域全体の大きな問題になります」

麻央が言った。

「実は、のじぎく銀行の山根頭取がこちらに来られ、緊急支援を訴えられました。このままでは破綻は間違いないと。生き残るためなら中国資本に頼るしかないとまで思い詰められております。もし中国資本に日本の銀行が買収されたら、日米の外交問題に発展する可能性があります」

智里は、踏み込んだ意見を述べた。北条の表情が険しくなった。隣に立っていた小野田も同様だ。

「君に外交を心配してもらう必要はない」

小野田が、北条の考えを代弁するように言った。

「もう駄目だと言ってきたのか。山根頭取が……」北条がいかにも不愉快だという表情で呟き「情けない野郎だ」と吐き捨てた。

大森が呼吸を整えるかのように、一つ、息を吐いた。そして半歩前に進み出て「私たちは、過去の金融危機で多くを学びました。当時は準備がなかったため混乱を引き起こし、混乱を防ぐことができず、その後の長期的な経済の低迷を招く原因を作ってしまいました。今は、金融危機に対処する国家的対応は整っているとは思われます。しかし今回の事態に、その対応で十分なのかどうかは、正直に申し上げて不明と言えましょう。今回の危機は、金融など経済的要因から発したものではないからです。感染症拡大という新たな危機が原因で経済がストップしてしまったわけであります。私が、このようなことを説明する立場ではないと十分に承知しておりますが、この後、どのような処分を受けようとも甘受いたします。立場を超えた発言であることをお許しください」

大森は北条を見据えた。覚悟を決めたと思われる、一語、一語、自分自身で確認するような強い口調だ。口を挟もうとする木島も大森の迫力に圧され、黙り込んだ。

「未だ、感染症パンデミックは収まる気配はございません。ますます激しさを増しております。経済と感染症との両立を図るとの政府の試みをあざ笑うかのようです」

「あざ笑うとは、何事だ」

木島が声を上げた。

大森は、木島を一瞥しただけで話を続ける。木島の抗議など受け付けない。

「単なる金融危機からの経済危機であれば従来の手法で解決できるでしょう。しかし今回は感染症パンデミックという我々が経験したことがない誘因による経済危機です。全く新しい対処で臨む必要があります」

「もし、新しい対処で臨まなければどうなるというんだね」

北条が大きな目を剝いた。

「はい、全金融機関が破綻する可能性があります。日本の金融が壊滅状態に陥ります」

大森は淡々とした口調で言った。

「馬鹿なことを言うもんじゃない。君は金融庁の幹部だぞ」

木島ががなり立てた。

「ははは」北条は笑い「鎮目君、どうだね。大森君の危機感は？」財務次官の鎮目に問いかけた。

「さあ、壮大過ぎて答えかねます」

慇懃な調子で鎮目が答えた。

「小野田君は、どう考えるかね」

さらに北条は問いかける。

「あり得ない想定です。地銀や第二地銀の一つや二つは破綻するでしょうが、それだけですよ」

小野田がせせら笑うように言った。

「お言葉ですが、その一つや二つが引き金となって大破綻になる可能性があるのが現状です」大森は答える。「ＳＮＳが発達した現代社会では、今回ののじぎく銀行の危機が他の金融機関の経営を私たちの気づかぬところで蝕んでいます。それがいつ爆発してもおかしくない状況です。爆発する前に火消しする必要があります」大森は、ここで息を整えた。

「ディスラプターというものをご存じですか？」

「なんだね、それは？」

「SFのスペースオペラに出てくる宇宙の最終兵器です。現在のSNSはそれと同じだと思います。何もかも破壊し尽くします。その後に何か新しいものが生まれるかどうかは定かではありません」

「君は、私がマンガ好きだと思ってバカにするのか」

「いえ、そんなことはありません。SNSによる危機の広がりを譬えたのです。ディスラプターが発射準備を整えているのです。発射スイッチを押す前に止めねばなりません」

「大臣、彼は、どうかしていますよ。マンガの読み過ぎです」

小野田が、険のある目で大森を見つめた。

「冗談でも、マンガでもありません。事実です」

麻央が必死の形相で言った。

「私たちでなんとかしないと大変な事態となります。何もしないで死を待つのは、官僚の怠慢です」

智里も強く言い込んだ。

自分たちは、ずれているという感覚がひしひしと伝わり、体を冷え込ませる。目の前にいる北条たちに声が全く届いていない。彼らは、まるでコントでも見るように薄笑いを浮かべているだけだ。

危機感の空回り？　智里は悔しくて奥歯を嚙み締めた。ほんの少しでも危機感の共有が図れたら事態はいい方向に向かうだろう。

しかし今は、自分たちの言葉が空中に漂い、受信装置を探しているのだが、それはどこにも見つからない。言葉は力尽き、むなしく地上に落下するだけだ。

「君たちの危機感は分かったよ。よく分かった」北条はうんざりしたように大森から視線を外した。「しかしねぇ、君たちは花影政権の方針を知っているかね」

北条は再び目を剝いた。その目には、大森に対する憎しみさえ見えた。危機感を煽り過ぎだとでも言うのか、現実に向き合わねばならない官僚にしては想像力を働かせ過ぎであるとでも言うのか。いずれにしても「分かった」という言葉が、全く意味をなしていないのだけは確かだった。

「答えないところを見ると、何も分かっていないようだな。花影政権はね、ハナカゲノミクスという経済対策ばかりじゃないんだ。日銀の目黒（めぐろ）を脅して、大胆な金融緩和を継続させているだけではないんだ」

目黒秀也（ひでや）は日銀総裁であり、花影政権を金融緩和政策で支えている。どれだけ金融機関の収益が悪化しても、物価二％上昇を金科玉条のように唱えて金融緩和政策を転換しようとしない。この政策のお陰で金融機関の収益が激減し、のじぎく銀行のような破綻が懸念される銀行が出てきたのである。

「自助努力だよ。自助、天は自ら助くる者を助く、だよ。まず自分の力でなんとかしろということだ。そうだね、鎮目君」

「その通りです。なんでもかんでも政府の責任にしてもらっても困りますね。そんなことぐらい大森君は分からないのでしょうか」

鎮目が皮肉たっぷりに言う。

「自助努力で金融危機を乗り越えよとおっしゃるのですか？」

大森は北条に迫った。

「君の懸念する危機など起きやしない。幻想だよ。確かに小野田君が言うように地銀か第二地銀の一つや二つが潰れるかもしれん。しかしそれは日本経済の効率化のためにはいいことだよ。ただでさえ金融機関が多過ぎるのだから。それをきっかけに淘汰が始まればいい」

北条は強い口調で言った。これが北条の本音なのか。

「大臣、一つや二つが潰れてもいいとおっしゃいますが、それ以上の連鎖破綻をコントロールできますか？　今やメガバンクでさえ経営危機を迎えるかもしれないのですよ」

「そうなれば、まさに君がいうディスラプターだね。本当にそんな状況になるのか、試してみたらいい。なるはずがない」

北条は大森に帰れ、とばかりに手を払った。

「大臣、本当に危機が迫っているんです」

大森は食い下がった。智里も麻央も大森を支えるべく北条に頭を下げた。

「まず自助努力だ。のじぎく銀行の救済は自助努力でやるんだ」

「金融機能強化法はなんのために改正したのですか」

智里は言った。金融危機に即応するための改正ではなかったのか。

「公的資金を使わないための改正だよ。ある意味では伝家の宝刀。見せかけだね。今は、予算がない。経産省の方で産業支援に厖大な予算を使っている。銀行を整理するためには使えない」

経産省出身の小野田が口を挟んだ。

「なんということを……」

麻央が絶句する。

大森は、無言で小野田を見つめている。

「大森君、一度、金融界の大物たちを集めて護送船団時代のようにのじぎく銀行を助けることができるか、協議してみなさいよ。それからだね。まず自助であり共助だ。自力で、仲間で助け合うんだ。それから最後の手段として公助、すなわち公的資金を検討しようじゃないか。それでどうだね」

北条は、自助、共助、公助を持ち出した。上手い言い方ではあるが、政府とすれば、早期には何もしないということだ。時間さえあれば、これでも上手くいくことがあるだろう。しかし時間がない時には、まず公助であり、その後で共助、自助である。北条と大森との危機感の差が、ここに如実に表れた。

「分かりました。やってみます」

大森は、硬い表情で言った。

「局長……」

智里は、驚きと失望の混在した表情で大森に視線を向けた。

鈴村長官も大森と同様に北条によって撃退されてしまったのだろう。自分たちで北条を説得できるという考えは甘かったようだ。

「お騒がせしました。失礼します」

大森はゆっくりと低頭した。智里も麻央もそれに倣った。

目の前に危機が迫っているにもかかわらず、何もできない自分たちを情けないと思った。

「自助です。これからの時代はね。それで淘汰されればいい。適者生存の法則です」

小野田が勝ち誇ったように言った。

「小野田さん、私の予測が悲観的過ぎるのか、あなたの予想が楽観的過ぎるのか、いずれ分かる時が来るでしょう」大森は、静かな口調で反論すると、失礼しますと、大臣室を出た。智里も麻央も一緒に外に出た。

「君たちの調査を生かせなくて残念です」

大森は言った。

「でも、このまま手をこまねいてのじぎく銀行の破綻を眺めないといけないなんて……」

智里は大きなため息をついた。

「手をこまねいているかどうかは、これからですよ。北条大臣の真意が分かっただけでも収穫です。さあ、自助努力でいきましょう」

大森の顔に活気が戻った。智里は、麻央と顔を見合わせて、いったい何を始めるのだろうかと訝しんだ。

三

既に日は落ち、深夜となっていた。しかしそれにもかかわらず、大森はジャーナリストの正宗謙信を呼んだ。謙信はすぐに局長室に駆けつけた。別室で待機していたのだ。

智里も麻央も、彼が、のじぎく銀行丹波支店の調査で世話になった悠人の父親であることは知っていた。

「悠人君にはお世話になりました。ありがとうございました」

麻央は低頭した。

謙信はやや憂鬱そうな表情で「お役に立ちましたか。それなら良かった。東京へ呼び戻すことにしました」と答えた。

「悠人君、東京に戻って来るのですか」

智里は言った。

「ええ、明日にでも戻ってきます。強制的に呼び戻しました」

「強制的に？」

「ええ、強制的です」

「どうしてですか？」

麻央が心配そうに聞く。智里も、謙信の様子に尋常ではない印象を受けた。

「悠人のツイートが原因ですね。どうもそのせいで我々、家族は公安の監視対象になっているみたいなんです」

謙信が眉根を寄せた。

「なんですって？」

智里は驚いた。公安の監視対象とは、どういうことだろうか。

「妻が、反政府デモを主導したという理由で逮捕されたのですが、官房長官の久住さんのお陰で釈放されました。久住さんから、君たちは公安に監視されているから注意した方がいいと忠告されたんですよ。悠人のツイートも監視されていました。今は、彼の手を離れて、かなりネットの中に拡散されてしまいましたが……」

「公安の監視対象というのは物騒ですね」

智里は、謙信の言うことをどのように理解していいのか分からない。どうしようもなく不安な思いにもなるが、事態の深刻さが見えてこないのだ。

「正宗さん、それは十分に気をつけた方がいい。私たちも監視されています。それを前提に動かねばなりません。この部屋は大丈夫だと思いますが」

大森が深刻な表情で言った。

智里は、ものすごい不安に襲われた。自分たちが監視されている？　いったいどういうことなのだろうか。麻央を見ると、麻央の表情も暗い。智里と同じ不安に襲われているのだろう。

「局長、監視されているってどういうことですか？」

麻央が思い詰めたように聞いた。

「政権は、以前から私たち官僚やマスコミ人たちの監視を強めてきているんです。中国のことを監視社会だと批判しますが、我が国も同じです。政府にとって不都合な人物は、いつの間にか排除されています。官僚もマスコミ人も。テレビなどでいつの間にか見なくなったコメンテイターがいるでしょう？」

「はい……」

智里は答えたものの緊張から続く言葉を飲み込んだ。

「今は、その監視がさらに強化され、反政府的な行動を未然に防止するためには、逮捕、監禁も厭わないのです。この間も財務省の若手官僚が、東西線の車中で痴漢行為で逮捕されました。彼は、政府の財政政策に反対し、外部の共産党系団体と組んで行動を起こそうとしたからです。それで痴漢の罪を着せられ、排除されてしまいました」

大森は苦しそうに口を歪めた。

「ひどい……」

麻央が、口を両手で押さえ、怯えた目をした。

「そういう噂を耳にしていましたが、事実だったのですね」

謙信の表情が強張った。

「私たちは、監視されていることを前提に活動し、その監視の裏をかくようにしなければなりません。私は、こんな政権は倒し、もっと民主的な政権にしなければ……。いや、今の話はなかったことにしてくれませんか」大森は硬い表情で智里たちを見つめ、話を打ち切った。「それで正宗さんに頼みたいことがあります」

「なんでもおっしゃってください。金融庁の良心である大森さんの頼みなら、どんなことでもお引き受けします」

謙信は胸を叩いた。

「ありがとうございます。ご迷惑をおかけするかもしれませんが……」大森は、一瞬、考えるような仕草をしたが、決意を込めて大きく頷いた。「明日、午前九時に、否、八時半にしよう。メガバンクのトップを呼び込みます。コスモスフィナンシャルグループの三船寛治頭取、五菱大洋ユニバーサルフィナンシャルグループの神之山徹次(かみのやまてつじ)社長、四井住倉ホールディングスの友納勝利(とものかつとし)頭取、理想(りそう)フィナンシャルグループの菊川礼輔(きくかわれいすけ)社長。この四人です。緊急事態だと説明して、高原君、星川君が連絡してください。会場は、このフロアの会議室です。緊急の際の連絡先は分かっていますね」

「はい、分かっておりますが、こんな真夜中に連絡ですか？」智里は言った。

四人は金融界の大物ばかりだ。智里や麻央の立場では、なかなか接触が難しい相手である。

「真夜中だろうと関係はありません。今なら皆さん自宅におられるでしょうから、明日の朝に連絡したら手遅れということも考えられます。それにこのようなことを他の者たちには任せられません。邪魔をされるだけです。君たちでやってください。大丈夫、のじぎく銀行の山根頭取の必死な顔を思い浮かべればできないことはないでしょう」

大森は不敵に笑った。

「やってみます」

智里と麻央は同時に答えた。

智里は、体に力が漲(みなぎ)る気がした。大森に信頼されているという喜びが、力を与えてくれているのだ。

「そこで正宗さんへのお願いです。今から、メガバンクのトップにのじぎく銀行の支援を依頼します。系列を超えて支援体制が組めるかどうかが試練になるでしょう。その一部始終を報道してください。どんな邪魔が入るか分かりませんし、記事が金融の大混乱を引き起こすかもしれませんが、正宗さんは気にしないで突き進んでください」

大森の口調は、強い覚悟に満ちていた。

「のじぎく銀行を助けるのですね。以前、大森さんの使いでコスモスフィナンシャルグループの三船頭取に会いました。救済に関してはけんもほろろでしたが、やるんですね」

謙信が嬉しそうに言った。

「助けます。北条大臣が自助努力だと言われましたが、その方針に従って支援手段を検討します。上手くいくかどうかはやってみないと分かりませんが、やってみます」

大森の表情は、迷いが吹っ切れたようにすっきりとしていた。

大森は、のじぎく銀行の支援に乗り出そうとしている。北条に言われた自助努力の方針は、メガバンクのトップたちに支援を要請することだ。金融機関内での解決を目指すことだ。

しかし……と智里は思った。この方式は護送船団時代の名残ではないのか。

金融機関が、都市銀行をトップにして協調して営業していた時代があった。もしどこかの銀行が経営不振になれば、奉加帳が回付され、寄付金を募り、破綻を免れさせる。

新しい金融商品やサービスが開発されても、決してどこかが突出しない。最も開発が遅れた銀行が、最も開発が進んだ銀行に追いつくまで新製品の発売をじっと待つ。決して抜け駆けはしない。牧歌的で安定はしているかもしれないが、イノベーションは起こりようがない。

バブル崩壊とともにこの護送船団は解消された。大森は、この船団を再び復活させようというのだろうか。

時代遅れではないのか。たとえ北条に反対されようとも、金融機能強化法を適用して公的資金を注入すべきではないのか。北条らは、公的資金を機動的に注入するこの法律を見せかけだと言い切ったが、目の前の危機に使用しなければ、なんのために制定したのか分からない。

「局長」

智里は大森に言った。

「なんですか」

大森が智里に視線を向けた。

「メガバンクに支援要請するのは、危機の対症療法に過ぎないと考えます。ここはやはり金融機能強化法の適用を考えた方がよいのではないでしょうか」

智里は、自分の思いをぶつけた。

「高原君が言うことは正しいでしょう。間違っているのは大臣たちです。しかし間違いを認めることはありません。この国のシステムを変えるには、私の考える方法に従ってください。先ほども言いましたが、監視されていることを理解した戦略が必要なのです。私のやろうとしていることは間違いかもしれませんが、やらねばなりません」

大森が険しい表情で言った。

「私は、大森さんについて行きますよ。この国の金融システムについて一番真剣に考えている人なんだから。今から、実行されることを成功、失敗関係なく、つぶさに記事にさせていただきます。情報をよろしくお願いしますね」

謙信が言った。

記事の内容次第では、謙信や家族がトラブルに巻き込まれる可能性がある。それでも謙信は、大森を信頼してついて行こうと考えていた。

「私たちも局長について行きます」

智里と麻央が言葉を合わせた。

「ところで山根頭取は、どこにいらっしゃるのですか？」

麻央が大森に聞いた。

「今、別室で待機してもらっています。メガバンクのトップたちの会議には呼ぶつもりです」

大森が答えた。

「ところで……」謙信が、気がかりな様子を見せている。「久住さんが言っていたことが気になるんです」

「どんなことですか？」

大森が関心を寄せる。

「船田さんの密使として久住さんに会いに行きました。目的はのじぎく銀行の救済です。船田さんは官房長官ですが、花影政権の中で頼りになるのが久住さんだけだとの認識なのです。久住さんは官房長官ですが、花影首相とは距離を置きつつあるらしい。次を狙っているのかもしれませんが、それよりも国士的であるようです。そこを船田さんは頼りにしている。久住さんが言うには、花影首相も北条大臣も危機を待っていると……。それが小野田を中心とする官僚たちの考えである……」

「木島政務官が先ほど同じようなことを発言されていましたが……」

智里は言った。

「危機を待っていると？」大森の表情にわずかに不安がよぎった。「ところで国士的というのは、どういう意味ですか？」

大森がさらに聞く。

「現在の花影政権では、国民が幸せになれないと考えているんじゃないですか？　彼らは官僚統制国家を目指していると思われますから」

謙信が答えた。

「では、倒閣に動く？」

麻央が身を乗り出した。

「どうかは分かりませんが、民自党内でも花影政権に対する不満が溜まり始めているようです。何せ、花影首相より、首席秘書官の小野田が支配していると言われていますからね」

「分かりました」大森は神妙な顔つきになり、「私たちの動きも久住官房長官の意に沿うかもしれません」と言った。

智里は、首を傾げた。大森の考えが分かっているようで分からない。考えれば、考えるほど分からなくなる。もう何も考えずに大森について行くしかない。信頼に応えるためには、それしかない。覚悟を決めた。

「さあ、行動開始です」

大森が高らかに言った。革命軍がスタートするような高揚感に満ちた声だった。

四

博子は困っていた。経営するレストラン「レガーメ・ディ・ファミリア」は、感染症拡大に抗して店を開けたものの客足が伸びないのだ。そのことは生活に直接影響するため、大いに悩んでいるのだが、実は、そのことだけではない。目の前に座っている飲食店経営者仲間の衣川幸恵と桑畑新次郎の説得に負けてしまいそうなのだ。

カウンターでは、博子と桑畑らの話を聞きながら、朝一番の新幹線で帰ってきた悠人がナポリタンをむさぼり食べている。口の周りをケチャップで赤く染め、無邪気なものだ。

「正宗さん、もう計画は止められないよ。全国の困窮した中小企業、飲食店店主、従業員たちが国会を取り囲むんだ。そして無策の花影政権を倒すんだよ。それもこれも正宗さんが呼びかけてきたデモがきっかけなんだ」

レストラン経営の先輩である桑畑が、口髭を右手で触りながら熱っぽく語る。

博子は、感染症拡大で困窮する飲食業者を集めてデモ隊を組織し、国会議事堂周辺で、政府に対策を迫る請願を行った。その動きは、SNSを通じて徐々に拡大し、飲食業者だけではなく他の人々も巻き込んで巨大化していった。また全国各地で散発的ではあるが、デモが行われるようになった。

政府は、デモは飛沫を飛ばし、人々が密になり、感染症を拡大すると言って、自粛を求め、規制を強化する動きを見せ始めていた。海外で頻発する反政府デモに刺激を受けたわけでもないだろうが、デモ規制のために容赦なく機動隊を投入するようになった。

博子が主催するデモは、ささやかで大人しいものだったが、前回、火炎瓶を投げる若者が現れた。それは博子にとっても予想外のことだった。博子が警察に逮捕されたのもそれが原因だったのだろう。

悠人が発したツイートも静かに、しかし着実に拡散し、人々の不安を掻き立てているようだ。

母と子、この二人が政府から危険人物と見なされ、監視対象になっていると謙信から注意を受けた。

この情報は、官房長官の久住からのものであり、確かだろうと思われる。

正直、怖くなったのだ。無邪気にスパゲッティを食べている悠人を危険に晒すわけにはいかない。

政府は、感染症拡大に苦しむ飲食業者など中小企業者に、ほんの少し、焼け石に水程度の支援策を講じただけだ。感染症は、大方の人々の希望的観測を裏切って、拡大を続けている。一向に止まる気配はない。

野党は頼りにならず、国内は、政府の言う通りここは耐え抜くべきだと主張する人々と、政府にもっと支援を求める人々とにはっきり二分されてしまった。

当然、博子たちは、政府に徹底した支援策を求める側だが、これ以上、行動を活発化させると、博子も謙信も、そして悠人でさえも逮捕されてしまう可能性がないわけではない。

「私、今のデモ……。こんなに大きくなるとは思ってもみなかったから」

博子は言い淀んだ。

「何言っているのよ。みんな博子さん、いいえ悠人君から始まったんじゃないの？」

幸恵は、突然、スマートフォンを取り出し、博子に見せた。「これ、ごらんなさいよ」

「何？　どうかしたの？」

「悠人君のツイートが、今ではこんな風になっているのよ」

幸恵の見せた画面に目をやると、悠人が何気なく呟いたのじぎく銀行丹波支店の取り付け騒ぎに関するリツイートは百万を超えている。多くの人に拡散され、ハッシュタグ付きで思いも寄らない内容に変化していたのだ。飲食業者の結束を呼びかける内容にも変わっていた。博子たちの活動にさえも関わっていたのだ。

「今や、悠人君のツイートは神ツイートになってしまったのよ。今回の感染症拡大による社会不安の先駆けだったからじゃないかな？　今や日本のみならず世界の人々に拡散されて、政府批判の最先端になっているのよ。私たちの活動が、こんな広がりを見せたのも悠人君のツイートの影響が大きいのよ」

博子は、悠人を見た。そんなことになっているとは知らなかった。スパゲッティを食べる悠人が怪物に見えた。ＳＮＳに乗った巨大な怪物だ。

「悠人、知っていた？」

博子が聞いた。

「何を？」

ケチャップで口の周りを赤く染めて悠人が顔を上げた。

「知ってたよ」

悠人はこともなげに言った。

「えっ、知っていたの？」

博子は驚きの声を上げた。

「パパに気をつけろって言われたけど、せっかくのニュースだから、いろいろなハッシュタグを付けて拡散しちゃったんだよ。金融危機がキーワードになったみたい。だからパパの知り合いの金融庁の人まで飛んで来たのさ」

「金融庁の連中が、悠人君のところに来たのかい？」

今度は桑畑が驚く番だった。

「はい、昨日、わざわざ僕に会いに来られました。それで調査に付き合ったんです」

悠人が自慢げに言った。

「すごい。悠人君、政府を動かしたんだね」

幸恵が感動したのか、目を瞠った。

「ほら、これ」

今度は桑畑がスマートフォンの画面を見せた。そこにはネットニュースの記事があった。ある少年のツイートが世界を動揺させているという内容だった。博子は、それを食い入るように読んだ。悠人と名指しはされていないが、片田舎の少年が発した金融危機のツイートが拡散され、世界を揺るがしていると書かれていた。

博子には、得意満面な顔を向ける悠人が、空恐ろしく見えた。

「ディスラプター……」

思わず博子は、謙信が言った言葉を口にしていた。

「今、何か言った?」

悠人が聞いた。

「ううん、何も」

「もう、僕の手を離れたから。勝手に拡散していくんだ」

悠人が言った。

「そうよ、博子さん、あなたが呼びかけた飲食業者を支援するためのデモも勝手に大きくなっていくのよ。あなたの手を離れてね。でもあなたが産んだ子どもに違いない。責任はある。少なくとも見届ける責任はね」

幸恵の言葉が、博子には脅迫に聞こえた。

「明日、午前十一時、日比谷公園だ。待ってるよ。もう先に進むしかないんだ。だって産んじゃったんだから」

桑畑が、穏やかな笑みを浮かべた。桑畑は、今でこそ人気の洋食店店主だが、かつては全共闘で鳴らした闘士だった。まさに団塊の世代の真っただ中を生きてきたのだが、再びあの頃の熱い血が体内で沸騰(ふっとう)し始めたようだ。

「それじゃあ。いつもの時間に待ってるからね」

幸恵が立ち上がった。

「博子さんのシュプレヒコールを期待しているよ」

桑畑も立ち上がった。

博子は、不安と怯えとが入り交じった泣きそうな笑みを浮かべて二人を見送った。

五

大森の執務室の前にある大して広くない会議室にメガバンクのトップたちが集まってきた。

日付が変わろうかという真夜中に連絡があり、緊急事態であるとの呼びかけに応じたのだが、十分な睡眠がとれなかったためか、どの顔にも不満が溢れていた。

いったい何が始まるのだ。緊急事態とはいったい何か。それぞれが想像を巡らしながら大森が登場するのを待っていた。

「三船さん、何が起きたんですかね。分かりますか？」

五菱大洋ユニバーサルＦＧの神之山が囁く。

三船は、眉根を寄せて「さあ」と言った。しかし、三船だけは想像がついていた。のじぎく銀行の問題だろうと……。自分の系列銀行の経営危機に対処するため他行のトップが呼ばれたのだとすれば、こんな恥さらしなことはない。三船は、不愉快を通り越して不機嫌になっていた。

「大森さんが来られましたよ」

四井住倉ＨＤの友納が言った。

「北条大臣も鈴村長官もいないですねぇ。緊急事態という割には陣容が貧相ですよ。若い人が二人ついてきているだけだ」

理想FGの菊川が薄笑いを浮かべた。

会議室に現れたのは、大森と彼に従う智里と麻央の三人だけだった。あえて言うなら会議室の隣室で、待機しているのじぎく銀行の山根、そして会議の様子を記事にしようとする謙信を加えると五人になる。

緊急事態と言い、超多忙を極めるメガバンクのトップたちを集めながら担当大臣も金融庁長官も出てこない。

いったいどういうことだ。我々を軽視するにもほどがある。三船たちの憤慨が、空気をざわつかせ、落ち着きのないものにしていた。

智里と麻央は、大森の背後に隠れるように立っていた。少しでも三船たちの圧力をかわせるのではないかと考えた立ち位置だ。

三船は、淡い期待を抱いた。てっきりのじぎく銀行の支援の話だと思っていたので嫌な緊張感に押し潰されそうな感じだったが、この様子では、単なる経営状況のヒアリングなのではないかと思い始めたのだ。

大森が、彼らの前に立った。智里は、大森の背中を見つめていた。どちらかというと小柄な大森だが、全身から力が漲り、異様に大きく見えた。

——覚悟を決めている……。

智里は思った。大森は、のじぎく銀行の救済という問題を片付けようとしているだけではないのではないか。もっと大きな何かに挑戦しているのではないか。そんな気がしていた。しかし、それが何かは、まだ分からない。

大森は、三船たちをじっと見つめるだけで何も言わない。ざわつきが静まるのを待っているのだろう。三船たちもようやく静かになった。空気が落ち着きを取り戻した。

「お忙しい皆さんを急遽、お呼びたてして申し訳ございません」ようやく大森が口を開いた。「本日は、我が国の金融システムが重大な危機に直面していることを皆様が自覚され、その危機を皆さんの力で乗り切っていただきたいのです。その危機とは、のじぎく銀行破綻の可能性であります」

大森は智里の方を向き、「山根頭取を呼んでください」と言った。隣の部屋に待機する山根を会議室に連れて来いと言うのだ。智里は、小さく頷き、その場を離れた。

三船は、啞然とした。淡い期待を抱いていたが、やはりのじぎく銀行の救済問題だった。他のトップたちの様子を素早く見渡した。のじぎく銀行は、コスモスＦＧの系列ではないかといって露骨に嫌な顔をしている者はいない。三船はほっとしたが、すぐに神之山が、

「何かと思ったら、お宅の問題だったんですね」と嫌味な笑みを浮かべた。

「はあ」

三船は情けないほど弱々しいため息を洩らした。

六

「いよいよ始まったね」

謙信は、部屋に入ってきた智里に言った。智里の表情は生き生きとしている。

この部屋では隣の会議室の様子をモニター画面で、音声とともに映像でも確認できるようになっている。

臨時の会議などで、定員オーバーになって人が会議室から溢れても大丈夫なように作られているのだ。

「はい。どうなるのか、不安です」智里は、体を縮めて座っている山根を見て「さあ、参りましょうか？　頭取」と言った。

山根は、テーブルに両手をつき、体を支えるようにして立ち上がった。

「はい……」

山根は、虚ろな目で言った。未来には、絶望しか待っていないのだが、そこに一かけらでも希望がないか、探るような目だ。

「頑張ってください」

謙信が声をかけた。

「ありがとうございます」

山根は消え入りそうな声で答えた。

智里は、山根の後ろに従いながら、その力のない後ろ姿に、暗い未来しか見ることができなかった。

第十章　ディスラプター

一

夏の夕暮れは、夕方の六時だが、まだ昼間の明るさが残っている。博子は、日比谷公園に向かっていた。

デモは明日だ。ところが、主催者である幸恵と桑畑から、急いで日比谷公園に来て！と悲鳴のような連絡があった。

神楽坂から地下鉄に乗って大手町(おおてまち)で乗り換えたが、車内には異様な雰囲気が漂っていた。満員というレベルを超えて超満員なのだ。息が苦しいほどだ。

「悠人、はぐれるんじゃないわよ」

悠人が、どうしても一緒に行きたいと言うので連れてきてしまったのだが、博子は悠人に警戒心を抱いていた。

我が子に警戒心を抱くのは不謹慎ではあるが、悠人が放ったツイートが思わぬ破壊力を持っていたからだ。

なぜ中学生のツイートがここまで広がりを見せたのか。その原因はじっくり考えてみる必要があるが、人々の不安な思いに刺さったことだけは事実なのだ。

銀行が危ない……。感染症拡大の中で、経済が不安定になり、自分たちの生活が脅かされている。その不安の矛先は、経済の要である銀行への不安に向かっていったのだ。

悠人は自分のツイートの威力に驚いてはいるが、一方で自信を深めているのも事実だ。博子と一緒に日比谷公園に行きたいと言ったのもそのせいだ。悠人にとっては無邪気にＳＮＳと戯(たわむ)れているだけなのだろうが、これ以上、破壊力を持って欲しくない。

「悠人、変なツイート、するんじゃないわよ」

「分かったよ」悠人が不満顔で言う。「それにしても、混んでない？　みんなマスクはしているけど、こんなに混んでるとは思わなかった」

「そうね。みんな外出を避けているはずなのにね」

「僕たち、みんな同じ場所を目指しているのかもしれないよ」

日比谷駅に着いた。

悠人が言った通りとなった。ドアが開くと、乗客が一斉に降りた。博子は悠人の手を強く握った。そうしないと人の波に呑まれてしまいそうだ。

「野球かサッカーの試合があるみたいだね」

悠人は、人の波に押されながら、笑みを浮かべているようだ。

「冗談じゃないわよ。こんな人混みにいたらマスクをしていたって感染症にかかってしまうわ」

「みんなデモに行くんじゃない？　プラカード、持っている人もいる」

ほとんどは手ぶらだが、中にはプラカードを頭の上に掲げている人もいる。

「デモは明日なのに……」

博子が言った。

とにかく早く幸恵と桑畑のところに行かねばならない。待ち合わせは日比谷花壇の前だ。

多くの人々が日比谷公園に集まってきている。博子は地上に出て、足がすくむほど、驚いた。

日比谷通りが人で埋め尽くされている。いったいどこからこれだけの人が集まってきたのか。博子が乗車してきた地下鉄ばかりではなく、山手線など他の交通機関も利用してきたのだろう。まさに人の波という表現が相応しい。

新型ウイルス感染症拡大で政府は人々が密集することを止めるように推奨している。その意味からいえばデモは論外だ。最も人々が密集するからだ。

このことは政府にとって都合がいい。不満があってもデモを行うことができない。デモをしようものなら一般の人々から非難の目で見られてしまう。そのためデモを自粛してしまうのだ。

そのような状況下でも幸恵と桑畑はデモを企画していた。実施は明日だったはずだ。しかしどうして今日、これだけの人が集まったのだろうか。

「ママ、耳を澄まして、ここに集まった人の声を聴いてごらん」

悠人は、人の流れに身を委ね、押されながらも興味津々という顔をしている。悠人に言われ、博子も周囲の人々の声に耳を傾けた。

――仕事なくなったんだよ。もう金が七百五十円しかないんだ。

――俺もだよ。ここに来る交通費で使っちまった。もう死ぬしかない。

――何を情けないこと言っているのよ。政府にちゃんとものを言わなきゃ何も変わらないでしょう。

――俺たち貧乏人のことなんか、これっぽっちも考えていないさ。自分たちだけ美味いものを食っている政治家なんて、クソだ。

――デモは明日だったんじゃないのか。

――ああ、そうだ。しかし警察に排除される可能性が高いから、今日に変わったって聞いたぞ。

――ツイッターで回ってきたんだ。ゲリラデモの話がね。面白いじゃないか。警察や政治家にひと泡吹かせてやろうぜ。

——今、政府にもの申さなければ、いつ言えるんだ。こんな無策な政府じゃ、俺たちは殺されてしまう。俺たちの叫びを聞け！

「突然にデモの予定が変わったんだ。いったい誰がゲリラデモなんて情報を流したんだろう」

博子は言った。

「僕じゃないよ」

悠人が慌てて言った。

「当たり前よ。あんただったらぶん殴るわよ」

博子は、こつんと悠人の頭を拳で叩いた。悠人が顔をしかめる。

ようやく待ち合わせの日比谷花壇の前に辿り着いた。しかし人に押し流されそうでその場に立ち止まれない。ここは覚悟を決めて、人の流れに逆らうしかない。

博子は悠人の手を強く摑んだ。

「ちゃんとついてくるんだよ」

博子の言葉に悠人が頷く。

「すいません、すいません」

博子は人の波を掻き分ける。

迷惑そうな表情で博子を睨む人がいる。博子は、それに構うことなく前へ進む。容赦（ようしゃ）なく人の波が後方に押し流そうとする。必死で抵抗する。目の前に幸恵と桑畑が立っているのを見つけた。

「幸恵ちゃん！」

博子は手を振る。

幸恵が気づいたのか、桑畑に何か話して、博子を指さす。

「正宗さん！」

桑畑が両手を大きく振る。

「俺たちを殺すな！」

「外出禁止、営業禁止！　そんなものは糞（クソ）食らえ！」

「俺たちの自由を奪うな！」

突然、集団の中からシュプレヒコールが起きた。

それまではほぼ無言で、数えきれないほど大勢の人々が国会、霞が関を目指して進んでいるだけだった。

人々がお互いに囁き合う声が博子や悠人に聞こえたほどだった。

それは不思議と言えば、不思議な様相だった。

通常は、デモの主催者がメガホンを握り締め、声を張り上げる。それに合わせて参加者たちも声を上げる。これがデモのパターンだ。

ところが今日のデモにはリーダーがいないのか。デモの主催者であり、警察などへの手続きを行った幸恵や桑畑が目の前にいる。彼らはデモの人の波の中にいない。ということは彼らがリードしているのではないことは明白だ。

シュプレヒコールも統一されていない。各自がそれぞれの言葉を叫んでいる。花影内閣打倒などという政治的なメッセージは聞こえてこない。もっと切実というべきか、生活に密着した内容だ。

子どもの学費がない。明日の食費がない。仕事がない……。貧困を訴える内容だ。

「博子さん大丈夫だった？　悠人君も……」

なんとか幸恵と桑畑のところに辿り着いた。幸恵が手を差し伸べてくれる。人に流されそうになっていたところを引き上げてもらった状態だ。

「潰されて死ぬかと思った」

悠人が真面目な顔で言った。

「これ、どういうことなの？　デモは明日のはずでしょう？」

博子は、流れが途切れることなく続くデモを眺めた。

「私たちにもよくわからないが、これが原因らしい」

桑畑がスマートフォンを見せた。

「それがどうしたの？」

博子と悠人が桑畑のスマートフォンを覗き込んだ。

「えっ」

博子と悠人が同時に叫んだ。

それは悠人のツイートから派生した『銀行が危ない・ゲリラデモに参加しよう』という呼びかけだった。

悠人のツイートは今では数百万人以上に広がりを見せている。

多くの人の心の中に潜在的に存在していた危機感に火をつけたのだが、そのツイートに乗じる形でゲリラデモを呼びかけた者がいるのだ。それも一人ではなく多くの人だ。

――面白いからやろうぜ。ゲリラデモやろうぜ。

――いつまで俺たちは沈黙を強いられるんだ。こんな時こそ沈黙を破ろう！

――感染症拡大は政治家が俺たち貧乏人を沈黙させる手段になっている。そんなことは許さないなどなど。

「これだけの人がSNSで集まったの？」

博子は目を瞠った。

「時代は変わった。俺たちが出る幕じゃない。俺たちがリーダーになってデモを組織する。デモとは言っても秩序を重んじている。官憲と揉めたくないからな。でも今は誰もかもがリーダーだ」

桑畑が力なく言った。

「私たちも結局は秩序側に立っていたってことなのね。でもこの人の波はどこに向かうのかしら」

幸恵が不安そうに言った。

「ママ、僕、行くよ。この中に入る」

悠人が言った。瞳が輝いている。

「何言っているの。危ないじゃない」

博子が叱る。悠人の手を摑んだ。

「でも僕のツイートがもともとの原因なんだから、僕にはこのデモの先を見届ける責任があると思うんだ」

悠人はしっかりした口調で言った。

「悠人君、もう少ししたら機動隊が規制に入ると思う。これだけの人だ。いったいどんなことが起きるか分からないよ」

桑畑が穏やかに諭した。

「分かっている。でも僕は行く。パパによろしくね」

悠人は、博子の手を振り切って、人の波の中に飛び込んだ。

「悠人！」

博子が叫んだ。

しかし悠人はたちまち人の流れに呑み込まれ、姿が見えなくなった。

二

智里は体が異様に緊張しているのが分かった。

隣に立っている麻央も同じだろう。目つきが険しく、表情が硬い。

智里の目の前には、我が国のメガバンクの頭取たちが揃っている。

コスモスフィナンシャルグループ頭取三船寛治、五菱大洋ユニバーサルフィナンシャルグループ社長神之山徹次、四井住倉ホールディングス頭取友納勝利、理想フィナンシャルグループ社長菊川礼輔。

日本の金融界を牛耳(ぎゅうじ)っている大物たちだ。彼らの力は自らの銀行及び金融グループのみならず全国津々浦々の銀行に及んでいる。系列の名の下にOBたちを各地の地方銀行、第二地銀、信用金庫、信用組合などに送り込み、実質的に支配しているのだ。

その頂点にかつては大蔵省銀行局がいた。銀行局は、今でいえば持株会社であるホールディングカンパニーとして彼らに君臨していた。

銀行局がひと言囁けば、それはさざ波から大波に変わり、全国津々浦々の金融機関に瞬時に伝わる。そしてそれぞれのトップたちがそのひと言に従う。

そんな時代が長く続いたが、バブルが崩壊し、金融機関と銀行局との癒着が社会問題化し、金融庁が発足してからは、それまでの力関係はなくなった。

それ以降は、メガバンクが傘下の金融機関を支配する構図ができあがり、銀行業界と言っても、かつてのように競争関係を調整することがないライバル関係としてしのぎを削って、今日にまで至っているのだ。

智里の目には、各メガバンクのトップたちはお互いの腹の中を探り合い、手の内を読まれないようにポーカーフェイスに徹しているように見えた。

銀行局というホールディングカンパニーに入り、その頃の強大な権力を記憶にとどめている大森が金融庁の幹部として、今や金融庁の指示などに見向きもしなくなったメガバンクをどのように扱うのだろうか。

それにしてもみじめで哀れなのは大森の隣に悄然（しょうぜん）として座るのじぎく銀行頭取山根隆仁だ。

感染症拡大で不良債権の山に押し潰され、今や息も絶え絶えとなっている。

助けを求めて、この場に来たものの、メガバンクのトップたちが心を寄せてくれるという保証はない。ただの晒し者になる可能性が十分にある。

「のじぎく銀行が経営破綻すれば、皆様方の銀行、そして我が国の金融システムに甚大な影響があります。私は金融庁として皆様方にのじぎく銀行救済をお願いしたい」

大森が、力のこもった声で言った。

「局長にこんなことを言うのは、申し訳ないが、我々にのじぎく銀行の救済を頼むのは、筋違いというか、時代遅れじゃありませんか。護送船団の時代でもあるまいし」

五菱大洋の神之山が皮肉な笑みを浮かべる。

神之山は企画畑が長く、エリートとして育てられ、五十代前半で五菱大洋のトップについた。

剃刀（かみそり）の切れ味を持つと言われるほど頭脳明晰だが、皮肉屋で人望はない。

大森は何も言わない。表情を変えない。

「私も同感ですね。のじぎく銀行の救済に責任を持つのは、第一義に三船さんのところでしょう」

四井住倉の友納が三船を見た。

友納は、私大卒だ。私大出身者がメガバンクのトップになるのは珍しい。東京大学出身者が多いからだ。そのような中でトップになった友納はなかなかの策略家である。営業畑が長い。

「どうして私のところが面倒を見なくてはならないんですか」

コスモスの三船が反論する。三船はのじぎく銀行どころではない。大日自動車が破綻するなど、大手取引先が次々と経営危機に陥っているからだ。

「おかしなことをおっしゃいますね。のじぎく銀行はあなたの銀行の系列ではありませんか。それなのに責任がないようなことをおっしゃると、私たちはどうしていいのか分かりません」

理想の菊川が不機嫌な顔をした。

菊川も企画畑が長い。理想は、メガバンクではあるが、幾つかの地域銀行が経営統合、合併を繰り返して巨大化したものだ。菊川は、自虐的に、自分たちは当時の大蔵省銀行局の言いなりになった結果だと口にする。

幾つもの銀行を大蔵省に押し付けられ、まとめてきた菊川にしてみれば、三船に対してのじぎく銀行の一つくらい面倒を見ろということなのだろう。

菊川は、理想の中心となった銀行の出身ではあるが、それは小規模の銀行であり、成り上がり意識が強い。そのため他のメガバンクのトップたちとは距離を置こうという姿勢が強い。

「山根頭取はプロパーですよ」

三船が反論する。大森の隣でうつむく山根の肩がぴくりと動いた。

「でもそれ以前は、コスモスさんの出身者が代々頭取でしたよ。不良債権にも経営難にも責任があるんじゃないですか？」

神之山がにたりと口角を引き上げる。

「代々頭取を出していたら、救済する義務があるんですか。それは政府の仕事ではないんですか？」

三船が大森を見る。その目は非難するというより助けを求める目だ。

大森の視線がやや強くなったが、何も言わない。

「金融機能強化法で機動的に公的資金を投入するんじゃなかったのですかね。ねえ、大森さん」

神之山が、薄笑いを浮かべながら言った。

神之山の頭の中を覗いてみると、折角、法律を整備したにもかかわらず、それを使わない、あるいは使えない金融庁をやや虚仮（こけ）にしているのだろう。

この質問にも大森は何も言わない。

「大森さん、だんまりを決め込んでいるんですね」

神之山が言った。

「のじぎく銀行がもしもの事態に陥り、それが銀行の連鎖破綻に繋がるというなら政府がなんとかすべきでしょう。何か言ってください。大森さん」

友納が語気を強める。

大森の視線が強くなる。

「北条大臣と協議しましたが、金融庁の方針は、自助努力です」

大森が初めて口を開いた。感情を交えない表情だ。

「なんて言い草だ。自助努力だなんて。我々の苦境を知っているのですか。神之山さんのところも大変でしょう」

三船が神之山に言った。

「どうして我が行が大変なのですか?」

神之山の表情が険しい。

「いやぁ。それはなんとも……」

三船は眉根を寄せ、渋面を作った。

「どんな情報を得て、そういうことをおっしゃっているのか分かりませんが、変な噂を流さないでください」

神之山は言った。

「噂を流す? 誰が噂を流しているんですか。失礼だな」

三船が憤慨した。

「私は退席します。皆さんでのじぎく銀行を救済するかどうかご検討ください。くれぐれも申し上げますが、日本の金融界、そして経済、そして人々の命と生活は皆さんの態度如何にかかっています。そのことを踏まえて議論してください」

大森は冷静に言った。

「えっ」

山根が驚き、不安な顔で大森を見上げた。

「なんて無責任なんだ！」

三船が思わず、声を荒らげた。

大森はそれに対して全く反応せず、智里と麻央に目で合図をすると会議室から退出した。

ドアが閉まる音が会議室に響いた。

*

「何を考えているんでしょうか。ここから出て行くなんて」

菊川が憤る。

「ふざけているとしか言えませんね」

友納も怒りを顕わにする。

「ねえ、山根さん、そもそもあなたの経営の失敗がこんな問題を引き起こしているんですよ。責任を感じてますか」

三船が山根の座っているところまで行き、顔を歪めて言い放った。

「本当に駄目なんですか？」

友納も聞く。

山根が顔を上げた。

「破綻まで、もう時間の問題です。なんとか助けてください。もし何も手が打てないようであれば中国の銀行に売り渡します」

山根が泣きそうに言った。

「それは本当ですか？　聞いていませんよ」

三船が驚いた様子で聞いた。

「本当です」

山根は言った。

「そんなこと金融庁が許さないでしょう。政府も許さない。アメリカも許さない。現下の米中対立、それに巻き込まれている日本政府のことを知らないわけじゃないでしょう？」

神之山が言う。

「許さないも何も、他に手の打ちようがあれば教えてください」

山根は開き直ったように神之山を睨んだ。

「日本の金融界が中国資本に牛耳られるきっかけになる。これは大変ですよ。三船さん、あなたがなんとかすべきだ」

神之山が言った。

「我が行は無理なんですよ。余裕がない」

三船が言った。

「大日自動車が民事再生法を申請したからですか」

友納が言った。

「ご存じでしたか?」

三船が友納に聞いた。

「ええ、とっくに。ネットニュースにも流れていましたからね」

友納が答えた。

「今は、何もかもネットの方が情報が早い」

菊川が言った。

「大日は、神之山さんのところがサブですよ」

三船が言った。

「ええ。困ったことです。余裕がますますない」

神之山が唇を歪めた。

「先ほど、噂って言いましたが、神之山さんのところのインドネシアの銀行が破綻寸前だと聞きましたが、どうなんですか？」

友納が無遠慮に言った。

神之山は友納を睨みつけ、何も答えない。

「その顔を見ると、ズバリ的中ですか。お宅が買収されたあの銀行はうちにも秋波を送っていたんですよ。買収しなくてよかったです。迷いましたがね」

友納はにたりと笑った。

神之山の五菱大洋と友納の四井住倉とは、それぞれ前身の五菱と四井の時代から仲が悪い。お互い収益でトップを争っているからだ。

今回のように同席することなど、金融庁の会議を除いてめったにない。

「何を言うのですか？　不愉快ですね」

神之山の表情が怒りに震えた。

「不愉快？　もし何もないならあなたの銀行が中心になって、この場をまとめていただいても結構ですよ。次期全銀協会長ですからね」

全銀協（全国銀行協会）とは銀行が加盟する協会で、そのトップはメガバンクトップの持ち回りとなっている。

「なぜ私のところがまとめねばならないのですか」

神之山が上品さをかなぐり捨てつつある。

「金融庁がまとめないって言うんだから会長行がまとめるべきでしょう。もうすぐ交代の時期だ。次はあなただ」

友納も興奮してきた。

「今は会長行じゃない。今は、三船さんじゃないか。三船さんが、この場をまとめるべきだ」

神之山が三船を睨んだ。

「私が……、私がまとめるんですか？　私は何度も言っているでしょう。のじぎく銀行を救済している場合じゃない。自分の家が燃え出しているんだ」

三船も語気を荒くした。

会議室に閉じ込められた閉塞感の中で大森から結論を出せと言われたため、彼らは徐々に冷静さを失い始めている。

「皆さん、どこものじぎく銀行を引き受けないんですか？」

菊川が言った。

「ああ、私のところは無理だね。そんな余裕はない」

神之山がすぐに否定した。

「うちも無理だ。系列でもなんでもない」

三船が言った。

「こんなことおかしいだろう。政府が支援すればいいんだ」友納が言った。「あっ、そうだ。菊川さん、あなたのところはいろいろな銀行を金融庁の依頼で引き受けているから、ノウハウもあるだろう。なんとかならないのか」

「勝手なことを言わないでください。私のところはメガバンクとは言ってもあなた方とは違うんだ。体力がありません」

菊川は強く否定した。

「三船さん、今さら系列じゃないなんて言わないでください。冷たいじゃないですか。いろいろとお宅のために便宜を図ってきたじゃないですか。不良債権の一部を引き受けたこともあります。それが今、爆弾になって破裂しているんですよ」

山根が三船を睨んだ。

三船の表情が変わった。

「何を言うんだ。山根さん！　それじゃまるであなたの銀行の経営危機は私の責任だと言っているみたいじゃないか。ふざけないで欲しい」

三船の声が怒りで震えている。

「ふざけちゃいません。系列だと思うから、今まで無理な要求も聞いてきたんじゃないですか？　私はプロパーだが、あなたの銀行から送られてくる人材は金遣いだけに熱心で、なんの役にも立たないんだ」

山根がののしる。

「そんなことがよく言えるものだ。のじぎく銀行なんか、私の支援がなければとっくに潰れていたんだ」

三船が言った。

「こんな不毛な協議をいつまで続けているんだ。大森さんを呼んでこいよ」

友納が叫んだ。

＊

「醜いですね。誰も建設的に問題に向かおうとしない」

麻央が嘆いた。

モニターで三船たちの議論を聞いていたのだ。

「皆、自分の頭の上の蠅(はえ)を追うのに必死なんですよ」

正宗は言った。

今、聞いているメガバンクのトップたちのいがみ合いを記事にできるだろうか。

大森を見た。大森は、黙って彼らの様子を見つめている。

「ねえ、正宗さん、大森局長は、三船頭取たちがまとまりそうもないことを予想されているんでしょうか」

智里は小声で言った。

「なんとも言えないなぁ。一縷の望みはあったんじゃないかな。そうでなければ彼らを放置して議論させないだろう」

正宗が言った。その時、正宗の携帯電話が鳴った。博子からだ。

「もしもし、博子か、どうした？」

〈今、そこでテレビ見ることができる？　大変なことになってる〉

「テレビか？　あるぞ」

正宗は、部屋にテレビがあるのを確認した。

〈テレビをつけて〉

正宗は、智里に「すみません。テレビをつけてくださいませんか。緊急みたいなんで」と頼んだ。

智里は、テレビの前に置かれたリモコンを摑んで、電源を入れた。

「あっ」

智里が叫んだ。

画面に映し出されたのは、国会を取り囲む人の群れだ。いったい何人の人が集まっているのだろう。画面から人が溢れそうだ。数万人、いや十数万人……。

「どうしたの、これ！」

麻央も驚いている。

「局長、大変なことになっています」

智里が大森に言った。

大森がテレビに視線を向けた。

「いよいよ始まりましたか」

大森がさほど驚かず、呟いた。智里は、大森が冷静なのが不思議な気がした。まるでこの事態を予想していたかのようだ。

「これはどういうことだ」

正宗が博子に聞いた。

〈その中に悠人がいるのよ〉

博子の声が、正宗の耳の中でハウリングし始めた。

三

首相の花影栄進は、官邸の首相執務室で小野田康清首相秘書官とコーヒーを飲んでいた。

「おいおい、外が大変なことになっているぞ。安保騒動みたいだぞ」

財務大臣兼金融担当大臣の北条正信が突然、入ってきた。

小野田が立ち上がった。軽く頭を下げたが、顔は微笑している。

「北条さん、どうぞ。コーヒーしかありませんが、ブランデーでも運ばせましょうか？」

花影も笑みを浮かべている。

北条は不愉快そうに顔を歪め、花影の前のソファに座った。

「コーヒーも何もいらない。外の様子を知っているのか」

北条は花影と小野田に視線を走らせた。

小野田がソファに腰を下ろし、ゆっくりと花影を見た。

「知っていますよ。随分な騒ぎになっていますね」

花影が穏やかに言った。

「そんなにのんきに構えていていいのか。ちょっと想定を超えているぞ」

北条が言った。

「大臣、今さら怖気(おじけ)づかれたのですか」

小野田が薄く笑った。

北条が右の瞼だけを引き上げた。不機嫌になった時の癖(くせ)だ。

「馬鹿にするな。しかし……」

北条は口角を歪めた。

「しかし？　なんですか？　大臣？」

小野田は皮肉な視線を北条に向けた。

「相当な数だぞ。映像で見たところは十数万人はいる」

北条の表情は硬い。

「テレビなどの映像は大げさに映すことができるのです。フェイクなんかは簡単に作ることができます」

小野田が言った。

「警察情報だと二万人程度らしいですよ」

花影が言った。

「二万人？　私にはもっと多いように見えるがね」

北条が反論した。

「騒ぎが大きくなればなるほど、私たちの計画成就に近づくんですよ。大臣」

小野田が言う。

「北条さんも賛成されていたではありませんか。この国を根本から変えなければ中国や韓国の後塵を拝することになると」

花影が言った。

「そうは言った。その考えは今も変わっていない」

「この国は、私たちのような選ばれた者がちゃんとコントロールすべきなのです。今、騒いでいるのは有象無象の連中です」

小野田は言った。

「それに私どもの配下の者たちが、今、流行りのＳＮＳを活用して人を集め、デモを作り上げたのです。アンダー・コントロールです」

花影は、口癖の一つであるアンダー・コントロールという言葉を口にした。

「首相は、アンダー・コントロールを口にされますが、この国は戦後一貫してコントロールできていない。勝手な連中が好き放題です。今回の感染症拡大はそんな我が国の現状を終わりにする絶好の機会なのです。そうでしたね。大臣」

小野田が北条に迫った。その表情には高揚感が見られる。

「北条さん、私は悔しくてたまらないんです。こうすれば感染症なんかひとたまりもなく抑えられる。それなのに何もできない。やれば批判され、馬鹿にされるだけです。私が悪いんじゃない。この国の法律、憲法が悪い。感染症が蔓延するのは私の責任ではありません。あなたは、憲法を変えるチャンスだと言ってくださいましたね。言い出したのはあなただ……」

花影が畳みかける。

「私？　まあ、それならそれでいい。小野田君の考えを君に伝えたまでだが……」

北条は声を弱めた。

「小野田さんの考えは、私の考えでもあります。私は、小野田さんからあなたが賛成してくれたと聞き、嬉しく思いました。私とあなたが組めば、怖いものはない」

花影の口調が強くなった。

「感染症対策を行うに当たって諸外国は全て強権的です。強権的でなければ感染症は抑えられません。強権的とは、私たちが中心となり国民をアンダー・コントロールに置くことなのです」

小野田は、花影の口癖を奪った。

小野田たち官僚は、感染症拡大に対して有効な手を打てない花影に、強権的な管理国家構築の決断を迫ったのである。

最初に感染症が拡大した中国は、秀金平国家主席が全権を握り、支配する国である。

感染症が拡大するや否や、武漢（ぶかん）、上海（シャンハイ）など大都市は勿論、首都の北京（ペキン）でさえロックダウンしてしまった。

人口が二千万人を超える上海や北京を封鎖するのは、日本で言えば東京と神奈川など近郊のエリアを封鎖することだ。

秀は、軍隊や治安警察を動員し、封鎖を逃れようとする者は逮捕した。それでも従わないものは銃殺してしまった。

国際的に非難されても「一人の命より万人の命が重要だ」と意に介さなかった。国民全員にGPS機能が付いたスマートフォンなどを持たせ、行動を監視した。営業禁止を守らない飲食店には治安警察が出動し、店主を逮捕し、店は徹底的に破壊した。

人々は恐怖に沈黙し、行動を制限した。その結果、感染症は収束したのだ。実際、この成功を疑う人がいないわけではないが、秀は情報開示に応じない。

また今回の感染症をもたらしたウイルスは、中国の研究所で開発されたのではないかとの疑いも持たれている。

秀は、それを一度は否定したが、以後は沈黙を守っている。国際社会の真相究明の声も無視している。

こうした秀の強権的姿勢を花影は憧れを持って見ていた。中国のようにできればなぁと花影がやつれた顔で呟くのを傍で聞いていた小野田は、花影の憧れの実現に向けて動いたのである。小野田の官僚主導の強権国家を実現するという考えに各省の主な官僚たちは賛同した。

なぜならそれは小野田たち官僚の夢でもあったからだ。

戦前、この国は官僚支配の国だった。軍官僚という官僚であったが、軍事力という言わば暴力装置を持った官僚が、国家を支配していた。

文官たちも軍官僚と手を結ぶことで国家支配の甘美さに酔いしれていた。その夢をもう一度見たい、というのが官僚たちのＤＮＡに深く刻みつけられ続けてきた。

「感染症拡大が始まってから、今日に至るまで先進国で何もできないのはこの国だけです。国民は花影政権の無策を非難しますが、それは間違いです。私たちが悪いわけではない。この国の憲法が悪いのです」小野田は熱く語り始めた。「自由の国アメリカでさえ幾つかの州を封鎖しました。英国、フランス、イタリアなどは全土を封鎖。これらは中国ではありませんよ。私たちと同じ考えの自由で民主的な国家です。インドでさえ全土を封鎖です。中国と経済、軍事で戦っているインドです。彼らも私たちと同じ自由で民主的な国家の仲間です」

小野田の言いたいことは熟知していた。北条は何も言わない。

「ねえ、北条さん、あなたもこの現状に憤慨していた。だから私は小野田さんと一緒にこの国を作り替えるのに感染症拡大を利用すべきだと思い至ったのです。愚民どもに馬鹿にされながら、何度も感染症拡大を予防しましょう、マスクをしましょう、会食を止めましょう、営業時間の短縮をしましょう……。お願いするしかない無能な姿をいつまで晒すのですか。愚民どもは声を揃えて私たちをののしる。他にやることはないのかとね」

ついに国民を愚民と言い始めた花影の尻馬に乗るように、小野田が話し始めた。

「都市封鎖、国家封鎖などの私権制限を伴う緊急措置は、我が国の憲法に国家緊急権が規定されていないからできない、と学者どもは口を揃えて言う。しかしですよ、海外渡航の自粛、帰国の自粛、外国人入国禁止、国内移動の自粛、営業の自粛などは実質的に私権の制限ではないですか。これを我が国は、自粛警察と揶揄（やゆ）されている曖昧な空気感で実効性を持たせようとしている。国民だって飽き飽きしていますよ。こんな曖昧な措置ではなく、もっとはっきりしてくれと……」小野田は話し続ける。「我が国の憲法を解釈すれば、このような感染症拡大で国民の生活や生命を脅かす際には、国家は強権的にふるまっても問題ないと言えるのです。私は、暗唱できます。前文には『**われらは、全世界の国民が、ひとしく恐怖と欠乏から免かれ、平和のうちに生存する権利を有することを確認する。**』とあります。さらに憲法第二五条には生存権と国の社会的使命として『**すべて国民は、健康で文化的な最低限度の生活を営む権利を有する。**』『**国は、すべての生活部面について、社会福祉、社会保障及び公衆衛生の向上及び増進に努めなければならない。**』とあるのです」

「君の言わんとすることは、よく承知している。何度も聞いたからね」

北条の表情は冴えない。幼い頃から国家の指導者になるべくして育てられた。それは花影も同じだ。その際、憲法に従うことは教えられていない。憲法はアメリカが敗戦に打ちひしがれるこの国の国民を上手くコントロールし、二度と逆らわないようにするために作ったものだとは教えられた。そのためこの国が憲法を変えようとすると、真っ先に反対するのは実はアメリカなのだ。アメリカはこの国が力をつけて、再び逆らうことを最も恐れている。その恐れは、中国の比ではない。だから憲法は変えられない。そう幼い頃から教えられてきた。北条は、ならばどうすればいいのだとよく質問した。すると教えてくれた家庭教師たちは解釈を変更すればいいだけだ。上手く時代に合わせて、あるいは北条の好みに合わせて読み替えるのだと言った。この国の民は中国から漢字を輸入し、読み替え、和漢字を作り、ひらがな、カタカナを作った。改ざんは得意技なのだ。服のサイズは変えないで、つぎはぎをしたり、袖や裾を直して、長く着るのももったいない精神のこの国の得意とするところだ。アメリカは服を新調すると言えば反対だが、修復し、手直しして長く愛用することには反対しない……。北条は、そう教えてくれた家庭教師の得意げな笑みはよく覚えている。

北条と同じような育ちである花影とは気が合った。それは同じように家庭教師から憲法教育を受けてきたからだ。

憲法は、私たちの上に絶対的存在として君臨しているのではなく、私たちの、否、私の、北条や花影の利用に具するものでしかないのだ。その機会が今、まさに訪れようとしている。しかし、北条はなぜかここにきて畏れる気持ちが湧き上がった。ふいにあの大森の堅く生真面目な顔が浮かんできた。あの野郎め！　と心の中でののしり、その顔を振り払った。

まだ目の前で小野田は話し続けている。

「私たちは感染症拡大のパンデミックに対して、国際社会に生きる者として平和のうちに生存する権利を行使せねばならないのです。そのために二五条の通りに国家は、やるべきことをやらねばならないのです。人々は、何も考えず、我々が送り込んだ者に先導され、やがて霞が関、国会を取り巻くでしょう。この時こそ、私たちが待っていた瞬間なのです。国民の命と生活を守るために、非常事態を宣言し、機動隊、自衛隊を出動させ、この国を私たちの完全なコントロール下に置かねばなりません。今、自衛隊は密かに治安出動の準備をしています。自衛隊法には、『警察力をもってしても治安を維持できない時は自衛隊の出動を命じることができる』とあります。この規定は、過去、使われそうになりましたが、結局、使われなかった。一九六九年一〇月の国際反戦デーのデモ鎮圧にあたってのことでした。このデモは警察によって抑えることができました。どれだけ自衛隊員が切歯扼腕したことでしょう。憲法に規定されていない自衛隊が国家の治安を守ることで、やっと国民の承認を得ることができるのです。今回はその絶好の機会なのです」

小野田は言い終わると、ふっと息を吐いた。

「北条さん、本当のアンダー・コントロールが実現するんですよ。非常事態下で私の手で憲法を実質的に変えて見せようじゃないですか。ようやく中国やアメリカにも対抗できる強い国になるんです。私とあなたの手によって……」

花影は余裕のある笑みを浮かべて北条を見た。

「ディスラプター……」

北条は、花影と視線を合わせながら呟いた。

この意味はなんだったか？　誰から聞いた言葉だったのか？　大森か？　それともSF映画かアメコミで見たのか？

北条も花影の笑みに合わせ、口角をぎこちなく引き上げた。もはや誰も止められない……。

四

北条が大臣室に戻ると、そこには木島金融担当政務官、鎮目財務次官、そして鈴村金融庁長官が待っていた。

「大臣！」

破顔一笑というのはこういう顔を言うのだろう。木島と鎮目が北条に駆け寄ってきた。

北条は、一瞬、後退りした。自分の顔は、彼らの顔と真逆だろうと思った。

「やりましたね。ついに相当大規模なデモですよ。これで大臣と首相がご計画された通りの事態になりそうです。大衆に媚びる政治は、今日で終わります。私たちが国家をリードするんです」

木島が勢い込んで言った。

「これで財政再建も一気に進められます。財政出動ばかり要求する与党議員も国家的危機の前に沈黙するでしょう。野党はもとより何もできません。花影首相と北条大臣の天下となります。おめでとうございます。我々にも何かと言えば、金を出せ、出せですからね。このままではこの国は早晩、破綻は間違いありません。その前に大胆な手を打たねばと思っていました。この事態の下で国会で全て強行採決してしまえばいいのです」

鎮目が不敵な笑みを浮かべて言った。

「外の様子を見たか？」

北条は表情を歪めた。彼らのようにもろ手を挙げて喜べない。不吉な予感に寒気がするのだ。自分が、これほど臆病だったとは想像もしていなかった。

政界では、北条も花影も世襲議員であり、言わば貴族議員と言ってもいい立場だ。成り上がり議員ではない。リーダーになるために生まれてきたのだ。

しかし北条は花影と決定的に違う面がある。花影は、純粋に政治家一家だが、北条は経営者一家が政治家を輩出した形だ。実際に、北条も幾つかの会社の名目的代表を務めている。そのため経営者マインドを持っている。経営者の最大の心配事は何か？　それは従業員を本当にコントロールできているのかということだ。最もコントロールできないのは人間なのだということを分かっているのが経営者なのだ。

花影も小野田も、権力を握れば人間をコントロールできると考えている。花影の口癖を借りれば、アンダー・コントロール可能ということだ。

それはここにいる官僚たちにも言えることだ。彼らも自分たちで人間をコントロールできると思っている。だから今回のデモは実際のところ、彼らが作り出した。

人々は、感染症拡大で仕事を失い、貧困化が進み、富裕層との格差が一層、拡大した。ところが花影政権は有効な手段を講じない、との不満が募っている。花影にしてみれば、やりたくてもやれないという憲法上の制約があるからということになる。

小野田は違った。人々の不満を募らせるだけ、募らせろというのだ。そしてそれが大きくなり、爆発寸前にまでなったと判断されれば、自分たちの手で燃焼促進剤に点火すればいいという。

しかしそれは自分たちが送り込んだ言わばスパイが仕掛けたことで、そのデモは警察力及び自衛隊で鎮圧する。それが、平穏を望む国民のコンセンサスだという理由だ。

幸いにも、ある中学生が発信した取り付け騒ぎに関するツイートが爆発的な広がりを見せていた。

それは何気なく投稿されたのだが、その何気なさが人々の不安を刺激したのだろう。そのため大きな広がりとなった。小野田は、それを利用しようと考えた。それが爆発に向かう導火線になり得ると考えたのだ。

北条は、官僚たちからの受けがいい。それは彼らの考えに従順だからだ。官僚を従えている貴族のように演技して見せるが、その内実は、官僚たちの考えの上で大衆受けするように踊っているのだ。それは北条の才能であり、政界遊泳術でもあった。官僚を使えなければ、政界ではしかるべき地位に就けない。お互い持ちつ持たれつでいくことが肝要なのだ。

だから小野田のアイデアに賛成した。彼らの考えに従ってさえいれば、まだまだ高みに上れると思った。

しかし……上手くいき過ぎだ。本当に自分たちは人間をコントロールできるのか。ましてや怒りを持った人間を……。

財務大臣としてインフレもデフレもコントロールできたことはない。それは金(カネ)が人間そのものだからだ。人間の欲望、希望、失望、絶望など、ありとあらゆる「望」を具象化したものが金だからだ。金がコントロールできないのに人間をコントロールできるはずがない。

北条は焦燥感に駆られていた。興奮する木島と鎮目を冷たい視線で見ている人間がいる。金融庁長官の鈴村だ。

「鈴村君」

北条は、まるで助けを求めるかのような弱い足取りで鈴村に近づいた。

「なんでしょうか？　大臣」

鈴村は、やや憂鬱な表情だ。

「大森君はどこにいる？」

「大森ですか？　今、メガバンクのトップたちとのじぎく銀行の救済について協議中です」

「のじぎく銀行？」

北条は、その銀行の名前を今の今まで思い浮かべることがなかった。大森が、この銀行を救済しなければ、制御不能の事態になると警告していたが、完全に無視してしまった。人間も金もコントロールできなければ、いったいこの国はどうなるのだ。北条は急に寒気を覚えるほど、恐怖心に囚われた。

「大森君を呼んでくれないか」

北条は鈴村に言った。

「ここにですか？」

鈴村は確認した。

「そう、ここにだ」

北条は、強い口調で言った。

「分かりました。すぐに呼び出します」

鈴村は、スマートフォンを取り出すと、大森を呼び出した。

「連絡が取れました。すぐにここに参ります」

鈴村はスマートフォンをスーツにしまった。

「ありがとう」

北条は、立っていられないほど疲れていた。ソファに崩れるように座った。心配そうに木島と鎮目が近くに寄ってきた。二人は、まだ興奮が冷めやらぬのか、酔ったように頬が紅潮している。

「大臣、お呼びでしょうか」

大森が部屋に入ってきた。

木島と鎮目が、異物でも見るような視線を送った。

鈴村が、やや安堵したような表情になり「大臣が聞きたいことがあるようだよ。のじぎく銀行のことだ」と言った。

「大森君、メガのトップとのじぎく銀行のことについて協議してくれているようだが、状況はどうかね。支援でまとまりそうか」

北条は、ぎこちない笑みを浮かべて聞いた。体はソファに預けたままだ。

「まとまりそうにはありません」

大森は冷静に言った。

「まとまらないのか」

北条は腰を浮かせた。

「はい、大臣のお言葉通り、自助努力で解決するようにと申し渡しましたので、まだ協議中ですが、どこも責任を取ろうとしてはいません」

「コスモスの三船はどうなんだ。あそこの系列だろう！」

北条の表情が険しくなった。

「系列を否定しています」

「なんて奴らだ」

北条は吐き捨てた。

「彼らは政府が救済すべきだと言っています」

大森が言った。

「いつも、同じだ。なんでもかんでも政府にツケを回すんじゃない。もう財政破綻寸前なんだぞ」

鎮目が割り込んだ。

「鎮目君、君は黙っていなさい」

北条がたしなめた。

鎮目は、不満そうに口をつぐんだ。

「本当に救済する気がないのか。彼らは……」

北条が暗い表情になった。

「ありません」

大森は冷静に言った。

「するとペイオフか？」

北条の質問に大森が首を傾げた。

「何か疑問でもあるのか、大森君」

「ペイオフするにも資金が足りません」

「足らない？」

北条は口角を歪めて言った。

「預金保険機構には預金保険支払いのための責任準備金が約四兆円あります」

「四兆円もあればいいだろう」

「いえ、今回はのじぎく銀行の破綻をきっかけに多くの銀行が破綻するでしょう。そうなれば保険金支払いが嵩(かさ)みます。足りない分は国庫が埋め合わすことになっていますが、それを大臣は否定なさっておりますので」

大森は強い視線を北条に向けた。そして同じ視線を鎮目にも向けた。

「確かに自助努力を強いている。でも大森君、破綻は連鎖しないだろう」

北条の顔に卑屈な笑みが浮かんだ。最悪のシナリオを大森に否定してもらいたいのだ。

「いえ、私の想定ではのじぎく銀行が発火元になり、あらゆる銀行に燎原の火のごとく燃え広がるでしょう。その火は日本のみならず海外にも及ぶでしょう。大臣、外のデモをご存じですか？」

「ああ……」

北条は、弱々しく言った。このままソファに体がめり込んでしまいそうなほど、立ち上がる気力がなえている。

いったいどうしたというのだ。北条は自分を励ますのだが、気力が出ない。

「あのデモは、大臣の希望通りではありませんか。花影首相も同じだと聞いております」

大森の目からは感情が消えている。冷淡そのものだ。

「……希望はしていないぞ」

北条は呟いた。

「そうでしたか？」大森は、少し口角を歪めた。微笑んだように見えた。「私はてっきり花影首相や北条大臣の企みが実現に向かっているのかと思っておりました。それに加えてのじぎく銀行の救済失敗が金融の混乱を引き起こし、この国がカオスとなれば、なおさらいい」大森は鎮目と木島を見た。二人は大森を睨み返した。「計画通り進行しているものと考えておりました。間違いであって欲しいですが、結果として私もその計画の一部になってしまいました。でも大臣、そして皆さん。人も金も、そうやすやすと思い通りにはなりません。ならないから今まで諸先輩は、これらの人と金という暴れ馬を乗りこなす方法に苦慮してきたのではないですか。今すぐ、混乱の芽を摘むべきです」

大森は、怒りを込めて北条に言った。

「大森君、もうそれ以上言うな。これは止められない」北条は疲れた顔を大森に向けた。「ディスラプターっていうのは、君が言った言葉だったかな？　誰かから聞いたような気がするんだ」

「はい、私が申し上げました」

大森は答えた。

「どんな破壊装置か知らんが、トリガーは引かれたよ」

北条は言った。

「大臣！」大森はソファに横たわった北条に詰め寄った。「でもまだ破壊装置が本格稼働するまでに時間はあるのではありませんか」

「分からん……」

北条は、大森から顔を背けた。

「大臣、大臣……」

大森は思わず力を込めて北条の両腕を摑んでいた。

北条は痛みで顔を歪めながらも死んだように目を閉じた。

最終章　破壊の果て

一

大森は北条大臣の執務室を離れ、再び、メガバンクのトップたちがのじぎく銀行救済について議論している会議室に向かっていた。

霞が関界隈から国会議事堂にかけての道路はデモの参加者で埋め尽くされている。感染症拡大を防ぐため人々の密集を避けろという政府の指示は完全に無視されている。金融庁が入居するビルにも群衆の声が響いてくる気がする。大森は、北条たちが企てたデモだという情報を得ていた。それは花影と面従腹背の関係で対立する官房長官の久住からだった。しかし、先ほどの北条の呆然となった表情、態度はいったいどうしたものか。普段の強気な態度が消え失せていた。まさか、これほどの事態になるとは予想がつかなかったというのだろうか。政治家は結果に責任を負わねばならない。自らトリガーを引いたのであれば、それがどのような結果をもたらすのか、想像し、対処しなければならない。北条にはその覚悟がなかったのだ。

大森は急ぎ足になっていた。ぐだぐだしたくだらない議論、責任の押し付け合いをしているメガバンクのトップたちの曇った両目に、このデモの群衆の姿を焼き付けねばならない。彼らが目を覚まさなければ、いったいどのような結果になるのか、それを想像させねばならない。

ふいに体が浮遊感に包まれた。目の前に蓮華草（れんげそう）の濃い赤紫の花畑が現れたのだ。彼自身は、その花畑を上から見つめている。驚いて自分を見ると、両手を左右に広げ、空を飛んでいるではないか。

先ほどまで、無味乾燥と言える灰色の壁の廊下を歩いていたはずだ。

悪い薬を飲んだ覚えはない。まさか死んでしまったのか。いずれにしてもこの事態を掌握（しょうあく）しなければならない。蓮華草の花畑を眺めながら、優雅に浮遊している場合ではない。

しかし、それにしてもなんて美しいのだ。どこまでも緑の葉と赤紫の小さな花が続いている。これは？　記憶がよみがえってきた。これは幼い頃、過ごした故郷の景色ではないか。蓮華草は、稲刈りが終わった田に種を蒔（ま）き、春に満開になる。それを田植えの前に田に漉（す）きこんで肥料にするのだが、満開の蓮華草の田に入って、友人と転げまわるのはとても楽しかった。学校帰りに、蓮華草が咲く田を駆けまわり、転げまわる。歓声を上げ、笑い、追いかけっこをするのだ。服がいつの間にか蓮華草の色に染まってくるような感覚に襲われる。あの頃は、世界の全てが両手の中にあるような気がしていた。蓮華草の中に埋もれ、仰向(あおむ)けになり、空を見上げる。空は、どこまでも青い。友人と未来を語る。どんな未来を語ったのだろうか。それを思い出すことはできない。少なくとも、人々の不満が高じ、膨大な数の人が抗議の声を上げるような未来ではなかった……。

「局長、局長……」

声が聞こえた。体を誰かが揺さぶる。

「おおっ、高原君……」

瞼を大きく開く。眠りから覚めたように両目を手で強く圧迫する。

「どうされましたか？　ぼんやりとここで立っておられたので」

「ああ、ありがとう。なんだか立ったまま眠っていたみたいです」

「お疲れなんでしょう」

智里は気遣った言葉をかけた。

「彼らはあれからどうしましたか？」

大森は、メガバンクのトップたちの協議のその後の推移を聞いた。

「それで局長を呼びに参りました」

智里の表情が暗い。

「騒いでいるのですか？」

「ええ、もうこんな協議をしても無駄だから、解散すると言っています。帰らせて欲しい。だから局長を呼んで来いと……」

「結局、何もまとまることはなかったということですね」

「はい」

「そんなことだろうと思っていました。私は、彼らになんの期待もしていません。彼らは、自分のことしか考えていない。この国の未来も、この国に住む人たちの、名もなき人たちのことも……。そうです。蓮華草の花のように小さくて美しい花のような人たちのことなんか……」

大森は熱に浮かされたように話した。

「蓮華草、ですか？」

智里は首を傾げた。蓮華草を見たことがないのでイメージできないのだ。

「すみません。混乱させるようなことを言って……。高原君、外を見ましたか？」

「はい、大変なことになっています。二十万人以上もの人がデモに加わっていると報道しています」

「あれは花影首相とその側近たちが……北条大臣も関係しているのですが、彼らの意図したものなのです」

「えっ!」智里は驚き、目を瞠って大森を見た。「本当ですか?」

「本当です。しかし、多くの人の思いを見誤っています。さあ、行きましょうか」

「局長、詳しく教えてください」

智里がすがった。

「後で。全てが動き出してから。正宗さんはまだいらっしゃいますか?」

大森は聞いた。

「はい。息子さんがデモの中にいるとの連絡があり、ひどく動揺されてはいますが」

「そうですか。分かりました」

大森は小さく頷くと、足を速めた。

会議室に着いた。大森は、正宗や麻央が待機する控えの隣室には入らなかった。

「高原君」大森は真剣な表情で言った。「隣室から、これから起きる様子をしっかり見ているように正宗さんに告げてください。後ほど、私からお願いがありますので、と」

「分かりました。必ず伝えます」

智里は答えた。

「では、後ほど」

大森は、薄く笑うと、会議室のドアを大きく開けた。

　一斉にメガバンクのトップたちが大森に視線を向けた。智里はその視線の鋭さにたじろぎそうになった。彼らの視線には、怒りや憎しみがこもっていた。ただし、のじぎく銀行の山根だけを除いて……。

　智里は、すぐに隣室に飛び込んだ。

「チリ、局長が中に入ったよ」

　麻央が言った。顔が青ざめている。外で激しさを増しているデモや、会議室での議論の様子に動揺しているのだろう。

「局長は、大丈夫だよ。きわめて冷静だ」智里は麻央に言い、正宗に「局長が、今から起きることをしっかり見ていて欲しいと申しております。後ほど、何か、頼みたいことがあるとか」と言った。

「それは分かっているんだが、息子が心配だ……」

　正宗は不安を口にした。

「局長の依頼です。よろしくお願いします」

　智里は頭を下げた。

「分かった」

　正宗は、会議室内の様子を見聞きできるモニターに視線を向けた。

二

「皆さん、協議はまとまりましたか？」

大森が、冷静に聞いた。息の乱れはない。

こんな状況下でも精神的には安定しているのだろう。

「まとまるはずがありません。私たちがなぜのじぎく銀行を助ける必要があるのですか。こんなの政府の仕事でしょう。それ以外の結論は出ない。局長、あなたがこれほどいい加減な人間だと思わなかった。自分の責任を放棄して我々に勝手に協議をさせるなんて、いったいどういう了見なんだね」

五菱大洋ユニバーサルフィナンシャルグループの神之山徹次が口角泡を飛ばさんばかりに大声で大森をののしった。

「もう、私は帰らせてもらう。こんな不毛な協議に付き合わされて、時間の無駄だ。のじぎく銀行が破綻しようが、どうしようが私には関係がない。私は、自分の銀行が心配だ。政府の方でなんとかしたらいい。こっちは関係ない。いいですか？ 局長、銀行の救済を我々に任せようっていうのは、虫がよ過ぎる。時代遅れだ」

四井住倉ホールディングスの友納勝利が口を尖らせ、言い募る。

大森は、神之山と友納の話を黙って聞いていたが、「三船さん、菊川さんも同じ意見ですか」と言った。

「ええ、まあ」理想フィナンシャルグループの菊川礼輔が心苦しそうな表情で、大森を上目遣いに見ている。「私のところは金融庁に随分とお世話になっているのでね。まあ、なんとかしたいとは思いましたが、ちょっと無理ですね。まとまりませんね。山根さんには悪いですがね。でも、不思議だなぁと思うのですよ。大森局長」

「何がですか」

「局長は、私たちをこんなところに集めて、端からまとまると思っておられたのですか？」

「はい。あなた方の大義に殉じるお気持ちに期待しておりましたから」

大森は無表情に言った。

「嘘でしょう」菊川は、鼻白んだ顔になった。「あなたはまとめる気などない。なかった。そうじゃないですか？」

大森は、口角をわずかに引き上げ、見ようによっては皮肉っぽい表情になった。

「そんなことはありません。なんとかのじぎく銀行の救済を、皆様方の力で成し遂げていただきたいと切に願っています。それがこの国のためなのです。皆様方の度量が試されています。現在は、何かといえば、政府に頼り切る世の中です。私は、北条大臣がおっしゃる自助による金融界再建については疑問を持っています。せっかく緊急事態に備える体制を整えたわけですから、それを使うべきです。しかし、大臣の賛成を得られませんでした。今、この国は、感染症拡大による財政支援で、全く余裕がありません。財政再建派である大臣のお考えは理解ができます。ならば今こそ、皆様の力を結集してもらいたいのです。これはかつての護送船団方式に帰るものではありません。今、我が国の金融界は未曾有の危機に陥っています。のじぎく銀行だけではありません。皆様方の系列地銀、ほぼ全てが経営に問題を抱えております。この状況は、とても政府が単独で責任を負えるものではありません。皆様方が、どうやって力を合わせるか、自分たちの経営の垣根を越えてまとまってくだされば、と期待しております」

「まとめる気はあるとのことですね」

「はい、その通りです」

「でも結局、あなた方はなんの責任も取らないということじゃないですか？　私たちにのじぎく銀行の救済を任せて、自分たちの責任は回避するつもりでしょう」

コスモスフィナンシャルグループの三船寛治が言った。

三船は、系列銀行である、のじぎく銀行救済案を、最も汗をかいてまとめるべき立場にあるのだが、全くその気はない。

「三船さん、見苦しいよ。あんたには何も期待していないから」

のじぎく銀行の山根隆仁が暗く、沈んだ声で言った。三船が、眉根を寄せ、渋面で山根を見た。

「局長の演説は分かりましたが、私たち民間に金融界の救済をさせるのは、どうかと思いますよ。政府がやるべきことだと思いますよ。ここにいても何もお役に立てないので帰らせてください。私は、私の銀行のことで忙しいんです」

神之山が言った。表情は、ふてくされて不満顔だ。

「私も帰りますね。局長の期待には応えられそうもありません。やはり今の時代、自分の銀行を差し置いて他の銀行の救済をするなんて株主の了解が得られませんからね」

友納が言った。

「皆さんがそういうことなら、私どもも同じです。とてものじぎく銀行を救済する体力は、私どもにはありません。局長はご不満でしょうが、のじぎく銀行は政府が支援してください。セーフティ・ネットはあくまで公的な手段ですから」

菊川が言った。

「中国の銀行だろうと、どこの国だろうと支援してもらってくれ。とにかく自分でなんとかしてくれ」

三船は、吐き捨てるように言った。

「局長、まあ、こんなものです。期待はしていませんでしたがね」

山根は薄く笑った。その表情には絶望が張りついていた。

「皆さんの考えはよく分かりました。今、外では大規模なデモが行われています。人々が感染症拡大の中で、怒りや不満を声高に叫んでいるんです。この国では珍しいことです。かつて六〇年代には、この国でもこのように人々が声を上げることがありましたが……。この怒りが皆さんの銀行に向かわないことを祈っています。銀行は、こうした危機にこそ役に立つ存在であって欲しいという人々の希望を無にしないでいただきたい」

大森は、それだけ言うと、会議室のドアを開けた。

メガバンクのトップたちは、大森の視線を気にしながらも会議室から退出した。

残ったのは、のじぎく銀行の山根と大森だけだった。

「終わりましたね……」

山根が肩を落とした。

「ええ、終わりました。でもこれが始まりかもしれません。山根さん、船田先生のところに参りましょう。あなたが金融界、そして世の中を変えるかもしれませんよ」

大森は言った。不思議なほど落ち着いた態度だった。

「はっ？」

山根は大森の意図が理解できず、首を傾げた。

三

「正宗さん、一部始終、見て、聞いていただきましたね」

大森が隣室に戻ってきて言った。

「はい」

正宗謙信は答えた。

「どのように思われましたか？」

「これほどメガバンクのトップが公的意識に欠けているとは思いませんでした。自分のことしか考えていません」

「その通りなのです。自分たちはバブル崩壊時、公的資金によって救済されておきながら、経営が立て直ると、他者に手を貸すことをせず、自分の利益のみを追求します。きわめて強欲であり、不謹慎であり、公的な役割を担うという気概がありません。私は、この姿勢を変えたいと思っています」

「当然です。そうあるべきです。特に現在のように感染症拡大で多くの人が苦しんでいる時にはなおさらです」

謙信は強く言った。

大森は、真剣な視線で謙信を見つめた。

「ご子息が、デモの中におられるとか？」

「はい。そのようです。無事であることを祈っています」

「きっと大丈夫です。そこでお願いがあります。ご子息のツイッターが大きな影響力を持っているのはご存じですか？」

「ええ、そのようですが……」

謙信の顔に不安がよぎった。

「今、外で起きている大規模なデモは、ご子息のツイートで呼びかけられたものです」

大森は冷静に言った。

「まさか……」

謙信の表情が強張った。

「それは本当ですか？」

麻央が驚いた。悠人と一緒にのじぎく銀行の地元を調査したことを思い出していた。

「以前、船田先生の依頼で久住官房長官への密使をお願いしましたが、あれ以来、官房長官とは密接に連絡を取り合っています」

大森は話し始めた。謙信も、智里も、麻央も、山根も、大森が何を話そうとしているのか、緊張して耳を傾けた。

「今、花影首相は、非常に危ない賭けに出ています。ご子息のツイートを勝手に利用して、国民の不満を煽り、大規模なデモを起こし、最終的には自衛隊の治安出動を促し、この国の全てを一手に握ろうとしているのです。戦前のような戒厳令下に置き、憲法を改正してしまうのです」

大森の視線が強くなった。

「まさか……。そんなことはできない。憲法違反だ」

謙信が言った。

「確かに戒厳令は現行憲法では認められていませんが、首相の権限は思っている以上に強く、緊急事態の布告をすれば、警察権を掌握できます。また自衛隊にも命令を下すことができるのです」

「そんな、そんなことに悠人のツイッターが利用されたのですか」

「純粋な少年のツイートだから利用価値があるのです。どこにも政治的な匂いがしませんから。そこでお願いがあります」

大森は、さらに真剣な表情になった。

「伺います」

謙信も真剣になった。

「ご子息のツイートに、今、正宗さんがご覧になり、お聞きになったメガバンクのトップたちの実態を加えて引用リツイートしていただきたいのです。あなたのジャーナリストの視点で実態を公表してください」

「そんなことをすれば、さらに混乱に拍車がかかるのではありませんか」

謙信は、大森の意図が分からない。もともと、銀行が危ないというのが、悠人のツイートの内容だ。それにメガバンクのトップの無責任や、のじぎく銀行の経営不安を含めて引用リツイートすれば、金融不安の火が燃え盛る可能性が高い。

「その通りです。しかし、この混乱の中だからこそ、意味があるのです」

大森は強く言った。

「局長、金融の混乱を自ら引き起こすことになります」

智里は、大森に迫った。

「チリの言う通りです。そんなリツイートをすれば大変なことになります。悠人君のツイートは今や大変な影響力を持ってしまっていますから」

麻央が青ざめた顔で言った。かなり慌てたのだろう。智里のことを、普段通りにチリと言ってしまった。

「分かっています。だからこそ正宗さんにやって欲しいのです。私は、局長としての矩を越えようとしているのかもしれません。しかし、今、やらねばならないことをやります。彼ら、メガバンクのトップたちの公的使命感を覚醒させる絶好のチャンスなのです。私の構想である全銀行のストレステストは北条大臣に拒否されました。テストを実施し、経営リスクの高い銀行を軒並み抽出し、一気に再建、再編してしまわねば、感染症が拡大する中で、この国の金融は担えないと考えたからです。しかし、北条大臣から拒否され、彼の方針通り、メガバンクのトップたちに集まってもらいました。共助に一縷の希望を託したのです。しかしそれも叶いませんでした。彼らには全く共助の精神はありません。あるのは強欲な自らの利益追求のみです。ここに楔（くさび）を打ち込まねばならないのです」

大森は、まるで熱に浮かされたように言った。

「それより花影首相による自衛隊の治安出動を止める方が先ではありませんか」

謙信が必死の形相となった。

「それは、すでに動き出しています。絶対に花影首相の思い通りにはさせません。今回のことは政権側からのクーデターのようなものですから、政権に近い人物が阻止に動いています。私たちもすぐにその動きに連携せねばなりません。しかしその前に金融界に変革を、破壊的な変革を、引き起こさねばならないのです。正宗さん、お願いします。これは私ではなく、事実を報道することで、世界を変える力を持ったジャーナリストである、あなたにしかできない仕事なのです」

大森は、謙信を見つめた。その表情は翻意はしないとの強い決意に満ちている。

智里も、麻央も、大森の熱意に負けたのか、沈黙を強いられている。

これだけの人が集まり、政府への非難の声を上げている。そこに銀行の問題を投げかけたら、火に油を注ぐ以上の混乱になるのではないだろうか。智里は、あまりの不安から、助けを求めるように麻央を振り向いた。

「局長、思い詰めているわね」

麻央が囁くように言った。表情は硬く、まるでなんの感情もないかのように見える。事態の深刻さに、いつもは冷静な麻央でさえ、考えがまとまらないのだろう。

「焦っているのかも？　金融界を変えたくて……」

智里が小声で答えた。

「大森さん、私は、あなたの考えに賛成だね」山根がぼそっと呟いた。「つくづくあいつらには愛想が尽きたよ。コスモスの三船なんかは私の銀行に不良資産を押し付けまくったんだ。シンジケートローンなんて、ろくでもないものを売り込んでね。気がつくとコスモスはさっさと売り抜けている。カスを摑まされても後の祭り。文句を言おうにも、当時の頭取は、コスモスからの天下りなんだ。だから何かにつけて系列だから仕方がないと……。もううんざりだよ。今回は、弱りに弱って、助けを求めたが、三船の奴は、ただ逃げ回るだけだ。何が系列だ。おかしくって涙も出ない。今、地銀や第二地銀の経営はどん底で苦しい。これは政府や日銀の低金利政策が最大の原因だってことになっている。勿論、その理屈は正しいけれど、もう一つは、系列だっていうことでメガバンクが好き放題に地銀や第二地銀の経営に口や人を出し、不良資産を付け替え、また地銀や第二地銀の方でもメガバンクに唯々諾々と従ってきたからだよ。そんな金融界、銀行界は一度、ぶっ壊した方がいい。そして感染症拡大や、戦争や、飢饉(ききん)や、気候変動など、私たちに襲い掛かるだろうと思われる危機に即応できる体制に作り替えるべきだ。そういうことなんでしょう。局長」

山根が、ぐっと強く大森を見つめた。

「私の考えもそこにあります。今のような私的な利益だけを追求する金融界ではなく、もっと公的利益を追求する、あるいは共有する体制であるべきです。それが理想です。公的使命を自覚した上で、各地の銀行を統制するのです」

大森は明確に答えた。

「局長、それはかつての護送船団方式に戻るっていうのじゃないですよね。官僚機構がトップに立ち、銀行界を従えるという……」

智里は言った。大森が、以前、大蔵省銀行局時代の思い出を語っていたことを思い出したのだ。

「チリ、何を言うの？ そんな時代に戻れるわけがないじゃないの。局長、思いとどまってください」

麻央が言った。

「私も星川さんと同意見です。現在は、官僚は国民からの信頼を得ていません。僕だってこの状況が不満です。なんとかしたいと思います。もしも、局長が、官僚支配の体制を夢見ておられるのなら、同じ夢を見たいと思いますが、それは無理でしょう。それにこんな混乱に乗じてやるべきではないと思います。犠牲が大き過ぎます」

智里は言った。

大森は、黙っていた。

「局長、私はやりますよ。やらせてください。ジャーナリストとしてメガバンクの様子を伝えるのは極めて重要な役目です。本来ならちゃんとした記事にすべきですが、こんな時期です。一番、即効性の高いSNSを使います。それが息子、悠人の発信したものなら親として誇り高いです。これで世の中を変えてみせます」

謙信は強い口調で言った。

「正宗さん、お願いします」大森は、謙信に頭を下げた。そして智里と麻央に視線を向けた。「君たちの心配はよく理解できます。ましてや君たちはのじぎく銀行の取り付け騒ぎを調査してくれました。その時の人々の不安も実感していることでしょう。だから私がやろうとしていることに唐突感があるに違いありません。君たちからすれば、私は、金融の、銀行の、混乱を抑える側に立っているはずですからね。その思いは、その通りです。信じて欲しい。しかし、のじぎく銀行の問題が、どれだけの脅威なのか、北条大臣に直訴しても聞く耳を持たれませんでした。彼らには本当の危機感がないからです。花影首相も同じです。この国を自分たちで弄ぶ、あるいは好きに作り替えることができるという思い上がりしかありません。これを変えるにはこちらも相当な手段に打って出る必要があります。分かって欲しい。お願いです」

「それが、ここで行われたメガバンクトップたちの無責任な様子をリツイートすることなのですか」

麻央が悲しげな目をした。

「局長は、このデモは花影首相らの陰謀だとおっしゃいました。きっかけはそうかもしれませんが、これだけの規模になれば、コントロールできないのではないかと思います。大変なことになります。そこに正宗さんがリツイートすれば、もはや破壊しかありません」

智里が言った。ほとんど泣き顔だ。

「星川君、高原君、これから起きることは破壊ではありません。破壊と創造、新しく生むんです。もしかしたら私は破壊しかできないかもしれません。しかし、その上に新しい世界を創造するのです。それは君たちの役目です」

大森は微笑んだ。

「局長、船田先生のところに早く行きましょう。先ほど、そうおっしゃいました。そこには私たちを助けてくれる人がいるんでしょう？」

山根が言った。諦念からなのか妙に落ち着いている。

「ええ、いらっしゃいます。久住官房長官たちです。すぐに参りましょう。正宗さんも同行してくださいますか」

「申し訳ありませんが、私は行けません。リツイートをしたらデモの現場に行きます。息子や妻が心配なので……。ところで久住官房長官へ密使として派遣したのは、今日のためですね」

「正宗さんも同志の一人ですからね」

「私は、ようやく分かりましたよ。全て局長はお見通しだったんだ。そうですね」

謙信はにやりとした顔で大森を見つめた。

「全てだなんて大げさです……」

大森は苦笑した。「では私たちは行きます。君たちはどうしますか？」

大森は、智里と麻央に言った。

「どういうことですか？」

智里と麻央が同時に聞いた。

「私も、ようやく気づいたよ」山根が薄く笑った。「大森局長は、花影政権で、このような不穏な計画があることを承知していたんだ。のじぎく銀行の経営に問題が生じた時、いの一番に大森局長の顔が浮かんだのもおそらく計画の内なのかな」

「ここで時間を潰すわけにはいきません。参りましょう。正宗さん、よろしくお願いします。あなたのご子息のツイートが世の中を変えるのです。いや、もう変えてしまっています。後戻りはできません」

大森は言った。

謙信は深く頷いた。

「さあ、高原君、星川君、ともに行きましょう。新しい時代を創るのです。あなた方の手で」

大森が硬い表情ながら、笑みを浮かべた。

智里と麻央が顔を見合わせた。そして決心した表情で同時に頷いた。

「はい、ご同行します」

四

「デモの様子はどうだ？」

花影は小野田に聞いた。表情がいくらか赤らんでいる。あまり飲めないくせにウイスキーの入ったグラスを持っている。かなり気分が高揚しているのだろう。

「こちらのモニターをご覧ください。警備に当たっている機動隊から刻々の映像が入っております」

小野田がリモコンを操作すると、首相執務室の壁に備え付けられた三つのモニター画面が明るくなった。

画面には、国会議事堂を取り囲み、霞が関官庁街に溢れている人々が映し出されていた。日比谷公園内も見える。そこにも人々が群れていた。

画面からは音声も聞こえる。私たちは負けない。私たちは声を上げる。私たちは生きている。いろいろな声が聞こえる。中には、歌を歌っている人もいる。特に公園内では、グループに分かれて輪になって踊ったり、歌ったりしている。歌は、自作のようだ。戦いの火は消えない。私たちは大人しい羊ではない。もうこんな世の中はうんざりだ。誰もが自分の心の中を言葉にして、メロディに乗せている。歌っているのだが、モニター画面から流れる声は、この場にいる花影らに語り掛けているようだ。集まっている人々は、まさか花影らが監視しているとは思ってもいないだろう。

「なかなか興味深いね」

花影は、ウイスキーを口にしながら、椅子の背もたれに体を預けた。

「二十万人以上が集まっているようです」

小野田が答えた。その目は、モニター画面に釘付けになっている。彼も興奮している様子だ。

「もっといるんじゃないですかね。私、これだけの人がどこから集まってきたのか知りたいですね。感染症が拡大している中で、よくこれだけ過密になれるものだ」

木島金融担当政務官が言った。

「例のツイートの方はどうだね」

「大変な勢いで拡散しています。これが少年の『銀行が危ない』という軽い呟きだったとは思えません」

小野田が言った。

「私への批判も多いだろう」

花影は口角を引き上げ、不敵に笑った。

小野田も木島も困惑した顔だ。

「その顔に答えがあるようだな。いいんだ。当たり前だ。辞めろ、死ねなんていうのは私には子守歌のようなものだ。君たちは役人だから分からないかもしれないが、批判、非難の声を聴かなければ、寝つきが悪いくらいなのが政治家だよ」

「それは官僚も同じでございます。馬耳東風というのが官僚の姿勢の四字熟語でございます」

小野田が、薄ら笑いを浮かべた。

「君は、馬の耳に念仏だろう。ははは、馬もかわいそうだな。からかいの素材にされている。だから暴走するんだ」

「今回は暴走ではありません。この国の形を変える革命ですから」

「そうだな。承知だ。愚民どもが勝手に起こした暴走を止め、秩序をもたらすのだ」花影が目を細め、自分の両手を見つめた。「これで祖父や父が夢見た統制国家が実現するんだ。この私の手でな」

花影は三代続く政治家一家である。祖父は、戦前の大政翼賛会で活躍した政治家だった。父もその系譜を引き継ぐ右翼政治家である。

「首相を批判するツイートが増加するに連れ、デモに集まった者たちを批判するツイートが爆発的に増えております。早くデモ隊を排除しろ。感染症を拡大させる殺人デモだ。などなどです。デモを潰せという声が高まっております」

小野田が答えた。

「首相の思い通りの展開ですね」

木島が言った。

「そろそろ機動隊にデモ隊排除に乗り出してもらおうか。自衛隊に出動要請するまで騒動を大きくするんだ。どしどしごぼう抜きに逮捕しろ」

花影の口調が激しくなった。

「ちょっとお待ちください」それまで黙していた財務次官の鎮目俊満が口を出した。「これを見てください」

鎮目がスマホの画面を覗き込んでいる。

「何か変わったことが起きているのか」

「『銀行が危ない』にタグ付けされ、メガバンクトップたちの無責任という内容がツイートされています」

「無責任なのは昔からだろう」

花影が笑った。それに小野田や木島が追従する。

「そんな内容ではありません。皆さん、自分の目で確かめてください」

鎮目に言われて、花影たちはスマホの画面に目を遣った。

「こ、これは……」

木島が絶句した。

「なんてことだ。これでは取り付けが起きてしまいます」

小野田が目を瞠った。

「のじぎく銀行の経営破綻が必至になった……。メガバンクのトップたちが責任回避に汲々とし、支援協議が決裂し、政府も全く支援しない方針である。このまま放置すれば、全国の地方銀行、第二地方銀行も連鎖破綻するだろう。その結果、メガバンクも破綻の恐れがある……。いったいこれはなんだ!」

花影の表情が一変し、激しくウイスキーグラスをテーブルに叩きつけるように置いた。グラス内のウイスキーが波打った。

「メガバンクのトップたちの協議が、話した内容が、事細かに書き込まれています」

鎮目が焦った。

「自分たちの銀行の経営状態がいかに悪いか主張するばかりで、全く協力し合おうとしていない。自分の利益のみを追求しているだけだ。これがメガバンクのトップの実態だと国民の非難に晒されることになるぞ」

花影の表情が歪んだ。

「誰の仕業なんだ！」

木島が声を荒らげた。

「リツイートしているのは、正宗謙信というジャーナリストです。『銀行が危ない』のツイートをした少年の父親であります」鎮目はここまで話すと、大きく頷いて、何かに気づいたという表情になった。「大森……、金融庁の大森局長の仕掛けではありませんか？」

鎮目が言った。

「なぜ、そう思うんだ」

花影が険しい顔になった。

「大森局長は、のじぎく銀行の経営破綻を阻止しようと動いていましたが、北条大臣から、財政難のため支援はしないと突き放されました。そこでメガバンクのトップたちを集めてのじぎく銀行の救済を協議させていましたが、先ほど、救済の方向でまとまらなかったと北条大臣に報告をしておりました。正宗氏と大森局長は親しい間柄です」

鎮目は言った。確信がある表情だ。

「そんな協議が行われたなんて私は聞いていないぞ。ましてや決裂したことは全く知らん」花影は怒った。「大森局長を処分してやる。情報漏洩は国家公務員法の重大な違反だ。北条大臣はいないのか？」花影は、この場に北条がいないことに初めて気づいたかのように辺りを見渡した。

「どうした北条大臣は？」

花影が鎮目に聞いた。

「それが……」

鎮目が表情を曇らせた。

「それが、なんだ？　北条大臣も今回の計画に賛成しているんだぞ。だから進めたんだ」

「大臣は、デモのあまりの広がりに怯えられました。その上、大森局長からのじぎく銀行救済についての協議が決裂したことを聞き、ショックを受けられて、どこかに消えてしまわれました」

木島が言った。

「消えた？　北条大臣が消えた？　事態に怯えたというのか」

花影が木島に迫った。木島は、たじろぎ、「怯えたというのは私見でございます」と言い訳をした。

「北条の奴、日和ったのか！」

花影の顔が醜く歪んだ。

「そ、そんなことはないと思われますが……」

木島がおどおどとした顔で言った。

「大変です。総理」

鎮目が、スマホのネットニュースを見て動揺した声を発した。

「どうした？」

「これを……」鎮目が、モニター画面のリモコンを操作した。

カメラが切り替わり、日比谷通り沿いのコスモスフィナンシャルグループ本店を映し出した。

「なんだ、あの人の群れは？」

花影が驚愕している。コスモスフィナンシャルグループ本店の壮麗な建物に人が押し寄せている。霞が関官庁街や国会議事堂に押し寄せていた人々の流れが分かれたかのようだ。

「取り付けです。ネットニュースによると全国の銀行で取り付けが発生しているようです。

あのリツイートが原因です」

鎮目が呆然とした。

「なんということだ。大森の奴、私たちが支援を拒否した腹いせに取り付け騒ぎを起こそうとしているのか。許せん」

「いかがいたしましょうか？」

「こんな時、じたばたしても仕方がない。デモ隊や取り付け騒ぎの愚民どもを機動隊に排除させろ。そしてすぐに自衛隊に治安出動命令だ。その後は、私が国会に議員を集めて緊急事態を宣言し、全権を握る。分かったか。小野田、すぐにかかれ！　誰にも邪魔させん！」

花影は、眉を吊り上げ、決死の形相になった。

「分かりました。すぐに警視総監と統合幕僚長に指示いたします」

小野田は、首相執務室の専用回線に手を伸ばした。

五

悠人は、人の流れに呑み込まれそうになりながら必死で進んでいた。一方の手にはスマホを持ち、精一杯、手を伸ばし、デモの様子を映像に収めていた。

「悠人、大変だよ」

慌てて追いかけてきた博子が言った。手にはスマホを持っている。

「どうしたの？　ママ」

「パパがやっちゃったよ」

「えっ、何？」

悠人は博子のスマホを覗き込んだ。その時、背後から強い力で圧されてしまい、前方の人の背中に顔をぶつけてしまった。

「圧すんじゃない」

前方の男が怒る。

「すみません」

悠人は謝る。

「おい、スマホなんか見てるんじゃない。これだけの人間が集まってんだぞ。危ないぞ」

悠人が振り向くと、マスクをした中年の男が睨んでいる。

「すみません」

悠人は再び謝った。

「真剣に政府にもの申しに来てるんだ。こっちは冷やかしじゃないぞ。俺の経営している食堂が潰れそうなんだ。分かるか？　この苦しみが」

男は腹立たしげに言った。

「分かりますよ。私も同業ですからね。ところでこれを見てください」

人の波に圧し流されながら、博子がスマホを男に見せた。

「何か、新しいニュースがあるのか。花影が退陣したとでもいうのかい？　これだけの人に恐れをなしてな」

「そんなんじゃありません」

「ママ、これはパパが書いたの？」

「そうみたいね」

「えっ、なんだって。のじぎく銀行がヤバくなって、そのあおりで全国の銀行がヤバいって？　取り付け騒ぎが起きているのか？」

男が焦った。

「そうみたいです。銀行の連鎖破綻が起きるかもしれない」

博子の表情に不安が表れた。

「金融庁の人に調査協力した時、こんな最悪の事態を心配していたよ」

悠人が言った。

「その心配が本当になりそう」

博子が言った。

「俺はコスモスフィナンシャルグループのコスモス銀行と取引しているんだが、大丈夫だろうか？」

男が博子に助けを求めるような顔になる。

「私もそこと取引をしているんですが、このリツイートによるとコスモスがのじぎく銀行を見放したことが、事態を悪化させた最大の要因のようです。全国のコスモス銀行の支店に人が押し寄せているようですね。この国は、まだまだ現金社会ですから、ＡＴＭや支店で現金を下ろそうとしているみたいです」

「政府は何をしているんだ」

「何もしないようです。自助だと言っていますね」

「なんだと！　何もしない！　なけなしの金が銀行から消えたらどうなるんだ」男は顔に怒りや困惑や悲しみなどを顕わにし、今にも泣き出しそうになった。そして拳を突き上げた。「おい、銀行が潰れるぞ。政府は、俺の店だけじゃなくて、俺の金を預けている銀行も潰すのか！　許さねえぞ！」

男の叫び声を聞いて周辺の人々が動揺した。銀行が潰れるらしい。銀行がヤバいらしい。おい、このツイート、本当らしいぞ。さざ波のような不安の声が、徐々に大波になっていく。

「ママ、いったいどうなっていくの？」

まった。

悠人が怯えた。自分のささやかなツイートがきっかけとなり、ここまで大きくなってし

「分からない。分からない。ママにも分からない」博子は悠人を抱き締めた。その時、微かに自分を呼ぶ声が聞こえたような気がした。博子、悠人と言っている。政府の無策を訴える人々の激しく、悲痛な声に掻き消されようとしていたが、確実に博子の耳に届いていた。

「パパだ！　悠人、聞こえない？」

「えっ？　あっ、聞こえる。パパが呼んでいる」悠人の表情が明るくなった。背伸びして、手を上げ「パパ、パパ！　ここだよ！　ここにいるよ！」と叫んだ。

「あなた！　ここよ！」

博子も手を上げて、叫んだ。

「待ってろ！　今、行くぞ」

博子と悠人の耳に謙信の力強い声が届いた。

六

「いったいどうなっているんだ」

コスモスフィナンシャルグループの三船は企画部長の報告に激しく動揺していた。

「どうしたらいいでしょうか?」

企画部長は青ざめた顔で言った。

「どうしたらいいか?　そんなこと自分で考えろ!」

コスモスフィナンシャルグループ傘下のコスモス銀行の全国の支店に人々が群がり、現金を下ろそうと必死になっているのだ。危機的な状況が刻々と三船に届く。

三船の手にスマホが握られていた。『銀行が危ない』のツイッター画面が表示されている。そこには「コスモス銀行が危ない」「コスモス銀行の無責任を正せ」などのリツイートが書き込まれ、拡散している。止めようにも止められない。ものすごい勢いだ。

まさかSNSにのじぎく銀行を巡るメガバンクのトップたちの議論が書き込まれるとは想像していなかった。

いったい誰が、これほど詳しく書いているのだ。正宗謙信?　あの金融ジャーナリストか?

三船は謙信の顔を思い浮かべ、奥歯を強く嚙んだ。

あのジャーナリストは、三船たちメガバンクのトップが、のじぎく銀行の支援をしないことが分かっていて取材に来ていたのだ。今日の事態を想定していたに違いない。いや、待てよ。これほどまで詳しく書けるということは、その場にいたのかもしれない……。

「大森……、大森の仕業か」

三船は呟いた。

「はっ、大森支店も大変な状況です」

企画部長が答えた。

「馬鹿野郎！　そうじゃない。金融庁の大森局長だ。奴に、奴に、はめられたのだ」

三船の口腔（こうこう）内で奥歯を噛み締める音がぎりぎりと響いていた。

七

小野田の体は外からでも分かるほど震えていた。これほどの事態を想定していなかったのだ。群衆を煽り立て、大規模なデモを引き起こし、国会議事堂や霞が関官庁街を占拠させる。そこに機動隊を投入し、混乱が激しさを増したところに自衛隊の出動を要請し、騒ぎを鎮圧する。その結果、果敢に騒乱を治めた花影が絶対的権力を握れるように憲法を一気に改正する……。そのシナリオで動き、順調に進行していた。

ところがこの全国的な銀行への取り付け騒ぎが起きてしまった。騒乱が、首都のごく限られたエリアで発生しているなら、たとえ大規模な騒乱でも大したことはなかった。計画通り、鎮圧することは可能だった。

しかし、まさか全国的な規模で銀行への取り付けが発生するとは思わなかった。想像すらしていなかった。これは抑えられない。物理的な騒乱は、力でたちまち鎮圧できるだろう。しかし銀行の破綻による経済的混乱はすぐには収められない。

このツイッターに、銀行の経営問題に対する不毛な議論を詳細に書き込んだ正宗謙信とは何者だ？

これだけの詳細な情報は、傍にいた者にしか書けない。これを読んだ人たちは、誰だって銀行への不安を掻き立てられるだろう。

小野田は、その時、自分が犯した最大の間違いに気づいた。彼が利用したのは、少年の素朴な呟き――ツイートだった。『銀行が危ない』という内容だった。少年の呟きは、意外なほどの広がりを持ち、多くの人々がハッシュタグ付きで拡散した。大人が特定の意図を持って呟いたものではなかったことが、人々の間に拡散した最大の要因だった。

これを知った小野田は、このツイートに乗じることにした。自らが作為を持ってSNSに投稿するよりも、自然発生的に拡散している少年の素直な呟きの方が拡散する可能性が高いと考えたのだ。その考えは的中し、人々の不安、不満を煽ることができて、ついには大規模なデモを引き起こすことに成功したのだった。しかし……。

小野田は、改めて当初のツイートを検証した。少年の名前を確認した。ユウト？　これは優斗？　勇人？　それとも悠人？

ネットの記事を検索した。少年のツイートが社会的に大きな影響力を持ったというブロガーの書いたものだ。SNSは匿名性が特徴だと言われているが、実際には、誰も匿名ではいられない。必ずプライベートが暴露されてしまう。

ユウトは、正宗悠人だった。このメガバンクのトップたちの無責任さ、公共的意識の低さを暴露したツイートを発信した正宗謙信の息子だったのだ。

「おい、何をやっているんだ。機動隊は？　自衛隊は？　まだ動かないのか！」

花影が焦っている。苛立っている。

「連絡が取れないのです」

小野田が言った。

「私がやってみましょうか？」

木島が言った。

「あなたがやっても同じですよ」

「なんだ！　その言い草は、失礼じゃないですか」

木島は小野田に怒りをぶつけた。

小野田は木島の怒りを無視し、花影を見つめた。

「この騒乱は、もはや私たちが機動隊や自衛隊を使って抑えられるレベルを超えてしまいました。霞が関周辺であれば、私たちの思い通り鎮圧できると踏んでおりましたが、全国の銀行の取り付けに発展してしまいました。機動隊や自衛隊の幹部たちも自分たちの出番ではないと考えて、行動を控えているのでしょう」

「何を今さら！　私の命令に従えないのか。みんな首にするぞ」

花影が声を荒らげた。

「私も小野田さんに同意します。私は、ＳＮＳの力を見くびっておりました。全国の銀行に人々が群がっています。このままでは銀行が持ちません。この国を震源にした世界恐慌にまで発展する可能性があります。今回の計画もこれまでです。このまま突き進めば、国家破綻しかありません」

鎮目が冷静に言った。

「お前たち、私を裏切るのか。私の思いを実現するために、命を懸けると誓ったではないか」

花影が小野田に迫った。怒りで顔が膨張しているかのようだ。

「二人とも、日和ったのか。官僚が中心になった統制国家を作りたいと言ったのは、小野田、お前じゃないか。鎮目、財政がこのままでいいのか！　私の作る理想の国家になれば、財政は一気に改善されるんだぞ」

花影が小野田と鎮目の眼前まで詰め寄った。二人は、無念そうに唇を噛み、項垂れた。

「あなたたちは、総理と心中する覚悟ではなかったのですか」

木島が叫んだ。

「機動隊に、自衛隊に、私が直接連絡する。すぐ出動せよと命じるつもりだ」

花影が直通電話に近づいた。

「それがいいと思います。もはや一刻の猶予もなりません」

木島が言った。

「お待ちください。総理、お待ちください」

鎮目が焦って引き留めた。

木島が鎮目を遮る。

「木島さん、邪魔するな。総理を止めるんだ」

鎮目が言った。

「総理、ここまで混乱が拡大するのは想定外でした。機動隊も自衛隊も、事前の協議では了解しておりましたが、今は、無理だと言っています。国民に死者は出せないという見解です」

小野田が言った。

「小野田さんも鎮目さんもどうしたのですか。総理と心中するはずじゃなかったのですか。総理とこの国を作り替える決意じゃなかったのですか」木島が泣き崩れた。「私は、花影総理が作る新しい国で大臣に就任するつもりだった……」

「お前たちは情けない日和見主義者だ。私は、私の理想の国家を作るのだ。そのためには自衛隊の出動が必要なのだ。死者が出るのは、想定内のことだ。私は、やるといったらやるんだ。裏切りは許さん！」

花影はあらん限りの声を振り絞って叫んだ。直通電話の受話器を取り上げた。

執務室のドアが勢いよく開いた。

花影が驚いて、受話器を持ったまま強張った表情で入口を見つめている。

「久住、やはりお前か……」

花影が呻くように呟いた。

八

智里は、麻央と顔を見合わせた。麻央の顔がやや青ざめて見える。興奮からなのか、恐怖からなのか分からないが、異常な場面に立ち会うと、血の気が引くのだろう。自分の顔も同じように青ざめているに違いない。

まさかこんな場面に居合わせるとは想像もしていなかった。

目の前には花影首相がいる。その傍に鎮目、木島、そして影の首相とまで噂されている小野田。

そして智里と麻央のいる側には、北条大臣、久住官房長官、船田副大臣、山根頭取、鈴村金融庁長官、大森局長。

彼らは睨み合ったまま動かない。

「総理、あなたの企ては失敗しました。霞が関界隈での騒乱は、金融パニックに変質し、全国に拡大しております。ここで自衛隊に出動命令などすれば、もはやどうしようもなくなります」

久住が淡々と言った。

「お前が、お前が、機動隊や自衛隊の出動を阻止したのか？」

花影は受話器を置いた。

「警視総監や警察庁長官、統合幕僚長も、皆、冷静な判断をしております」

「何が冷静な判断だ。直近まで私の計画に賛同していた連中ばかりだ。いざとなれば臆病風に吹かれおって……。久住、お前も私が重用しなくなって反旗を翻（ひるがえ）したのか。私の祖父、父、そして私の三代にわたって目指したこの国の改革を邪魔するのか」

「あなたは劣等感に突き動かされていただけです」

「なんだと！」

久住の言葉に花影が激しく怒った。

「あなたのお祖父様もお父様も立派な政治家でありました。私も尊敬申し上げております。

しかしあなたはそのお二人に対しての劣等感にさいなまれておられた。それでお二人を超えることを成し遂げようと、妄想に取り憑かれたのです」

「何が妄想だ。この国を作り替えねばどうしようもないことはお前も知っておるはずだ。それなのに……」

花影は奥歯を嚙み締めた。

「総理、諦めてください」

北条が口を開いた。

「裏切者め。北条さん、あなただけは信じておったのに……」

花影の目が血走っている。

「もし、計画を諦めないというなら組織犯罪処罰法などあらゆる法律を適用して、あなたを逮捕することになります」

久住が言った。

花影が目を瞠った。そして大きく口を開け、笑い出した。「私を逮捕するだと! 笑止千万だ」

「笑い事ではありません。真剣に申し上げています。外に警察が控えております」

久住が言った。それは事実だった。智里と麻央の後ろには数人の警察官が控えていた。

「一つ、聞かせてくれ」

花影がやや落ち着きを取り戻した。

「なんでしょうか？」

久住が言った。

「誰が銀行の全国的な取り付け騒ぎを起こしたのだ。あれがなければ私の計画は成就していた。この界隈を抑えるだけでよかったのだからな」花影は大森を睨んだ。「大森、お前か？」

「誰でもありません。人々の不安がＳＮＳという手段で拡散したのです。その力は侮れないということです」

「ははは……」花影は力なく笑った。「どうやってこの混乱を収める？」

「モラトリアムを実施します。全ての銀行からの支払いを中止し、同時に全ての預金を保護いたします。銀行は潰しません」

大森は冷静に答えた。

「お前の計画通りってことか」

花影は呟いた。

「ただ今をもって、総理は病気辞任されました。副総理である私が臨時で代理を務めます」

北条が声を張り上げた。

「な、なんだと！」

花影が驚愕した。その顔はたちまち怒りで膨れ上がった。

「私は、私は、辞めんぞ！ クーデターだ。これはクーデターだ」

「総理はご病気で急遽辞任された。皆さん、分かりましたね」北条は言い、警察官に向かって「総理を東都大学病院にお連れしてください」と言った。

智里と麻央が道を開けると、警察官が五人執務室になだれ込むように入ってきた。そして花影を取り囲んだ。

「何をする！ 病院などには行かん！」

花影は叫んだ。

警察官たちは無言で花影の体を摑み、引きずるようにして執務室から運び出した。

「裏切者め！ 許さんぞ！」

廊下に花影の恨みがこもった声が響いた。

小野田や木島が耳を塞いで、その場に跪いた。

「みんな、ここで起きたことは生涯口にしてはいけない。分かったね。今から北条大臣が臨時で首相代理を務められる。全ては今から始まる。すぐに北条大臣が首相執務室から国民に向かって話しかけられる。小野田、すぐに放送の準備を整えろ」

久住が強い口調で言った。

「はっ、分かりました」

小野田が顔を上げた。床から立ち上がった。その顔は涙で濡れていたが、思いがけず新たな役割を与えられた喜びに満ちていた。

「私たちも金融庁に戻ろう。すぐにモラトリアムの準備にかからねばならない。全国の預金者に安心してもらわねばならないからね」

大森が言った。穏やかな表情に戻っていた。

「局長、全ては思い通りですか？　モラトリアムの後は、どうなさるのですか？」

智里は聞いた。

「一度、全てを破壊し、真に人々の役に立つ金融システムを作ることになるでしょう。銀行業界を公的使命によって再編するんです」

大森は言った。

「ディスラプターは局長だったのですね」

麻央が言った。

大森は小首を傾げて「破壊するだけじゃありません。新しく創造するのです。もう一度言います。その役目は君たち、若手の仕事ですよ。本当のディスラプターは君たちです」と言い、わずかに微笑んだ。

麻央は智里と顔を見合わせ、お互いで小さく、しかし、しっかりと頷き合った。

九

「おい、見ろよ。花影首相が辞めたぞ。病気辞任だ」

謙信がスマホの画面を博子と悠人に見せた。

デモの人の渦から離れて、謙信たちは日比谷公園に戻っていた。

そこには仲間の衣川幸恵と桑畑新次郎も合流していた。

「北条が臨時代理だ。モラトリアムを実施し、全ての預金は保護するから慌てて引き出しをしないようにと呼びかけているぞ」

謙信は言った。

「俺たちの生活はどうにかしてくれるのか？　何か言っているか」

桑畑が言った。

「ああ、去年の売り上げの八十%を現金で補償するそうだ。その他、今回の感染症拡大で仕事を失ったり、貧困に陥った人には手厚く補償するから安心して自宅に戻るようにとさ」

謙信が言った。

「まあまあじゃない。デモやった効果はあったわね。あまり信用はしてないけどさ」

博子が笑みを浮かべた。

「でもさ、悠人君のツイートの破壊力は抜群だったね。首相を退陣させたんだから」

幸恵が悠人の頭を撫でた。

「僕はそんな気はなかったよ。何気なくツイートしただけだけどね。バタフライエフェクトだったね」

悠人は謙信を見つめ、拳を突き出した。

「おいおい、難しいことを知っているな。お前こそ、真のディスラプターだ」

謙信はにやりと笑い、拳を悠人の拳と突き合わせた。

「花影が退陣したぞ！」

デモの群衆が叫んだ。一斉に大きな歓声が上がり、霞が関官庁街の空いっぱいに響きわたった。

解説

寺田俊治（株式会社日刊現代 代表取締役社長）

この小説は新型コロナウイルスが日本に蔓延した２０２０年7月号から「小説宝石」に連載され、その後、単行本化、この度、文庫版が出ることになった。喉元過ぎれば、というが、日本ではコロナ禍がすっかり忘れ去られようとしている。それなりにインバウンド需要が復活し、政界では安倍晋三元首相が銃弾に倒れ、その後、派閥の裏金問題が発覚、安倍派が解散に追い込まれるなど、ニュースに事欠かないからだろうが、改めて、この小説を読むと、当時のことが思い出され、胸が締めつけられるようだった。

２０１９年12月、中国・武漢で最初の感染者が報告された新型コロナウイルスは瞬く間に世界に伝播、日本の経済活動をも直撃した。政府・行政は「三密回避」「ステイホーム」などと〝オウム〟のように繰り返すだけで、飲食業界、旅行業界などに対する需要は消失した。売り上げが立たないのに、人件費、家賃などの固定費はかかる。資金繰りに苦しむ企業は悲鳴を上げたが、当時の安倍政権の対応は恐ろしいほど愚鈍だった。専門家の意見も聞かずに突如決まった一斉休校要請。肝心の時には届かず「やってるふり」に使われたアベノマスク。所得制限の30万円給付か一律10万円給付かで揉めた現金給付は政局化し、あれもこれもと見かけ上は膨らませたコロナ対策補正予算のうち、中小企業や個人事業主への持続化給付金は雀の涙。それも申し込み手続きが煩雑ですぐには届かず、巨額の事務委託費を巡る疑惑も露呈した。挙げ句がアクセルとブレーキを同時に踏むようなGo To トラベルの大混乱だったのである。

　この間、どれだけの人がもがき苦しんだか。それは倒産件数に如実に表れている。帝国データバンクによると、２０２０年の新型コロナウイルス関連倒産件数は８３５件、'21年が１７３１件、'22年が２２３８件、'23年が１９５７件。コロナ禍が収まっても倒産件数が一向に減らないのは、政府保証がついた、いわゆるゼロゼロ融資の返済が始まったからである。

　新聞やテレビが伝えるのは、無機質な数字だけだが、この小説で江上剛（えがみごう）は、生々しい現場の苦悩を描いてみせた。

　コロナ禍で自動車メーカーからの注文が激減した部品メーカー、カンザキの神崎市之助（かんざきいちのすけ）

社長は地域を支えてきた第二地銀、のじぎく銀行の山根隆仁頭取に追加融資を申し込むが断られる。のじぎく銀行自体が経営難で、にっちもさっちもいかないのだ。小説で神崎社長はこう呻く。

「俺がいったい何をした。血反吐を吐くほど苦労して、苦労して、ここまでになった。ついこの間まで順調だった。売り上げも、利益も……。俺と会ってもあんたの顔はいつもにこにこしていた。突然だ、突然だよ。突然、自動車メーカーが注文を打ち切ったんだ。(中略)大企業の自動車メーカーなら政府もなんとかするんじゃないか。しかし、こっちは下請けの下請けだ。(中略)切り捨てごめんってわけだ。だから頼れるのは、山根、あんたしかいないんだ。なんとかしてくれ。そうでないと俺は、ここで首を吊るぞ」

これに対し、山根は、

「(前略)神崎さん、あなたが悪いんじゃない」と返す。

「じゃあ、誰が悪いんだ」

神崎の顔が近づいてくる。

「パンデミックが悪いんだ」

「馬鹿にするな」神崎の腕が伸び、その手が山根のスーツの襟を摑んだ。（中略）「それが頭取の言うことか。ウイルスに怒れと言うんか。（中略）こういう時期に長年の取引先を助けられん、お前が悪い。お前の銀行が悪い。（中略）お前は、自分さえよければいいんか」

その後、カンザキの下請けで座席シートの加工をしている菅井金属の社長が自殺する。悲報を聞いたのじぎく銀行の支店長が社長宅に駆け付けると、妻と思われる女性が「帰れ！　帰れ！　お前のせいでお父ちゃんは死んだんや。この人殺し！」と叫ぶシーンも生々しい。

江上は早稲田大学卒業後、第一勧業銀行（現みずほ銀行）に勤め、広報部次長、支店長などを歴任した後、日本振興銀行の社長となり、日本初のペイオフの現場に立ち会った江上は、銀行とカネの修羅場を知り尽くしている数少ない作家だ。広報部時代の１９９７年、総額４６０億円もの巨額不正融資を行っていた総会屋事件が第一勧銀や四大証券を直撃する。取り調べのさなか、同行の頭取、会長、相談役を務めた宮崎邦次氏が三鷹市の自宅で自殺した。江上自身も振興銀行破綻で損害賠償の裁判を起こされたときは「自殺がよぎった」と自著で書いている。

いつも明るく社交的な江上だが、その小説にはよく「死」が出てくる。この小説では融資を切られた菅井金属の社長が自死し、金融庁のリスク分析総括課の星川麻央（ほしかわまお）は、銀行員だった父親が自殺したことを告白する。その裏に「貸し渋り」「貸しはがし」があったとの暗示がある。江上のデビュー作、『非情銀行』では、元MOF（モフ）（大蔵省）担で、銀行の中枢を守るために犠牲となった岡村幸男（おかむらゆきお）が轢死（れきし）する。

銀行マンとして、江上はこうした死と隣り合わせだった経験があると聞いた。経済を回し、企業を発展させるために、いわば「公器」として銀行は存在しているのに、なぜ、悲劇が繰り返されるのか。その矛盾に苦しみ、葛藤した銀行員もまた、銀行という組織の犠牲になっていく。人があっての経済であり、経済があっての銀行なのに、いつの間にか、人＝個が銀行の犠牲になっていく。その銀行は政治、行政に振り回されるが、振り回している政治家・官僚もまた、国家という組織の論理に翻弄される。その国家は主権者国民によって成り立っているはずなのに、権力者の私欲に歪められ、国民は蔑（ないがし）ろにされていく。

個と組織の対立、矛盾、葛藤、理不尽。とりわけ、組織がトップの野心や保身、エゴにより、迷走し、個が犠牲となる悲劇は、江上が一連の経済小説で描き続けている世界である。

『非情銀行』は、反社勢力の大物への不正融資でがんじがらめになった経営中枢がそれを隠蔽し、「銀行の生き残りのため」という理屈で非情なリストラを断行、合併に突き進もうとする暴挙に正義感溢れる主人公、竹内徹が仲間と闘う物語だ。江上は小説の中で竹内にこう言わせている。

「従業員、行員が幸せになれない銀行がはたして顧客を幸せに出来るだろうか。出来るはずがないと思わないか……」

この小説、『金融庁覚醒』ではさらにスケールが広がり、地銀の苦境が金融庁の官僚と政権中枢との闘いに発展していく。コロナ禍で苦しむ中小企業、同じく経営難に直面している地方銀行、対応に奔走する金融庁の官僚たち、耳を傾けようともしない政権中枢。登場人物のひとり、大森淳一金融庁総合政策局長の以下のセリフは、まさしく江上が問い続けているテーマであろう。

「私は国というのは抽象的な存在で、個々の人、個々の企業、個々の銀行などが集まってこそ成り立つものだと思います。個々を大事にしなければ、抽象的存在である国は消えてしまいます」

（中略）

「その役割を果たす行為が個々の人間の生存を脅かすことと矛盾しないようにしないといけません」

江上がのじぎく銀行という兵庫県の第二地銀を舞台にしたのも興味深い。江上は兵庫県出身だが、それだけでなく、まさしくバブル崩壊以降、金融行政に振り回されてきたのが地方銀行と、それに連なる地方の中小企業だったからだ。

日本の銀行は長らく、大蔵省銀行局の護送船団方式によって守られてきた。しかし、バブル崩壊以降それが裏目に出る。不良債権問題が露呈しても、大蔵省はそれを直視せず、責任を取ることを先送りしてきた。傷口は広がり、金融機関はとてつもない不良債権を抱え込み、大蔵省も解体された。誕生した金融監督庁はとにかく、不良債権処理を急がせることに邁進、厳しい金融監督マニュアルをつくり、それが強烈な貸しはがし、貸し渋りを招いた。企業は銀行を信用せず、内部留保を積み上げ、投資にも慎重になった。融資先を失った地銀もまた迷走し、スルガ銀行などの不正融資が社会問題化した。この間の金融行政が無責任な「その場しのぎ」だった面は否めまい。

金融監督庁はその後、金融庁に改組し、「金融検査マニュアル」を大幅改訂、〝金融育成庁〟への衣替えを宣言した。「地銀よし、顧客よし、地域よし」という近江商人型の行政を目指しているようだが、目くらましの看板の掛け替えは自民党政治家の得意とするところだ。当時の金融担当相は、この小説の北条正信(ほうじょうまさのぶ)のモデルと目される麻生太郎(あそうたろう)氏である。そして、安倍元首相が北朝鮮、中台危機などを利用し、憲法改正を目論み、あるいは勝手な解釈改憲によって、実質的な改憲を成し遂げてきたのも記憶に生々しいところだ。この小説を読んでいると、いくつもの現実風景がダブってくる。

さて、我々には倒錯の権力者や、彼らによってあらぬ方向へ暴走する組織を止める手立てがあるのだろうか。

この小説は、中学生、正宗悠人(まさむねゆうと)の何気ないツイートをきっかけに大規模なデモが展開されて、あっと驚く結末に至る。

すぐに思い起こされるのは2020年1月、東京高等検察庁の黒川弘務検事長の定年を安倍政権が強引に延長し、大騒ぎになった一件だ。検察庁法第22条では「検事総長は65歳、その他の検察官は63歳で退官」と定めている。刑事訴訟法上、強大な権力を持つ検察官だけに、その任用資格を厳しく制限したものだ。同年2月8日で63歳になる黒川氏も当然、退官するはずだったのに、安倍政権は国家公務員法の「職務の特殊性や特別の事情を勘案して、退職などにより公務に著しい支障がある」ケースにあたると強引な解釈を持ち出し、定年を延長。その後、検察庁法を改正しようとした。

これに対し、「#検察庁法改正案に抗議します」という怒りのツイートがなされた。これが瞬く間に拡散され、小泉今日子や宮本亞門ら多くの芸能人や検察ＯＢが賛同、数日で４００万を超える投稿がなされた。「週刊文春」の「賭けマージャン」報道が決定打となり、黒川氏は辞任、「検察庁法改正案」も葬り去られたのだが、この悪法が通って黒川氏が検事総長になっていたらと思うとゾッとする。

安倍政権と言えば、「モリカケサクラ」疑惑で公文書を改ざん、役人を自死に追い込み、首相は国会で嘘答弁を繰り返し、秘書が略式起訴されても、自分では一切責任を取らなかった。その総仕上げが検察庁法改正案で、抗議した事務次官経験者ら検察ＯＢは意見書で「ルイ14世の言葉として伝えられる『朕は国家である』との中世の亡霊のような言葉を彷彿とさせるような姿勢」と糾弾した。この法案が通り、黒川検事総長が誕生していたら、今の安倍派の裏金問題も潰されていたかもしれない。

海外に目を転じれば、２０１０年、チュニジアに端を発した「アラブの春」運動はＳＮＳが抗議運動を拡大させ、政権を崩壊させた。この流れが２０１１年の「オキュパイ・ウオールストリート運動」にも繋がった。

この小説のタイトルのように「呟き」がDisruptorになる時代が来たのだろうが、「呟き」だけでは巨大組織は動かない。この小説に描かれている世界のように「呟き」と現実の抗議運動が一体化した時に大きな山が動くのだろう。

ただし、我々は同時にDisruptorの破壊がいつも正義とは限らないこと、一時的に正義に見えても、歴史の検証を待たなければならないこと。その結末が破壊なのか創造に繫がるのか、計り知れないことは覚悟すべきかもしれない。民主主義は脆く、ＳＮＳも諸刃の剣であることを自覚しつつ、江上の文学は正義を追求し続けている。

初出＝「小説宝石」二〇二〇年七月号から二〇二一年七月号に掲載。
刊行にあたり加筆・修正しました。
二〇二一年九月　光文社刊

この作品はフィクションであり、登場する人物・団体等は、
実際のものとまったく関係ありません。

光文社文庫

金融庁覚醒　呟きのDisruptor
著者　江上　剛

2024年5月20日　初版1刷発行

発行者　三宅貴久
印刷　堀内印刷
製本　フォーネット社

発行所　株式会社　光文社
〒112-8011　東京都文京区音羽1-16-6
電話（03）5395-8147　編集部
8116　書籍販売部
8125　制作部

ISBN978-4-334-10308-8　Printed in Japan

組版　萩原印刷

光文社文庫　好評既刊

上野谷中殺人事件　内田康夫
終幕のない殺人　内田康夫
長野殺人事件　内田康夫
長崎殺人事件　内田康夫
神戸殺人事件　内田康夫
横浜殺人事件　内田康夫
小樽殺人事件　内田康夫
幻　香　内田康夫
多摩湖畔殺人事件　内田康夫
津和野殺人事件　内田康夫
倉敷殺人事件　内田康夫
萩殺人事件　内田康夫
日光殺人事件　内田康夫
若狭殺人事件　内田康夫
鬼首殺人事件　内田康夫
隠岐伝説殺人事件（上・下）　内田康夫
教室の亡霊　内田康夫

化生の海　内田康夫
博多殺人事件　新装版　内田康夫
姫島殺人事件　新装版　内田康夫
しまなみ幻想　新装版　内田康夫
須美ちゃんは名探偵!?　内田康夫財団事務局
浅見家四重想　須美ちゃんは名探偵!?　内田康夫財団事務局
軽井沢迷宮　須美ちゃんは名探偵!?　内田康夫財団事務局
銀行告発　新装版　江上剛
蕎麦、食べていけ!　江上剛
凡人田中圭史の大災難　江上剛
思いわずらうことなく愉しく生きよ　江國香織
屋根裏の散歩者　江戸川乱歩
パノラマ島綺譚　江戸川乱歩
陰獣　江戸川乱歩
孤島の鬼　江戸川乱歩
押絵と旅する男　江戸川乱歩
魔術師　江戸川乱歩

もしかして　ひょっとして　大崎　梢
新宿鮫　新装版　大沢在昌
毒猿　新装版　大沢在昌
屍蘭　新装版　大沢在昌
無間人形　新装版　大沢在昌
炎蛹　新装版　大沢在昌
氷舞　新装版　大沢在昌
灰夜　新装版　大沢在昌
風化水脈　新装版　大沢在昌
狼花　新装版　大沢在昌
絆回廊　大沢在昌
暗約領域　大沢在昌
鮫島の貌　大沢在昌
撃つ薔薇　AD2023涼子　新装版　大沢在昌
死ぬより簡単　大沢在昌
闇先案内人（上・下）　大沢在昌
彼女は死んでも治らない　大澤めぐみ

Y田A子に世界は難しい　大澤めぐみ
クラウドの城　大谷　睦
神聖喜劇（全五巻）　大西巨人
野獣死すべし　大藪春彦
ヘッド・ハンター　大藪春彦
みな殺しの歌　大藪春彦
凶銃ワルサーP38　大藪春彦
復讐の弾道　新装版　大藪春彦
黒豹の鎮魂歌（上・下）　大藪春彦
春宵十話　岡　潔
人生の腕前　岡崎武志
白霧学舎　探偵小説倶楽部　岡田秀文
首イラズ　岡田秀文
今日の芸術　新装版　岡本太郎
神様からひと言　荻原　浩
明日の記憶　荻原　浩
あの日にドライブ　荻原　浩